Brotzeit-Battle

- Alpenland-Krimi -

Martin Sylvester

Mehr auf www.schweinedilemma.de

Dem Genetiv seine Rolle ist im Alpenland ned dieselbe wie im Rest vom Land, gell?

Für die bessere Lesbarkeit sind längere Passagen bewusst in Hochdeutsch verfasst, obwohl die Protagonisten die jeweiligen Gespräche so vermutlich nicht führen würden.

Fia de bessere Lesbarkeit san längre Passong bewusst in Houchdeitsch vafossd, obwohl de Prodogonisdn de jeweilign Gspräche so vamutlich ned führn dadn.

Inhalt

Kapitulation
Anton

Ausgekogelt

Er hatte das Messer angesetzt wie ein Skalpell und zog es gezielt und mutig nach unten. Eine geschickte Bewegung, die er schon ewig beherrschte, um die helle Haut aufzutrennen. Wie einen benutzten Lappen klappte er die Haut präzise zur Seite, ließ sie über das weiße Fleisch gleiten und zog sie schließlich rücksichtslos vom verletzlichen Körper. Nun lag das Fleisch schutzlos und verwundbar da.

Mit dem Besteck in den Händen sah er sich suchend um.

Verdammt! Anfängerfehler. Weißwurst ohne Senf? Wie sollte das denn funktionieren?

„Burga?", rief Kilian Oberhuber durchs Küchenfenster der Alm. „Hast aan Senf?"

„I komm glei!", gab sie laut mit ihrer klangvollen Stimme zurück. Kilian lächelte und blickte von der Schachtinger Alm herunter. Soweit das Auge reichte: Wiesen, Berge, zwergenhafte Häuser mit roten Dächern in der Ferne, die kleine bajuwarische Dörfer formten. Das alles in praller Sonne und seitlich der glitzernde Lauf der Wurlach im Sonnenlicht.

Bayern hatte den blauen Himmel gepachtet. Er liebte diesen Blick.

Kilian war an diesem Samstag zeitig aufgestanden, um so früh wie möglich hier oben zu sein. Er war der erste und bisher einzige Gast der Alm. In der Morgensonne war er bis Woiking gefahren, hatte seinen Wagen am 124er Parkplatz abgestellt und war frisch auf den Irschlingkogel hinaufgestiegen. Offen, gut gelaunt.

Die Kälte der ersten zwei Kilometer, die um diese Zeit im Schatten lagen, hatte er gern ausgehalten, bis er um die sonnige Ecke gebogen war, die diesen herrlichen Blick bot, den viele regionale Postkarten abbildeten. Meist mit dem charakteristischen Kogel-Profil im Hintergrund. Gerne mit einer liegenden Braunen im Vordergrund. Kühe gehörten zum Tourismus-Paket dazu wie Dirndl und Bierseidel.

Burga kam aus der Almhütte, schwang ihr Dirndl seitlich weg

und setzte sich schwungvoll Kilian gegenüber auf die Holzbank. Frauen wie Burga sah man ebenfalls oft in Prospekten der Region rund um Bad Grassach: Groß, drall, lockig und mit dem, was man „Holz vor der Hütten“ nannte, ausgestattet. Das rosa Dirndl betonte das gezielt. Im Volksmund hatte sich daher der Begriff „Trinkgeld-Dirndl“ etabliert.

In den Prospekten der Region sahen die Frauen nicht nur so ähnlich aus. Meist sahen sie EXAKT aus wie Burga Gallinger, weil die Rothaarige gut mit dem Chef des Fremdenverkehrsamtes befreundet war, das sich heute „Tourismus- & Gäste-Management“ schimpfte.

„Tut mir leid – Weißwurstsenf haben wir keinen mehr. Nur noch Süßen.“ Sie grinste, dann lachten beide, als sie ihm das sogenannte „Traditionstöpfchen“ mit Süßem Senf der Bad Grassacher Firma Wurzinger auf den Holztisch stellte. Jeder Eingeborene wusste, dass der Weißwurstsenf und der Süße Senf von Wurzinger vollkommen identisch waren.

Der junge Wurzinger hatte die „zweite“ Geschmacksrichtung aufgelegt, damit Touristen mehr Auswahl hatten und mehr Senf kaufen konnten. Abgefüllt wurden beide an derselben Maschine.

Für die gut zahlenden Kunden nicht in ein profanes Glas, sondern ins „Traditionstöpfchen“, dessen „Tradition“ bis ins entfernte Jahr 2007 zurückreichte, als dem jungen Florian Wurzinger diese vermeintlich „uralte“ Tradition genau hier oben auf der Schachtinger Alm eingefallen war.

Kilian geizte nicht mit dem dunkelgelben Element, während Burga ihr Gesicht in die Hände stützte und brummte. „Kommende Woche geht es wieder los. Dann bekommen Brandenburg und Schleswig-Holstein Ferien.“

„Ja, wir haben den Schichtplan schon ausgeknobelt.“ Kilian ließ seinen Blick einen Moment schweifen. Als Leiter der Polizeistation von Bad Grassach wusste er, was ihm blühte. Ab dem kommenden Freitag würden er und seine Kollegen wieder alle Hände voll zu tun haben. Viele hatten deswegen in dieser Woche zum letzten Mal vor dem Sommer frei und sie liefen auf kleiner Flamme.

„Deshalb wollte ich heute noch einmal hierher kommen“, erklärte Kilian.

„Ja“, stimmte die Rothaarige zu. „Vor den Touris.“ Sie schüttelte den Kopf. „I will ned meckern. Ohne die und die Jungs vom Fremdenverkehr wäre es hier schon reichlich düster.“

Kilian Oberhuber nickte. Ein Teil seiner Gedanken war abgeschweift und er fragte sich, wie lange er Burga Gallinger kennen mochte. Kurz, nachdem sie aufrecht stehen konnte, rechnete er zurück. Wie alt war sie jetzt? 27? 28? Ihr kauziger Vater war unwesentlich älter als Kilian und kürzlich 50 geworden. Das konnte passen.

Sein Kopf kreiste um Bilder der kleinen Burga. Das schrille Klingeln seines Telefons riss ihn aus seinen Gedanken. Er musste diesen verdammten Klingelton ändern. *Wake me up, before you go-go* war am letzten Wochenende ein Spaß gewesen, jetzt zerrte er ihm an den Nerven. Und bei jedem Klingeln ärgerte er sich und nahm sich vor, den Ton zu ändern.

Er lugte aufs Display und zögerte nicht. Samstagvormittag hin oder her: Der Anruf kam von Gaby Hirschegger – Chefin des Gemeinderates. Da zögerte man nicht.

„Gaby, geh, hast koan Kalender?“

„Was? Weil Samstag ist? Das Böse schläft ned, mein Lieber. Und jetzt mal ohne Schmarrn: Der Wenzlick Ingo ist verschwunden.“

„Den vermisst eh keiner, wenn du mich fragst“, murrte Oberhuber.

Burga Gallinger riss die Augen auf. Sie hatte die helle durchdringende Stimme von Gabriela Hirschegger erstaunlich klar verstanden. Ihre Stimme hatte die Durchsetzungskraft, die auch ihr mächtiger Körper besaß. Anruf der Vorsitzenden des Gemeinderates. An einem Samstag. Und dann Ingo Wenzlick! Der hatte bei den Bayern und bei Chelsea gespielt.

„Kilian, jetzt komm mir ned mit so aan Scheiß! Der Bub ist verschwunden und ich will, dass ihr ihn sucht. Und zwar sofort.“

„Gaby ... ich bin nicht im Dienst. Und auf der Schachtinger Alm bin ich auch.“

„Des is‘ mir grad gleich! Du organisierst mir des.“

Kilian Oberhuber machte ein schnaubendes Geräusch. Burga schob ihm hilfsbereit ihren Block mit dem Logo der lokalen Brauerei über den Holztisch und reichte ihm einen Kugelschreiber. Immerhin ging es um den prominentesten Sohn von Bad Grassach. Das duldete scheinbar keinen Aufschub. Er nickte ihr dankend zu.

„Na, dann schieß mal los, Frau Rätin.“

Man konnte gegen die Gemeinderätin sagen, was man wollte – und da fiel einigen Bewohnern von Bad Grassach eine Menge ein – aber präzise und genau war sie. Und obwohl sie ihm gegenüber nicht weisungsbefugt war, sagte Kilians Beamtenherz ihm, dass sie die Besoldungsstufe A13 hatte. Also gab es keinen Ausweg: Er würde ihr zuhören.

Ingo Wenzlick, seines Zeichens ehemaliger Profi-Fußballer, war am Freitagmittag im Woikinger Stüberl das letzte Mal gesehen worden. Die Kneipe lag unweit des BSV Woiking 1956 e.V. und war nicht mit *dem Stüberl* in der Innenstadt von Bad Grassach zu verwechseln.

Wenzlick war als Bub beim BSV ‘56 groß geworden und dem Verein bis heute, mit Ende 30, treu verbunden, was sich etwa in signifikanten Geldzuwendungen äußerte. Nach dem Genuss einer nicht näher bekannten Menge Bier war er in seinen Wagen gesprungen und mit unbekanntem Ziel verschwunden.

„Mit welchem Wagen?“

„Der Porsche. Das Cabrio.“

„Und dann?“

„Er ist zweimal gesehen worden. Einmal hat ihn der Wurzinger gesehen, als er bei ihm an der Fabrik vorbeigefahren ist. Und dann hat ihn der Leitwanger gesehen, als er Richtung Irschlingkogel gefahren ist.“

„Wann?“

„Gestern Mittag. Und da steht jetzt auch sein Wagen.“

„Wo?“

„Na unten am 126er Parkplatz.“

Kilian Oberhuber stieß genervt die Luft aus. Das lag für ihn tatsächlich fast auf dem Weg ins Tal. Auf dem weiten Weg ins Tal. Schnell würde er am 126er nicht sein. Und seine Weißwurst wurde kalt, während er telefonierte.

„Sonst wisst ihr nix? Was ist mit der Franzi?“, erkundigte sich Oberhuber nach Wenzlicks Frau.

„Die Franzi hat 20 seiner engsten Freunde angerufen. Und es sieht aus, als wollte er sich mit einigen gestern treffen. Ist aber ned aufgekreuzt. Seine Frau hat es auf dem Handy probiert und das klingelt durch. Komm, du kennst den Ingo! So aan Typ is‘ der ned. Der verschwindet ned ohne a Wort.“

„Ja ...“, murmelte Kilian und dachte einen Moment lang nach. Ingo galt in der Tat als ein grundlegend korrekter Geselle. Nur jungen hübschen Frauen gegenüber galt er als ein wenig zu offen. Oma Oberhuber hätte ihn dennoch als einen beschrieben, „mit dem du aan Gaul stehle gehst“. Kurz nahm Kilians Gesicht melancholische Züge an. Er musste wieder einmal ans Grab fahren. Dann besann er sich mit Blick auf seine Weißwurst.

Er erklärte fest. „Ich ruf den Veit an. Wir kümmern uns drum. Und Gaby: Gell, ihr meldet euch, wenn er wieder auftaucht und nur...“

Er ließ den Rest im Dunkeln. Er musste es nicht aussprechen. Jeder im Ort wusste, dass Ingo zwar verlässlich war, aber auch der Typ, dem seine Franziska nicht genug war. Kilian verabscheute diesen Gedanken. Fremdgehen war ihm grundlegend verhasst. Seit 1999 war er mit Kathi verheiratet. Keinen fremden Schlüpfer hatte er seitdem gesehen. Bei Ingo Wenzlick war seit der Kreisliga nichts angebrannt, was ein Dirndl tragen konnte. Das war schon in der Großstadt kein edler Charakterzug. In einem Kaff wie Bad Grassach war das eine permanente Beleidigung seiner Frau Franziska, die nicht nur eine Schönheit war, sondern auch ein feiner Mensch.

„Skandal?“, erkundigte sich Burga mit bemerkenswert unverstellter Neugier, nachdem Kilian das Gespräch beendet hatte. Sie lehnte sich vor und sah ihn an wie ein Teenager-Mädel.

„Burgi – das ist hier ned Minga. Mir san in Bad Grassach. In irgendeinem fremden Bett wird er aufgewacht sein.“

Er schüttelte nachdenklich den Kopf. Dann glitt sein Blick über Burgas Ausschnitt hoch zu ihrem hübschen, lockig rot gerahmten Gesicht. „Hattest du nicht auch mal...?"

„Kili! Ich bitte dich! No way, doch ned mit dem, der schon in jeder..."

Sie brach den Satz ab und schüttelte den Kopf. „Aber wenn er am 126er steht, dann wollte er ja ... also nicht unbedingt hier hoch, sondern entweder zum Taufinger See oder zum Wurlacher Weiher."

„Nach ein paar Bier sicher nicht die beste Idee..."

Sie nickte nachdenklich. Dann blickte sie auf seinen Teller. „Du willst den Veit anrufen? Dann mach ich sie dir nochmal warm."

Sie schnappte sich seinen Teller und Kilian Oberhuber wählte die Nummer seines Kollegen Vitus Hinterwinkler, mit dem ihn mehr verband als nur eine dienstliche Beziehung. Er war sein Mitarbeiter und sein Schwager. Bizarr genug.

Erst nach dem achten Klingeln, als Kilian gerade aufgeben wollte, hörte er die abgehetzte Stimme seines Kollegen am anderen Ende. „Kili ... bitte sag mir, dass es echt wichtig is'! I lieg in der Wanne und hab den kompletten Flur unter Wasser gesetzt!"

Kilian lächelte verschmitzt. „Viti - könnt sein, mir ham aan Fall."

Reingemeiert

Burga hatte nicht nur Kilians Weißwurst aufgewärmt. Sie hatte ihm eine Brezel für den Weg mitgegeben und auf jegliche Bezahlung verzichtet. Dafür hatte sie ihm das Versprechen abgerungen, dass er sie auf dem Laufenden halten würde.

Er hatte vage genickt. Sie wusste, dass er ihr nichts abschlagen konnte.

Kilian hatte mit Vitus Hinterwinkler verabredet, dass er vom 126er Parkplatz den Berg heraufkommen würde und sie sich in der Mitte treffen sollten. Beide würden die Augen offen halten, obwohl sie frei hatten.

Bad Grassach war, was Verbrechen betraf, nicht gerade die South Bronx. Drive-by-Shootings kannte man hier – nahe der österreichischen Grenze - nur aus dem Fernsehen. Der letzte ernsthafte Mord in der Zuständigkeit von Oberhuber und Hinterwinkler war 2017 passiert. Und das war in ganz Deutschland das Jahr mit den meisten Morden seit 2004 gewesen.

Vitus Hinterwinkler hatte den Flur des Hauses oberflächlich mit dem Handtuch getrocknet, dann sich selbst, was sich als unsinnige Reihenfolge erwiesen hatte. Eilig hatte er sich angezogen und war zum 126er Parkplatz gefahren.

Seit sich Bad Grassach der „Green Power" verschrieben hatte und damit ökologisch korrekte LOHAS-Touristen anlockte, war sein Dienstwagen ein Plug-in-Hybrid. Und an diesem Morgen hatte er beinahe vergessen, den Ladestecker zu ziehen. Zum Glück erinnerte ihn der Wagen daran.

Minuten später passierte er Wurzingers Fabrik – mit Senf und Sauerkonserven der größte Arbeitgeber im Ort, und kam, wie man hier sagte, „von hinten" am 126er Parkplatz an. Ein eher großer Wanderparkplatz, der den Wanderern den Zugang zum Taufinger See und zum Wurlacher Weiher ermöglichte. Passierte man beide, konnte man von da auch wieder „von hinten" auf die Schachtinger Alm gelangen.

Vitus Hinterwinkler hatte über 20 Jahre Berufserfahrung. Er

tat sich schwer mit der Vorstellung, dass ausgerechnet der Wenzlick Ingo nach zwei Bier hier Wanderfreuden suchte. Eher ein Stelldichein. Das schien ihm nachvollziehbar.

Vitus warf einen kurzen Blick auf den Porsche des bekanntesten Burschen seiner Heimatstadt. Tatsächlich. Der Wagen war hier geparkt, so wie sein langjähriger Kollege Oberhuber geschildert hatte. Er konnte bei einem raschen Blick auf den teuren dunklen Sportwagen nichts Auffälliges erkennen und begann mit dem Aufstieg.

Dabei hielt er sich an der Außenseite des Wanderweges. Bemüht, regelmäßig nach unten zu schauen. Vielleicht war der ehemalige Profifußballer abgestürzt? Nach zwei Bier passierten solche Sachen. Und der Mann hatte Millionen verdient und die letzten Sommer seiner Profilaufbahn beim FC Chelsea gespielt. Am Ende schnupften Kerle wie der vielleicht auch was, vermutete Hinterwinkler.

Den Weg hinauf ließ er seine Gedanken kreisen. Wenn Hinterwinkler ehrlich in sich hineinhorchte, war ihm die Wanderung viel lieber als der Garten, um den er sich eigentlich kümmern sollte, während die beiden Frauen einkaufen waren. Er liebte seine Heimat und vor allem liebte er sie per pedes.

Er war in Woiking groß geworden, welches heute zu Bad Grassach gehörte. Oft stand er samstags früh auf, bestieg mit den ersten Sonnenstrahlen den Irschlingkogel und kam mit Brötchen zurück, wenn seine Frau Vroni sich gerade erst aus den Federn schälte.

Und er hatte nie den Drang verspürt, woanders zu leben. Hinterwinkler hatte Vroni hier kennengelernt, eine ansehnliche Polizeikarriere gemacht und auch dabei in seiner Heimat bleiben können. Vermutlich hätte er sogar der Chef der Polizei in Bad Grassach werden können und nicht Oberhuber. Sein alter Chef Murnau hatte ihm das praktisch in die Hand versprochen. Aber Oberhuber stammte aus Grassach. Und kurz vor der Zusammenlegung der beiden Orte zur Verbundgemeinde war Grassach durch das Neubaugebiet so sehr gewachsen, dass…

Er kniff die Augen zusammen, nahm seine Sonnenbrille ab. So

blendete ihn die Sonne zwar, aber er erkannte dennoch mehr. Da hinten ... da lag doch einer, oder?

Veit Hinterwinkler trat näher an den Abhang heran. Er hatte sich nicht getäuscht: Dort lag eine Person, männlich nahm er an.

Er griff in seinen Rucksack, entnahm ihm ein altes DDR-Fernglas, das ihm schon sein Leben lang gute Dienste geleistet hatte. Nach eingehendem Scharfstellen und Fixieren war Veit sich sicher. Er griff sein Telefon.

„Kili, wo bist du?"

„Knapp unterhalb vom Weiher – wieso?"

„Na – ich denk', ich hab den feinen Herrn Fußballprofi gefunden. Und der schaut von hier aus ned gut aus. Mist, verdammter. Schätze, wir brauchen aan Hubschrauber."

Gschaftlhubrig

Mit dem Rufen des Helis war klar: Dieses Wochenende war bereits jetzt vorbei. Kaum, dass es begonnen hatte. Kilian hatte zunächst überlegt, ob er in das Tal hinabsteigen könnte, in dem der Mann lag. Auch Vitus hatte zwei alternative Pfade ersponnen. Aber letztlich sahen sie keinen Weg, der sie hinein und anschließend sinnvoll hinausführen würde. Kilian hatte eine Lösung gefunden, bei der er möglicherweise den Abstieg hinbekommen hätte. Die Frage war aber: Wie würde er dort unten dem Mann helfen können?

Alles war auf den Heli hinausgelaufen.

Als der über Bad Grassach hörbar wurde, klingelte bereits Oberhubers Telefon. „Gaby..."

Ohne Vorrede fauchte sie „Der Hubschrauber? Ist des bei euch?"

„Des ist bei uns, ja."

„Himmel – was ist passiert? Habt S' den Buam gefunden?"

„Wiss' mer noch ned, Gaby. Hier liegt ein Mann. So etwa zwischen Parkplatz und Weiher im Tal."

„Au weia."

„Wer weiß... kann auch der nächste Ötzi sein. Kann man von hier aus ned erkennen. Ist ein Wunder, dass der Vitus ihn gefunden hat. Ich mach jetzt mal die Leitung frei. Und Gaby: noch kein Grund, Gott und die Welt anzurufen, gell?"

Entweder hatte sie bereits aufgelegt oder sie tat es im Moment seiner Ermahnung. Vermutlich, um Gott und die Welt anzurufen.

Er hoffte nur, dass sie sich den Steingassinger auf ihrer Liste sparte. Der Staatsanwalt hasste es, Dinge „aus der Presse" zu erfahren, wie er gerne und unnötig häufig erklärte. Aber Kilian und Vitus würden den Teufel tun und ihn anrufen, bevor sie sich sicher waren, dass hier ein Verbrechen vorlag.

Kilian hatte im Übrigen recht: Es war ein Wunder, dass sein Kollege und Schwager den Mann überhaupt gesehen hatte. Aber Veit war die Art Mensch, die erkennen konnte, ob ein Schwarzmilan oder eine Rohrweihe über der Kirche des Nachbarortes kreiste.

Ob es sich um Ingo Wenzlick handelte, konnte man selbst mit dem professionellen Fernglas aus dem ehemals sozialistischen Nachbarstaat nicht ermitteln. Kilian hatte es versucht. Dazu war die Position des Körpers schlicht ungeeignet. Die wenigsten konnten Menschen anhand ihrer Schulter identifizieren.

Kilian strich sich eine zu lange Strähne aus dem Gesicht und blickte zu seinem Schwager und Kollegen. „Was meinst du? Isser's?"

„Weiß ned", antwortete Hinterwinkler unschlüssig und nahm sein Fernglas erneut, um es schärfer als gestochen scharf zu stellen. „Ich habe den Eindruck, dass der Kerl eine Art .... Wildlederjacke trägt. Hat der so eine?"

Kilian zuckte offensiv die Schultern. „Veit ... was weiß I denn über die Promis? Wart' grad." Er griff sein Telefon und rief Burga oben auf dem Berg an. „Ja, Burga. Du kellnerst doch ab und zu auch noch im *Käfig*, oder?"

„Freilich – warum?"

„Kommt da ned der Wenzlick auch hin und wieder rum?"

„Scho', ja. Warum? Habt ihr ihn etwa gefunden?"

„Mal nicht die Pferde scheu machen, meine Schöne. Meine Frage: Hat der eine ... Wildlederjacke?"

„Mit Fellbesatz!", steuerte Kollege Hinterwinkler so laut bei, dass auch Burga ihn ohne Mühe oben auf dem Berg verstehen konnte.

„Der Veit ... ihr habt also was?" Sie wartete einen Moment auf eine Antwort, erhielt aber keine. „Okay ... ja – so eine Jacke hat er. Mit der stellt er sich immer fürchterlich an. Das Ding muss sakrisch teuer gewesen sein. Hat er aus Minga mit'bracht. Und wenn auch nur der Hauch von Niesel zu erahnen ist, zieht er sie ned oa und erzählt das jedem. Scheint aber toll fürs Cabrio zu sein. Und die Leich' hat so eine?"

„Burga ... ich bitte dich."

„Ja oder nein?"

„Wir wissen's ned. Wir wissen nicht mal, ob das ein Toter ist oder nur ein Verletzter. Bitte, erzähl' noch nix. Hier liegt einer in der Schlucht unterm Weiher. Und der hat so eine Jacke."

„Au weia..."

„Ja ... ich meld' mich wieder. Dank dir."

Die Geräusche des Hubschraubers übertönten alles. Der Helikopter landete zunächst auf einer freien Wiese und die beiden Polizisten rannten den Weg hinunter. Sie stimmten sich mit der orange gekleideten Besatzung ab und liefen dann wieder zur Fundstelle, während der Hubschrauber sich langsam und unter großem Getöse der Schlucht näherte.

Atemlos standen die beiden Mittvierziger an der Stelle und schauten dem Heli zu. In einer Untiefe von Kilians Schädel schlug der eigenartige Gedanke ein, dass er etwas *zu* atemlos war. Das waren in Summe etwa 300 Meter gewesen. Obwohl die stattlich bergauf gingen – früher hatte ihm das weniger ausgemacht.

Der Gedanke wurde abgelöst von einer Wandergruppe, die er plötzlich den Hügel herunterkommen sah. An die 30 Leute, viele davon Teenager, jünger als seine eigene Tochter.

Das hatte ihm gerade noch gefehlt. Das war die Instagram-Generation. Immer noch von seiner Erschöpfung verwirrt, schubste er Vitus etwas unsanft und murrte „Schau zu, dass die ned fotografieren!"

Veit blickte ihn leicht gereizt an, lief dann aber erstaunlich behände los und auf die Gruppe zu. Kilian bereute seine Aktion. Sie hatten beide denselben Rang. Eine Situation, die bizarr genug war. Oberhuber jedoch war der Leiter der Polizeistation von Bad Grassach. Aus einem ausgeklügelt formulierten Schreiben, das beide erhalten hatten, war das eindeutig hervorgegangen. Nie ganz klar geworden war hingegen, ob Kilian weisungsbefugt war.

Die bajuwarische Verwaltung hatte bei der Zusammenlegung der Stationen von Woiking und Grassach eine salomonische Lösung erster Klasse gefunden. Kilian hatte die höhere Besoldungsstufe erhalten, eine A12. Veit Hinterwinkler hatte die A11 bekommen, die sie gleichzeitig mit schwer nachvollziehbaren Zulagen exakt auf das Niveau einer A12 gehoben hatten. Kilian leitete die Station. Aber vermutlich war Veit nicht notwendigerweise sein Mitarbeiter. Verwirrend.

Er schüttelte den Kopf, wandte sich um und sah zum Heli herüber, während Vitus die Wanderer in Schach hielt. Zwei Mann seilten sich von der Flugmaschine ab, wuselten Augenblicke später unten in der Schlucht herum, wo grobe graue und rissige Felssegmente seltenen Grünpflanzen die Hand reichten.

Die beiden Männer gaben Zeichen zum Helikopter. Rasch wurde dem versierten Betrachter klar, dass hier etwas Unerwartetes im Gange war. Hektik schien zu entstehen. Von oben wurde ein quaderförmiger Gegenstand abgeseilt. Eine weitere Person mit einem großen Koffer und einer Art Rucksack wurde unter beständigem ohrenbetäubendem Lärm heruntergelassen. Kilian meinte zu erkennen, dass es sich dabei um den Arzt handelte. Okay ... das sprach zumindest nicht für eine Leiche. Den Biergarten heute Abend würden sie gegebenenfalls doch schaffen.

Seine Lippen verzogen sich leicht. Er freute sich auf den Biergarten. So viel musste in seinem Job schon drin sein. Das Gewusel blieb erhalten, während sein Kollege die Wandergruppe unter straffen Befehlen mit ernstem Gesicht vorbei eskortierte. Dass der Hashtag #badgrassach kurze Zeit später explodieren sollte, konnten sie beide nicht ahnen, als sie penibel auf die Teenager achteten, die ihre Handys schön in den Taschen belassen sollten.

Erneut wurde etwas gerufen, wurden Zeichen aus der Schlucht herausgegeben. Sie hatten den Mann mit der Lederjacke samt Pelzbesatz auf den Quader gelegt, der etwas von einer professionellen Europalette hatte.

Die Notfallmediziner befestigten den Mann an den Streben. Der Arzt gab ihm eine Spritze. *Gott sei Dank*, ging es den beiden Polizisten durch den Kopf. Tote erhielten keine Spritzen.

Dennoch: Sollte das der prominenteste Sohn der Stadt sein,

würden die Pensionen von Bad Grassach noch heute von Sportjournalisten, Klatschblatt-Reportern und Kamera-Teams bezogen werden. Das war wie das sprichwörtliche *Amen in der Kirche*: eine sichere Sache.

Als die Wandergruppe vorbeigezogen war, tauchte Vitus wieder neben dem Leiter der Polizeistation mit demselben Dienstrang auf. „Und? Was ham‘ S‘?“

Kilian schüttelte den Kopf. „Ich weiß es nicht. Da! Jetzt geht noch einer runter.“

„Was soll denn .... Zefix...!“

„Hm?“

„Na da! Hinter denen. Wo der schlanke Kerl jetzt kniet.“

„Der schlanke Kerl ist ein *Mädel* und war mit deiner Tochter im selben Jahrgang.“

„Meinethalben auch das. Aber schau! Da liegt noch wer!“

Beide starrten gemeinsam hinunter in die Schlucht. Während der Mann in der Lederjacke nach oben gezogen wurde, kümmerten sich die anderen um die zweite Gestalt, die man in der Nähe des Abhanges erkennen konnte. Nahezu synchron erhoben sie sich.

Einer schüttelte erkennbar den Kopf. Die zweite Person erhielt von den Medizinern keine Spritze. Kilian schminkte sich den Biergarten in derselben Sekunde ab.

Brozeitbrettln

„Wer früher stirpt ist länger tod“, stand seit Jahren in seiner vollen germanistischen Pracht an der Wand des flachen gerichtsmedizinischen Langbaus von Zedersfelden. Es stand dort nicht in der roten Graffiti-Schrift, in der irgendein Witzbold mit begrenzten Orthografie-Kenntnissen es an die Wand gesprüht hatte. Vielmehr konnte man es weiß auf weiß lesen.

Staatsanwalt Steingassinger hatte persönlich für die Entfernung des Schriftzuges gesorgt. Es hatte ihm jedoch an dem rechten Willen gemangelt, es professionell über seine Kostenstelle entfernen zu lassen. Also hatte es jemand mit frischer weißer Farbe auf der dunkelweißen Wand übermalt.

Ein brillantes Zeugnis von korrekter Auftragserfüllung: Man hatte jemandem gesagt, dass die rote Schrift verschwinden sollte – und die rote Schrift war nicht mehr zu sehen.

Steingassinger hatte seinen Wagen so abgestellt, dass der geneigte Leser „Wer früher stirpt, ist länger“ lesen konnte. Unterbrochen von einer in elegantem dunkelblau gehaltenen BMW Limousine mit tabakfarbenen Ledersitzen und dem klassischen Kennzeichen ZF-VS 500. Vinzenz Steingassinger war eine Marke für sich und heute vor den beiden Beamten erschienen. Zedersfelden war sein Heimatrevier, in dem Bad Grassach für Steingassinger stets so etwas wie den Blinddarm darstellte.

Er nahm die beiden Polizisten im Vorraum des abgenutzt wirkenden Gebäudes entgegen. Seine große schlanke Erscheinung war ebenso Legende wie seine permanent gebräunte Haut, die sich seit einigen Jahren zunehmend auch auf dem Oberkopf des Staatsanwaltes Luft verschaffte.

Früher Samstagnachmittag. Sonnig und warm. Ein unvorhergesehener Einsatz. Steingassinger hatte sich zu einem Look hinreißen lassen, der für seine Verhältnisse als schlampig durchging. Zum offenen dunkelblauen Zweireiher und dem wie immer weiß blau gestreiften Hemd trug er eine streng gebügelte helle Stoffhose und blaue Slipper. Er hatte auf eine Krawatte verzichtet.

Er schüttelte den beiden Polizisten offensiv die Hände, blieb an Oberhubers Haaren hängen und schüttelte den Kopf. „Mei, Oberhuber, sie san Beamter. Vielleicht versuchen S‘ a bisserl so auszusehen? Noch drei Wochen ohne Friseur und sie sehen aus wie dieser Kurt Cobain.“

Oberhuber nickte gelangweilt und fragte sich weit hinter seinem linken Ohr, woher Steingassinger tote Grunge-Musiker kannte. Wie immer in den vergangenen Jahren kommentierte Oberhuber diese Bemerkung nicht, sondern lächelte patent und abwaschbar.

Sie hatten sich zu einer oberflächlichen Leichenschau verabredet und wollten rasch über die Entwicklung des Tages sprechen. Steingassinger bot das Ledersofa im düsteren Foyer an, als befänden sie sich in seiner Amtsstube. Die beiden Beamten nahmen ihm gegenüber Platz.

Ohne große Vorrede startete der schlanke große Mann. „Also: Ich hab verstanden, dass wir einen Schwerverletzten und eine Tote haben.“ Er faltete einen Zettel auf, der wenige gedruckte Zeilen enthielt. Geschmückt von handschriftlichen Ergänzungen, die Steingassinger mit einer Art schwungvollem Sütterlin zu notieren schien. Die Interpretation dieser Schriftzeichen war ihm und seiner langjährigen Assistentin vorbehalten. Ausschließlich.

Hinterwinkler erinnerte sich mit einem Bauchgrummeln an ein handschriftliches Fax von Steingassinger. Das musste etwa 2004 gewesen sein. Das einzige lesbare Wort auf dem Fax war „Leiche“ gewesen.

Steingassinger kratzte seinen gebräunten Oberkopf nachdenklich. „Der Schwerverletzte wurde ins Sport-Krankenhaus verfrachtet. Es handelt sich um einen Ingo Wenzl...“ Steingassinger hielt kurz nachdenklich inne. „Jesses! Der Wenzlick Ingo? *DER* Wenzlick?“

Hinterwinkler nickte betreten. Während Kilian Oberhuber sich nichts aus Fußball machte, war sein Schwager Vitus ein akribischer Verfolger dieser Sportart. Er konnte mühelos 20

Minuten am Stück damit verbringen, Tabellen zu interpretieren und diese mit dem Kollegen Wolfinger zu diskutieren.

„Sieht aus, als wäre er hinuntergestürzt. Gestern am Nachmittag wird's wohl gewesen sein."

„Oha – das bedeutet Pressekonferenz und Informationsmaterial. Noch heute."

„Sicher..." Es sah Steingassinger ähnlich, zunächst den öffentlichkeitswirksamen Part seiner Tätigkeit zu beleuchten. Da war er zu Hause, dort sah er sich. Fair betrachtet: Dort war er auch gut.

„Was weiß man über Wenzlicks Lebenswandel in Bad Grassach? Was sagt das Volk?"

„Pah", startete Vitus Hinterwinkler etwas planlos. Trotz ausreichender Menge an Dienstjahren fiel Hinterwinkler immer mal wieder auf Steingassinger herein und fühlte sich genötigt, exklusive Informationen zu präsentieren. „Wie sie halt so sind, die Stars, gell? Klar – der Mann hat immerhin bei Chelsea gespielt, hat ein eigenes Museum und so. Aber sonst gilt der als ... sagen wir mal: gut vernetzt und trinkfreudig."

„Und Rock-freudig...", ergänzte Oberhuber leicht resigniert.

„Rock-Musik? Wusste ich gar nicht", gab Steingassinger erstaunt zurück und wollte eine weitere Frage stellen, als Kilian Oberhuber ihn unterbrach und auf dem abgewetzten Leder nach vorn rutschte.

„Ich hatte da eher Miniröcke im Sinn. Ingo hat mit diversen ... also er ist kein Kind von Traurigkeit."

Der Staatsanwalt nickte ernst, zückte einen Kugelschreiber und ergänzte seine Notizen um zwei wilde Schnörkel, von denen einer listig zu grinsen schien. Möglicherweise ein Sütterlin-Smiley, überlegte Oberhuber. „Gut, halten wir das mal fest." Ein kurzes Nachdenken. „Seine Frau ... weiß die das?"

„Falls ned, ist sie mit Macht blind", erklärte Hinterwinkler spontan und schien diese etwas platte Äußerung ein wenig zu bedauern. Aber Steingassinger nickte auch hier und ergänzte satte drei Schnörkel. Die beiden Polizisten tauschten Blicke und Oberhuber musste in sich hinein lächeln.

„Im Ernst: Jeder im Ort weiß das. Da wird es seiner Frau nicht entgehen. Mit der werden wir noch heute sprechen, das steht fest. Im Moment liegt ihr Fußballer-Gatte im künstlichen Koma und kann nix anstellen. Alles gut soweit."

„Einverstanden. Das ist die erste Ermittlungsrichtung?"

„Wir sprechen mit ihr und mit zwei Augenzeugen, die ihn am gestrigen Tag gesehen haben. Auf dem Weg zum Wanderparkplatz, wo sein Wagen jetzt noch steht."

„Gut ... sehr gut. Die Frau."

Oberhuber verachtete Halbsätze. „Bitte?"

„Die Frau, die neben ihm gefunden wurde. Hier steht nur ‚unbekannt'? Nicht gerade viel."

„Ja. War hektisch heute Morgen. Und wir schauen sie uns ja gleich noch an. Aber ich tät sagen: Anfang 30, unangemessen gekleidet, schlank, dunkelhaarig. Keine aus Bad Grassach. Da können wir sicher sein."

„Was für Verletzungen?"

„Vermutlich Sturz... aber da hinten kommt der Konrad, der sagt's uns."

Tatsächlich war Konrad Loibl, Verwaltungschef von Gerichtsmedizin und Spurensicherung, wie auf ein geheimes Kommando erschienen. Er hob die Hand zum Gruß. Hände schütteln lehnte er aus medizinischen Erwägungen seit Jahren ab. Gerne erläuterte er die Beweggründe dafür in epischer Breite. Gerne auch ungefragt. Das erste Wort, das den meisten Menschen zu ihm einfiel, war der aus der Mode gekommene Begriff „Sendungsbewusstsein". Aber er war ein genialer Spurensucher mit der Gabe, Dinge auch für Laien verständlich zu erklären.

„So ... da habt ihr uns also schön den Samstag versaut", erklärte er mit der oft verwendeten Schuldzuweisung, die gern in „eure Leiche" gipfelte.

„Ja, tut uns auch leid", konterte Vitus. „Beim nächsten Mal lass mer die Leut' bis Dienstantritt liegen. Sag an – was wisst S'?", fragte er kurz angebunden.

„Ihr seid fei lustig, gell? Ich hab keine Leute. Die sind

alle unterwegs und helfen auf der Autobahn. Gab einen scheußlichen Unfall auf der A8. Fahrerflucht mit Todesfolge. Folgen, genau genommen. Insofern kann ich ned viel sagen." Dennoch blickte er kurz konzentriert auf sein Klemmbrett. „Normale Frau, also weiß, vermutlich Deutsche, denk ich. Alter: so um die 30. Bemerkenswerte acht Ohrlöcher – aber das ist auch schon das Auffälligste. Kleidung von den typischen Mode-Ketten. Nix, was einen Hinweis gäbe.

Vorsichtige These zum Tod: Genickbruch oder Schädelbruch. Jedenfalls trifft beides zu. Ganz gleich, was sie davon umgebracht haben mag. War am Ende vermutlich auch egal, weil ich annehme, dass es etwa zeitgleich eintrat. Hang runtergestürzt, aufgeschlagen, Exitus. Aber wie gesagt: erste Beschau. Ihr fehlen ein paar Zähne. Sieht auch frisch aus, also wahrscheinlich beim Sturz passiert.

Ansonsten: schlank, gut trainiert, vermutlich Joggerin. Ich denke Brustimplantate."

„Woher willst du das wissen?"

„Na – anhand der Narben. Du kannst die Dinger ja nicht durch die Haut reinzaubern."

Steingassinger fühlte sich genötigt, einzugreifen, bevor das Gespräch in eine falsche Richtung driftete. „Todeszeitpunkt vermutlich noch völlig unklar, Herr Loibl?"

„Völlig. Aber wie gesagt: Ich hab keine Leute. Den werden wir wahrscheinlich erst am späten Sonntag sauber eingrenzen können. Mal simpel gesprochen: Auch in der Schlucht wird es Tiere geben. Sie ist aber ned angenagt oder so. Ewig liegt sie da nicht."

„Einen Tag?"

Auf einen so platten Versuch fiel er nicht herein. „Morgen", wiederholte er stur.

„Hm... nehme ich so zur Kenntnis, Herr Loibl." Nach einer kurzen realistischen Abschätzung vermutete Steingassinger in Loibls Richtung. „Dann haben Sie vermutlich nichts, was uns im Moment hilft, und wir sollten morgen Nachmittag sprechen, wenn wir unsere Zeit nicht vertandeln wollen?"

„Korrekt, Herr Steingassinger.“ Loibl gestattet sich ein subversives Lächeln. So subversiv, dass es nur schwer zu erkennen war.

„Nicht viel, aber im Erwartungsraum“, resümierte Vinzenz Steingassinger und schaute zu den beiden Bad Grassacher Polizeibeamten. „Noch was?“

„Fotos“, konstatierte Hinterwinkler knapp.

„Ja – wir bräuchten Bilder von der Frau.“

„Gesicht, Klamotten, besondere Merkmale oder mehr?“

Bevor Kilian seinen Kollegen bremsen konnte, warf der bereits ein: „Bin mir nicht sicher, ob die falschen Brüste besondere Merk...“

„Hinterwinkler!“

Er grinste. „Ja ja... Nur a Spässle. Wir brauchen genau die Sachen, die du gesagt hast, Radi. Gab's Schmuck?“

„Ja – sie trug eine Halskette. Und eben acht Ohrringe. Aber die sind maximal unauffällig. Die üblichen Schmuck-Ketten, würde ich sagen. Modeschmuck – nichts Teures.“ Er notierte etwas auf seinem Klemmbrett. „Ich schick euch auch die Bilder, sobald wir hier fertig sind.“

„Besten Dank.“ Kilian Oberhuber erhob sich vor allen anderen. Schließlich war er der Leiter der Polizeistation und musste auf die Effizienz im Einsatz achten.

Keine Viertelstunde später bog Hinterwinkler ungefragt von der Landstraße ab und fuhr den Hybrid-Wagen auf den Schotterparkplatz eines Landgasthofes, der etwa in der Mitte zwischen Zedersfelden und Bad Grassach lag. Der Gasthof bot auch einige Pensionszimmer. In zwei Wochen würde er aus allen Nähten platzen und von hochdeutsch schnatternden Familien in Funktionskleidung überflutet sein.

„Ich dacht‘, wir nehmen a schnelle Brotzeit und diskutieren, was zu tun ist?“

Kilian hatte das im Grunde nicht vorgehabt, fand die Idee aber nicht falsch und einige Minuten später stand ein alkoholfreies Radler vor jedem von ihnen und eine jüngere Bedienung mit leichtem Akzent nahm ihre Bestellungen auf. Polin, vermutete Hinterwinkler.

Kilian hatte sich mit zwei Blicken auf die Karte für ein Brotzeitbrettl entschieden, das er gut in Erinnerung hatte. Der Obazda wurde hier selbst gemacht, was zunehmend vom Aussterben bedroht war. Hinterwinkler brütete über der kleinen Karte. Eine Unart, die oft über ihn kam.

Kathi, Kilians Frau, witzelte gerne, dass Vitus Hinterwinkler nur eine Entscheidung in seinem Leben schnell getroffen hatte: ihre Schwester Vroni zu heiraten. Und mit ein bisschen Mathematik und Biologiekenntnisse der 8. Klasse erschloss sich der Grund: Ihre Tochter hatte sieben Monate später das Licht der Welt erblickt.

„Jesus – ihr habt Wacholderschinken? Ist der beim Brotzeitbrettel auch dabei?“, erkundigte Hinterwinkler sich.

„Nein – aber bei der Jause.“

„Aber da fehlt wieder der Landjäger. Ich weiß sowieso ned, wofür es a Jause braucht. Ihr habt’s doch a Brotzeitbrettel.“

„Ich mach‘ die Karte nicht“, erläuterte die Bedienung und ließ die Zeit verstreichen.

„Wacholderschinken…“, murmelte Veit versonnen. „Kann ich den Wacholderschinken als Extra bekommen?“

„Zum Brotzeitbrettl?“

„Genau.“

„Freilich. Kostet aber extra, gell?“

„Dann halt so.“ Er reichte ihr die Karte, zögerte jedoch noch einmal und ergänzte dann. „Und a zweite Brez’n dazu – I hatt nix zum Frühstück.“

„Is‘ recht“, gab die Frau zurück – froh, diese Bestellung zu einem guten Ende gebracht zu haben. Sie erinnerte sich vage an den Mann. Irgendwo hatten sie schon mit ihm zu tun gehabt. Aus dem Küchenfenster schaute sie noch einmal auf die beiden. Der mit den etwas zu langen Haaren sagte ihr nichts – aber der Blonde, Große. Dann gefror sie schier, während sie den Wacholderschinken rollte.

„Die kennen wir doch“, grinste Vitus seinen Kollegen und Schwager an.

„Ich kann sie nicht einordnen – aber ich meine, wir hatten beruflich mit ihr zu tun.“

Nachdenklich schaute Vitus in Richtung Küche, wo ihre großen Augen auf seinen Blick trafen. Dann duckte sie sich schier weg. „Ich komm drauf...“

„Sakrisch warm ist’s“, knurrte Kilian, öffnete sein Polohemd weiter und lehnte sich leicht zurück.

„Verfluchter Klimawandel. Die haben schon recht mit den Hybrid-Autos und der Green Power, wenn du mich fragst.“

Oberhuber erläuterte: „Ich hab vorher ein Foto gemacht, als ich vom Irschlingkogel herunter kam. Da siehst du zwei gigantische Gebiete, groß wie zig Fußballplätze, wo der Borkenkäfer gewütet hat.“

„Ja, grausig. Prost erst mal.“

Die beiden Beamten stießen an. „Gestern Abend war Gabys Bruder bei uns. Er sagt, dass seine Schwester mit ein paar von diesen Windkraft-Typen verhandelt.“

„Hier? In Bad Grassach?“

„Ja – da scheint‘s jetzt Windräder zu geben, die leiser sind als die anderen Dinger. Und wenn du sie so hinstellst, dass man sie ned sieht...“

„Wie soll denn das gehen, Veit? Die Dinger san wie fünf Häuser so hoch!“

„Ja, ganz sauber schien mir das auch ned. Die andere Alternative ist halt Sonne. Sie könnten ein Gelände links der Wurlach für Sonnenenergie ausweisen. In der Nähe vom Gallinger-Hof. Der Ort wäre damit wahrscheinlich auch gleich saniert.“

„Ich dachte, dort soll das Neubaugebiet hinkommen? Grassach platzt doch aus allen Nähten. Und wie sähe das aus, so schwarze Dinger da unten auf der Wiese?“

„Na, Kilian, was willst? Wenn du die Bäume retten willst, muss die Energie doch von irgendw... Schau – Da ist der Berny.“

Sie wandten sich beide um und erblickten den Kollegen Bernhard Wolfinger. Der Streifenpolizist war das, was Kilians Mutter als *Brummer* bezeichnet hätte. Er war in allen Dimensionen ein wenig zu groß, zu schwer und zu grob. Schultern, die seinen Schädel unnötig klein wirken ließen. Hände wie kleine Schaufeln. In der Uniform wirkte er stets, als könnte er sie sprengen.

Jetzt hingegen trug er eine eng sitzende Lederkombination. Er hatte frei und war offensichtlich mit seinem Motorrad unterwegs.

„So, hier seid ihr also. Habt's ihr scho' was gegessen?"

„Nee, aber bestellt."

„Wart' - I hol mir auch was und setz mich zu euch. Jetzt müsst S' mir gleich mal sagen, was es mit unserem feinen Herrn Porschefahrer auf sich hat, gell?"

„Sicher", murmelte Kilian.

Sie warteten mit dem Update, bis sich der Brummer-Kollege mit seinem Bier an den Tisch pflanzte. „Und? Erinnert ihr euch noch an das Maderl aus der Küche?"

„Nicht exakt. Aber wir waren beide sicher, dass wir mal mit ihr..."

„Festgenommen haben wir sie. Zwei Mal. Sie war im Knast für anderthalb Jahre oder so. Ich hab vor Gericht ausgesagt ... war auch Sommer. Muss vor zwei Jahren gewesen sein?"

„Autsch. Ich hätte es wissen müssen ... Trickbetrug, jetzt erinnere ich mich." Die Köpfe von Kilian und Vitus gingen synchron in Richtung Küche. Die Frau hatte damals Autos mit gefälschten Papieren versorgt und irgendeine betrügerische Tour abgezogen.

Berny Wolfingers Jüngster war der Sache zufällig auf die Spur gekommen, weshalb Berny sich nur umso genauer an die Sache erinnerte. Er gehörte zur seltenen Gattung alleinerziehender Väter und hatte drei Jungs durch die Pubertät gebracht. Wie, wusste niemand. Aber sein Jüngster hatte dabei immer mit drei Zehen in der JVA gestanden. Als also ausgerechnet der in der Sache drin hing, hatte Berny den Fall als höchste Priorität eingestuft.

Klischeehaft – aber niemand hatte bei den Ermittlungen eine Frau im Verdacht gehabt. Damals hatte sie beim „Schrauba" im Büro gearbeitet – eine der beiden Autowerkstätten in Bad Grassach, genau genommen in Woiking auf der Hauptstraße. Beide Polizisten hatten ihr Gesicht scheinbar mäßig erfolgreich verdrängt. Aber Berny konnte es aus guten Gründen zuordnen.

„Hey", brachte Berny sie wieder zum Thema des Tages zurück. „Ihr habt gesehen, dass Bad Grassach überall trendet?"

„Trendet?"

„Auf Insta...dings", schlug Berny verhalten vor.

„Insta*gram*", erläuterte Hinterwinkler, der sich etwas auf seine Computerkenntnisse einbildete, möglichst weltmännisch.

„Und was *trendet* da?"

„Ein Typ hat euch beide gefilmt. An der Schlucht. Euch und den Hubschrauber. Und da kannst' hören, wie einer von euch auf die Schlucht schaut und ‚*der Wenzlick Ingo*' sagt."

„Wer hat das ...?"

„Man sieht aan Haufen Kinder auf dem Film, hab ich gehört."

Vitus legte sich die Hand vor die Augen. Er hatte auf die Kinder geachtet, nicht auf den Anführer, den er als Erwachsenen pauschal nicht verdächtigt hatte.

Er fluchte barsch, als eine Bedienung, die nicht die ehemalige Trickbetrügerin war, ihnen ihre jeweiligen Brotzeiten brachte. Veit Hinterwinkler beherrschte sich ein wenig und nahm die Unterbrechung dankbar hin. Ihm war klar, dass er es war, den man auf der beschriebenen Filmaufnahme hörte. Kilian nutzte praktisch nie die Sprechweise, bei der man den Familiennamen vorneweg stellte.

Somit hatte er offenbar den wichtigsten Hinweis an die Öffentlichkeit in diesem Fall gegeben. Unfreiwillig und aufgrund einer Unaufmerksamkeit. Das würde er ausbügeln müssen.

Zunächst widmete er sich jedoch konzentriert dem Wacholderschinken. Auch in solchen Situationen musste man als Beamter Prioritäten setzen.

Unser täglich‘ Brot

Die komplette Einsatzplanung fand naheliegenderweise im Biergarten statt.

Erwartungsgemäß taten die drei sich schwer, einen sauberen Plan zu schmieden mit dem Wenigen, was sie bislang hatten. Sie entschieden, sich aufzuteilen, obwohl Berny nicht einmal im Dienst war.

Die Schicht des Tages lag bei der jungen Kollegin Anna Heigl, die erst in ihrem zweiten Berufsjahr nach der Ausbildung steckte und der Liebe wegen in Bad Grassach hängen geblieben war, obwohl sie zwischen Rosenheim und München groß geworden war. Die meisten anderen Kollegen waren im Urlaub, um vor den Sommerferien noch einmal die Füße hochlegen zu können. Wie Kilian wusste, waren die meisten von ihnen sicherheitshalber weit weggefahren.

Sie beschlossen, Anna ein Update zu geben, weil die Presse sich ohnehin an sie wenden würde. Das würde Berny übernehmen. Veit Hinterwinkler, der etwas von Fußball verstand, bot sich an, die Spielerfrau des prominentesten Sohnes der Stadt zu interviewen und sich Informationen im Krankenhaus zu besorgen, was vermutlich am Ende dasselbe war. Sie nahmen an, dass seine Frau im Hospital war. Künstliches Koma hin oder her.

Kilian würde im Ort mit den beiden Augenzeugen sprechen, die den bekannten Porschefahrer am Vortag beobachtet hatten.

Sein Kollege setzte ihn gerade am 124er Wanderparkplatz ab, als sein Telefon klingelte.

„Wake me up before...?“, fragte Vitus grinsend.

„Ach, Mist! Den muss ich dringend umstellen!“

Anna informierte ihn, dass ein Kamerateam vor der Polizeistation stand. Ein weiteres hatte sich vor dem Krankenhaus positioniert. Allerdings vor der falschen Klinik, was den Polizisten Zeit verschaffen würde.

Kilian hatte das Telefon laut geschaltet und blickte seinen Kollegen auf dem Fahrersitz durchdringend an. „Das war es wohl mit Biergarten heute, hm?“

„Sollen die Frauen und die Kinder gehen und wir kommen nach?"

„Alternativ: Grillen?"

Hinterwinkler dachte nach und nickte zögerlich, blickte auf die Uhr. „Der Metzger hat schon zu. Ich werd mit Vroni sprechen und sag dir Bescheid."

„So machen wir es. Bis später."

Eine Viertelstunde später kreuzte Kilian unangekündigt beim Leitwanger auf. Die Pension Leitwanger lag direkt an der Klett, dem größeren Bach, der durch Bad Grassach führte und unter anderem Teile seiner Existenz als Kurort rechtfertigte.

In klassischem Münchner Gelb gestrichen und reichlich mit farbenfrohen Blumen dekoriert, erfüllte die Pension touristische Klischee-Sucher mit leuchtenden Augen. Leitwangers Gebäude mit seinen fast 40 Zimmern war so etwas wie ein Wahrzeichen der Stadt. In Sonnenlicht getaucht, von unten die breite Treppe hinauf fotografiert, war es seit Jahren ein Motiv der Tourismus-Flyer der Region rund um Zedersfelden. Natürlich gab es auch eine Aufnahme mit Burga Gallinger auf der Treppe. Mit offenen Haaren. Im Dirndl.

Der jüngere Leitwanger, der in den 30ern sein durfte, hatte den Porschefahrer am Vortag gesehen, was Kilian ungewöhnlich schien. Der ehemalige Spieler des FC Chelsea war um die Mittagszeit zum 126er Parkplatz gefahren. Zu der Zeit sollte Leitwanger normalerweise mit den Mittagsgästen seiner Pension ausreichend zu tun haben. Die Pension verfügte über einen ausgezeichneten Mittagstisch, den auch viele Eingeborene gerne besuchten.

Kilian musste sich beim Betreten der traditionsbewussten und traditionell gehaltenen Pension eingestehen, dass er den Namen des jüngeren Leitwangers spontan nicht parat hatte. Er lugte auf das kleine Schild am Eingang, das den Besitzer auswies. Das nannte jedoch noch seinen Vater Melchior Leitwanger.

Er fluchte leise *„Zefix, den Namen wüsst ich selbst!"* So trat er noch einmal auf die Straße, warf eine Suche auf seinem Telefon an und fand einen Artikel der Zedersfeldener Stimme, der die Übergabe der Pension von Vater zu Sohn dokumentierte. Mit Bild. Einem entspannten Melchior Leitwanger und seinem eher angespannten Sohn Simon Leitwanger.

„Sakra – der Simon!“ Kilian schlug sich vor den Kopf. Angesichts der Tatsache, dass seine Tochter Simone hieß, war dieser Aussetzer kein kleiner Lapsus. Sein Namensgedächtnis war nie seine Stärke gewesen. Der Gedanke wurde unterbrochen, als Simon Leitwanger die blumengeschmückten breiten Stufen vor der Pension herunter gestiegen kam.

Er war einer dieser chronisch positiven Typen: aufgeräumt, immer akkurat gekleidet, kurze dunkle Locken. Gute Laune war bei ihm eher der Standard.

„Hauptkommissar Oberhuber“, grüßte er ihn übertrieben korrekt. „Suchen S‘ aan Zimmer?“

Er schirmte seine Augen mit der Hand gegen die brennende Sonne ab. „Freilich. Ich hab gehört, du hast gestern Nachmittag den Ingo Wenzlick gesehen?“

Leitwanger nickte, zupfte mit geschultem Auge ein verblühtes Blatt von einer Blume, blickte an Oberhuber vorbei und zündete sich eine Zigarette an. „Hab ich, ja. In seinem Porsche auf dem Weg Richtung ... pfff ... Irschlingkogel, wenn S‘ so wollen.“

„Wo genau?“

„Ich stand unten vor dem Touri-Büro. Und er kam aus einem der Häuser hinter mir, denke ich. Zumindest ist er gerade losgefahren.“

„Das ... was hat das mit dem Irschlingkogel zu tun?“

„Nichts. Aber da hab‘ ich ihn gesehen. Ich stand, wie gesagt, vor dem Eingang zu dem Touristen-Büro. Er kam aus dem Haus hinter mir. Zumindest ist er gerade losgefahren. Und ich saß im Wagen und bin auch in die Richtung gefahren.“

„Ah ... jetzt ... ja – also du bist ihm hinterhergefahren.“

„Ich habe ihn nicht verfolgt oder so, falls sie das meinen. Wir hatten denselben Weg, würde ich sagen.“

„Aber nicht bis ganz rauf zum Parkplatz?“

„Da habt ihr ihn gefunden, gell?“

„Ja. Aber noch einmal zurück. Bis dahin bist du nicht gefahren?"

„Nein – ich bin abgebogen auf halbem Weg auf die Talstraße."

„Also noch vor dem Wurzinger seiner Fabrik?"

„Noch *deutlich* vor Wurzinger, ja."

„Wo ging es denn hin?"

Er stieß den Rauch langwierig aus und begleitete das mit einer Handbewegung, die vage und ziellos wirkte. „'N paar Sachen eingekauft. Nachschub und so, gell?"

„Ach so." Einem Instinkt folgend, schnappte Kilian Oberhuber sich seinen Block mit dem etwas unprofessionellen Logo der lokalen Brauerei. Den hatte er morgens bei Burga mitgehen lassen. Ebenso wie den Kugelschreiber eines lokalen Reisebüros mit der Aufschrift *Malle Für Alle*. „Was hast du denn genau gebraucht? Also: Wo bist' einkaufen gewesen, Simon?"

„Hier und da, viel Kleinzeug. Milch, ein paar Schnäpse, Zwiebeln, Schnitzel, paar Würstel, Leberkäs', Karotten, Kartoffeln. Ich war beim Gallinger Bauern und so. Alles, was man halt so braucht."

„Aha. Wann genau war das?"

„Wieso ist das wichtig? Hey, wart' – spiel' ich jetzt a Rolle in dem..."

„Nein. Sorg dich mal nicht, Simon. Aber wir müssen das vielleicht später genauer wissen, wenn wir ... den Tag *rekonstruieren*." Er hatte sich bemüht, das letzte Wort kompliziert und gewichtig klingen zu lassen und ihm den Nimbus polizeilicher Ermittlungsarbeit zu geben, wie man sie aus dem „Tatort" kannte.

Simon nickte nachdenklich. „Zwei, vielleicht halb drei, denk' ich. Später war es ned."

„War der Wenzlick alleine im Auto?"

„Das ... kann ich ned genau sagen", erklärte er sehr konzentriert. Er schien präzise darüber nachzudenken, jedoch keine sinnvollen Hinweise zu haben. Alternativ hatte er keine gute Lüge vorbereitet. „Ich würd' sagen, er war allein, ja."

„Dann ist er also geschlossen gefahren?"

„Geschlossen?"

„Na – der fährt doch ein Cabrio. Wenn du nicht sehen konntest, ob jemand bei ihm war, dann muss das Dach geschlossen gewesen sein, richtig?"

„Äh ... denk' scho'. Sonst hätte ich ja weitere Leute gesehen, ja."

„Aber du bist dir nicht sicher?", erkundigte sich der Kommissar mit einer gewissen Distanz. Wenn sich jemand an das Bild des Vortages erinnerte und sich vergegenwärtigte, ob er eine Person gesehen hatte oder zwei – dann war es schwer vorstellbar, dass er etwas so essentiell Wichtiges nicht beschreiben konnte. Also vermutlich keine gute Lüge in petto.

„Wenn ich so drüber nachdenke, bin ich mir einigermaßen sicher, dass es so gewesen sein muss."

„Wie – geschlossen?"

„Geschlossen, ja."

Oberhuber nickte. „Okay ... dann werden wir das mal mit den anderen Aussagen *synchronisieren*."

„Es gibt noch andere Aussagen?"

Mit den Jahren als Polizist wurde man misstrauisch. Einzelne Kollegen litten fast an einem leichten Verfolgungswahn bei Vernehmungen und misstrauten jedem. Kilian war da anders. Die Nachfrage von Simon Leitwanger machte ihn allerdings stutzig. Was steckte da drin? Nervosität? Angst? Er klang, als könnte eine andere Aussage seiner eigenen widersprechen und er fürchtete das.

„Sicher gibt es andere Aussagen. Diverse sogar!", übertrieb Kilian Oberhuber, um die Reaktion weiter zu provozieren. „Der Wenzlick ist ja nicht gerade ein Unbekannter, gell?"

Er beobachtet den jungen schlanken Pensionswirt, der den Betrieb in dritter Generation führte, eingehend. In seinem Kopf flogen Erinnerungs- und Gesprächsfetzen eines Kleinstadtpolizisten umher und ergaben kein klares Bild. Er wusste, dass viele den jungen großen gutaussehenden Mann für schwul hielten. Weil er schon über 30 war und keine Frau hatte. Das reichte vielen als „Beweis."

Oberhuber war maximal gleichgültig, wer im Ort mit wem ins

Bett ging und wie viele Geschlechter dabei vertreten waren. Er klopfte es lediglich darauf ab, ob es für den Fall von Bedeutung sein konnte.

Andere Verdachtsmomente des Dorfes zeigten in Richtung Geldwäsche. Leitwanger fuhr ein teures E-Auto. Wo sollte das Geld für so einen Wagen wohl herkommen?

Kilian hielt das in Summe für Blödsinn. Aber dennoch stimmte hier etwas nicht.

Sie tauschten noch einige Sätze. Die Situation blieb gleich, entwickelte sich in keine Richtung weiter.

Letztlich beendeten sie das Gespräch ohne verwertbare Ergebnisse. Oberhuber akzeptierte das. Für den Moment. Im Zweifel würde er in den kommenden Tagen noch das eine oder andere Mal vorbeikommen. Er schlenderte, einer spontanen Eingebung folgend, die Hauptstraße in Richtung des Tourismus-Büros hinunter.

Vitus Willis – nicht im Nakatomi Tower

Die blonde Frau war auf eine diskrete Weise teuer gekleidet – und obendrein nachweislich hübsch. Und nicht nur das: Sie wusste, dass sie hübsch war.

Franziska Wenzlick war nicht nur das, was man seit einigen Jahren „Spielerfrau" nannte – ein Begriff, den Vitus Hinterwinkler stets abgelehnt hatte. Schon allein, weil seine Frau das Wort als sexistisch eingestuft hatte.

Franziska war daneben auch das Mädchen, dem eine Schülergeneration kollektiv sabbernd hinterhergestarrt hatte. Und zwar Jungen und Mädchen. Die Jungen fanden sie scharf, die Mädchen waren neidisch. Zumindest in Bad Grassach.

Blond, schlank, ausgeprägte Wangenknochen und leichte Sommersprossen. Mit 14 hatte sie einen Talentwettbewerb gewonnen und war Model für eine deutschlandweite Mode-Kette geworden. Plötzlich hatte sie in topaktuellen Shirts von den Bahnhofsvorhallen heruntergelächelt und vollflächig die Rückseiten der wichtigen Teenie-Magazine erstrahlen lassen. Und so war sie in die Herzen der Teenager in ganz Deutschland gelangt. Und auf die Posterwände der Teenagerzimmer.

Dass sie Jahre später unter dem Blitzgewitter der Klatschpresse den Fußballer Ingo Wenzlick geheiratet hatte, passte ins Bild und rundete es ab. Ein Traumpaar. Gutaussehend, reich, fotogen, heimattreu. Ingo der erdverbundene Mäzen des bajuwarischen Breitensports. Franzi die wortgewandte Frau für Interviews und dekorative Homestorys. Mehr ging nicht.

Als sie in einem ausladenden Dirndl auf Vitus Hinterwinkler zukam, lächelte er versonnen. Ein eng anliegendes Band mit einem Edelweißemblem zierte ihren schlanken Hals. Veit musste sich konzentrieren.

„Veit – bist wege' mir hier?"

„Freilich. Wie geht's dir, Franzi?", fragte er ernsthaft mitfühlend.

„Ach..."

Eine Träne kullerte über ihre zarte Wange und sie trug es

mit Fassung und schluchzte nur leise. Mehr Hollywood bekam man in Bad Grassach wahrscheinlich nicht. „Er liegt im Koma. Der Ingo. Was soll ich sagen? Die Ärzte sagen nichts Gescheites. Weißt‘ mehr, als die mir erzählen?“

„Keineswegs.“ Dennoch fühlte Vitus Hinterwinkler sich zu Höchstleistungen angestachelt. Er zog seinen kleinen Bauch ein und erklärte mit fester Stimme: „Ich spreche später *als Polizis*t mit den behandelnden Ärzten. Und glaub mir: Was ich erfahre, erfährst du auch.“

Erneut nickt sie traurig und er fühlte sich genötigt, ihr leicht über die Schulter zu streichen. Auftritt: Der leicht väterliche Held, dem man sich anvertrauen konnte.

Sie nahmen Platz und Vitus drehte sich leicht zu ihr hin, während sie verloren zu Boden blickte, die Hände auf die Bank gestützt.

„Franzi – bitte sag mir mehr. Wann hast‘ den Ingo zuletzt gesehen?“

„Gestern am späten Vormittag. Wir waren drüben in Zedersfelden zu aam kurzen Empfang beim Bürgermeister.“

„Die Sache mit den Ehrenamtlichen für den Breitensport?“

„Genau. Ich und Ingo, wir haben die Medaillen überreicht.“ Veit nickte und musste den väterlichen Impuls unterdrücken, sie auf *„Ingo und ich*“ zu korrigieren, wie er es bei seiner Tochter Jahr um Jahr getan hatte, bis es gesessen hatte.

„Okay ... das dauerte bis wann etwa...?“

„So ... Mittag halt, gell?“

„Okay. Und dann seid ihr zurück nach Grassach?“

„Sicher. Und Ingo ist los zum Verein. Hatte bisserl was zu klären dort. Noch irgendeinen Termin.“

„Vereinssachen?“, schlug Vitus vor, um breiten Spielraum zuzulassen. Er hatte ein klares Bild davon, was aktive Fußballer den lieben langen Tag anstellten. Er hatte keine Idee, womit sich ehemalige Fußballstars in Grassach beschäftigen mochten.

„Vereinssachen und halt Businesssachen.“

„So ... was denn für *Businesssachen*?“

„Investment-Zeug. Das soll’n die Kerle machen - da misch‘ ich mich ned ein."

„Investment in ... Sachen, die nix mit Fußball zu tun haben?", tastete er sich vorsichtig heran.

„Ja, sicher. Windparks und solche Sachen. Geht ja sonst so nicht weiter mit dem Klima, gell?"

„Okay ... weißt du, wer dazu mehr Details wüsst'?"

„Nein – das macht der Ingo ohne mich."

„Aber mit jemandem im Verein?"

„Sicher."

„Gut..." Er rieb sich die Knie und steuerte vorsichtig auf ein pikanteres Thema zu. Zumindest versuchte er es.

„War er irgendwie anders gestern?"

„Nein. Du kennst den Ingo doch! Der ist doch eher..." Er hatte das Gefühl, dass sie „simpel" sagen wollte. Schließlich legte sie sich auf „verlässlich" fest, auch wenn das nach seiner Einschätzung sprachlich Quatsch war.

„Und sag: Gibt es eine ... Frau in seinem Leben?"

„Hä? Sicher! Mich."

Er spürte Schweiß auf den Händen und glitt zunehmend in die alpenländische Mundart über. „Noa ... I moin – oa and're."

„Ach so. Veit! Ich bitt' dich", sagte sie mit einem Augenaufschlag, der für pornografische Umfelder getaugt hätte.

Aber Veit blieb stur.

„Also ...?"

Ihre Augen weiteten sich und einen Moment lang bekam es Vitus Hinterwinkler mit der Angst zu tun. Sie schaute ihn an, als hätte er etwas Ungehöriges gesagt.

„Franzi...", murmelte er halb entschuldigend.

„Veit Hinterwinkler! Woas is' des für aan Scheiß??"

„Woas? I hätt doch nur welle di' froaga..."

„Na! Des moin I ned! Dort! Der Typ mit der Kamera!"

Sie zeigte hektisch über seine Schulter und Veit fuhr herum.

Tatsache! Hinter der Glastür, die den Gang abschottete, konnte man eine blonde Frau mit einem Mikrofon und einen breitschultrigen Kerl mit einer kompakten Kamera auf der Schulter erkennen. Offensichtlich ein Fernsehteam.

Beide wurden von einer beeindruckend stämmigen Schwester davon abgehalten, den Gang zu betreten.

„Drecksverrrflucht..." Er erhob sich rasch und stellte sich heldenhaft vor die blonde „Spielerfrau", die sie für die Presse jetzt wohl war. „Stell dich hinter mich. Wir gehen rückwärts den Gang runter und dann auf die Treppe. Dann könn' sie dich ned filmen."

„Okay." Schwankend koordinierten die beiden sich so, dass Franzi hinter dem Kommissar nicht mehr zu sehen war. Wenige Minuten später waren sie eine Treppe nach oben gelaufen und hatten sich in ein leeres Zimmer geschlichen, in dem Reinigungsmittel und ähnliche Utensilien gelagert wurden.

„*Hier wird uns niemand suchen und niemand finden*, hat meine Mutter immer gesagt", erklärte Vitus und nun war es an ihr, ihm in dem engen Raum über den Arm zu streichen. Er registrierte in dem kleinen Zimmer, dass Franzi entschieden besser roch als er. Während sie eine leichte Note von Jasmin umwehte, war er von einem Hauch von Brotzeit umgeben. Obazda, Radi und Zwiebelringe eingeschlossen.

Sie atmeten beide einen Moment lang ruhig. Dann fing Vitus an, in seiner Hose herumzufummeln.

„Veit?", erkundigte sich Franzi distanziert und mit leichter Verwunderung.

„Wart a Sekund'." Er drehte sich leicht seitlich und wühlte tiefer, bis er zu seinem Telefon vordrang und es umständlich aus seiner Hosentasche hervorbrachte.

„So...."

Vitus scrollte auf seinem Handy umher, bis er die Mail von Konrad Loibl in all seinen Apps gefunden hatte. Ohne weitere Prüfung öffnete er die Bilder und drehte das Display zu dem blonden Ex-Model um.

„Kennst' die hier?"

„Wer ist des?"

„Des frag' ich dich ja grad'..."

Sie hielt den Zeigefinger nachdenklich an die Lippe und für eine Sekunden hatte Vitus den Eindruck, dass sie sich bewusst lasziv gab. Sie hatte diesen „Kleine-Mädchen-Blick“ aufgelegt. Hätte sie ihre blonden Haare rasch zu Zöpfen gebunden – es hätte optisch ins Gesamtbild gepasst.

Er schüttelte die Vision ab. „Und? Kennst du die?“

„Ich ... bin mir ned sicher. Kennen ist eh Schmarrn. Ich hab sie schon mal gesehen. Ich weiß nur ned recht, wann oder wo. Vielleicht beim Fußball?“

„Na ... ist es eher eine Woche her oder Monate oder ein halbes Jahr.“

„Eher kurz, tät ich sagen. Aber sagst du mir jetzt bitt'schön, was mit der ist?“

„Davon weiß die Presse vermutlich noch nichts: Wir haben sie auch in der Schlucht gefunden.“

„Mit Ingo zusammen?“

„Das wissen wir nicht. Sie lag in derselben Schlucht und ist tot. Erst kurz“, wich Hinterwinkler ungeschickt aus.

„Also wird er sie wohl gesehen haben, wollte sie retten und ist heruntergestürzt? Weil er ihr Leben retten wollte?“

Er lupfte die Augenbrauen mit großem Erstaunen. Einen Augenblick lang verschlug es Vitus Hinterwinkler mit über 20 Jahren Polizeierfahrung schier die Sprache. Wie musste es wohl sein, wenn man in einer Soap lebte? Mitten in Bayern?

Natürlich – so konnte es passiert sein. Und in jeder Vorabendserie wäre es so passiert. Aber im echten Leben?

„...ja, Franzi, das ist sicher *eine* Möglichkeit. Ebenso gut könnte er sich auch...“

Sie sollten das Ende des Satzes beide nicht erfahren. Die Tür wurde aufgerissen und ein schrilles Licht leuchtete beiden in die Augen wie einer dieser Scheinwerfer des Gegenverkehrs, an dem das Auge neugierig haften blieb.

„Zefix....!“

Wissenswertes über Erlangen

Die Hände hinter dem Rücken verschränkt, platzierte Kilian Oberhuber sich vor einem der beiden großen Schaufenster der Touristen-Information, die jetzt korrekt „Tourismus- & Gäste-Management" hieß.

Er benötigte nur wenige Augenblicke, um Burga auf einem Reiseführer zu finden. Dann auf einer Wanderkarte. Einmal mit roten Haaren, dann Burga mit dunkelbrauner Mähne, die sie im echten Leben nie gehabt hatte. Aber stets im Dirndl mit tiefem Einblick. Das Alpenland pflegte seine erfolgreichen Klischees.

Im konzentrierten Dialog mit einem offenbar sächsischen Ehepaar und zwei kleinen Kindern erkannte Kilian hinter der Scheibe Quirin Taufing. Seinerseits Chef der Tourismus-Info, die in Bad Grassach nicht nur eine Anlaufstelle für ein paar Flyer war, wie man sie aus anderen Orten kannte.

Quirin war der Sohn von Remigius Taufing, dem ehemaligen Gemeinderat und vermutlich wirtschaftlich wirklich wichtigsten Sohn des Ortes.

Nachdem der alte Taufing unter dubiosen Umständen seinen „Regierungs"-Posten verloren hatte, hatte man ihn für den Tourismus verantwortlich gemacht, wo er zu seiner Höchstform aufgelaufen war. Er hatte die Gebietsreform vorangetrieben. Er hatte dafür gesorgt, dass aus Grassach Bad Grassach geworden war. Ihm war das Wachstum mit dem Neubaugebiet zu verdanken. Er hatte für die Erweiterung der Brauerei gekämpft. Immer wieder Remigius, wohin man blickte.

Nachdem Quirin die Familie in ihrer Funktionskleidung abgefertigt hatte, trat der junge Taufing vor die Tür.

„Griaß di', Kili. Schaust nach Freizeitangeboten?"

Er setzte sich auf den kleinen Mauervorsprung und zündete sich eine Zigarette an.

„Klar", gab Kilian zurück. „Wird Zeit, dass ich mal ausspann'. Was kannst' mir empfehlen?" Er setzte seinen Fuß auf den Vorsprung, um von oben mit dem Tourismus-Mann kommunizieren zu können.

Der hatte die lächerliche Angewohnheit, stur jeden Tag in karierten Hemden in den Kombinationen rotweiß oder hellblauweiß und Trachtenkleidung herumzulaufen, die er beim lokalen Trachten-Dealer Aurang bezog. Kilians Frau hatte mehrfach angeregt, dass das auch etwas für ihn sein könne. *Mit einer Tracht bist immer fesch oadirndlt – da machst nix falsch!*

Kilians Einschätzung war eine andere. Er hatte sich mit sich selbst auf Khaki-Hosen und blaue Polohemden verständigt. Nur höchst selten trug er etwas anderes am Leib.

„Hattest‘ gestern auch Dienst?“

„Sicher, wieso ned?“

„Hast‘ den jungen Leitwanger getroffen?“

„Nur kurz. Der war bei meiner Frau.“ Er deutete vage in den Hof, der hinter der zentral gelegenen Tourismus-Anlaufstelle lag.

„Die haben irgendein Event rund um Ökostrom oder so.“

„Aha.“ Kilian kombinierte das Gehörte zum Logischen. In Kleinstädten fielen die Dinge meist von selbst an die richtigen Stellen.

„Und der Ingo war auch da?“

„Nein.“

„Der war mittags nicht hier?“

„Doch, aber der war beim Vater.“ Erneut deutete er hinter sich, jetzt jedoch mit einer größeren Verrenkung im Arm. Die ließ ihn dümmlich aussehen, beschrieb aber mit bemerkenswerter Präzision die Lage des Büros vom alten Taufing.

„So so“, murmelte Kilian, um Zeit zu schinden. Der gemeine Kleinstädter erzählte gerne aus seinem mondänen Leben, wenn man ihm die Möglichkeit bot.

„Die ham‘ a große Sachen am Laufen.“

„Aha … du meinst, diese Sache hinten an der Bertramswiese?“

„Woher weißt denn du das?“

Kilian hatte geraten. Jetzt erst konnte man von „Wissen“ sprechen. „Ich hab‘ halt meine Ohren überall. Ist ja mein Job“, konstatierte er selbstbewusst und so hochdeutsch wie in einer solch gewichtigen Situation erforderlich. „Und der Ingo will da ...?“

„Investieren natürlich. Hilft ja am Ende uns allen.“

„Und was wird aus dem Neubaugebiet in der Rechnung?“

Er beobachtete Taufing genau. Sein touristisches Gegenüber zuckte die Schultern und nahm einen tiefen nachdenklichen Zug. „Der Ort ist eh voll genug, wenn's mi‘ fragst. Wenn das hier noch größer wird, rennen uns bald die Gäste weg.“

Innerlich musste Kilian lächeln. Das Wort „Gäste“ hatte sein Vater Remigius Taufing mit religiösem Eifer etabliert. Zuvor hießen die Gäste „Touristen“ oder fanden sich in solche wenig charmanten Wörtern wie „Fremdenzimmer“ oder „Fremdenverkehr“ wieder.

„Meinst‘, die Gäste zählen die Einwohner nach? Ein hübsches Neubaugebiet hat doch auch was ... *prosperierendes*...“

„Pah! Da prosperiert sich dann bald nix mehr. Saubere Energie! Das ist, was hier zu uns passt! Schmutzig haben die Leute es doch zu Hause in Herne schon. Aber hier! Klare Luft, Bergseen, die Wurlach, grüne Wiesen und dieser prächtige blaue Himmel! Des passt. In fünf Jahren will ich hier keinen Diesel mehr sehen.“ Er dachte kurz nach und schob ein gewichtiges Argument hinterher „Und der Vatter auch ned.“

„Schau'n mer mal“, gab Kilian mit dem patentierten Halbsatz zurück, der alles bedeuten konnte. „Weißt‘ zufällig, wann der Ingo losgefahren ist?“

„Mei, ich hatte gerade gegessen, schätze ich. Vielleicht so um eins?“

„Nicht später?“

„Nein, wieso? Wer sagt das?“

„Keiner. Es passt nur nicht ganz zum restlichen Tagesablauf. Wir sind gerade noch in der *Rekonstruktion*.“

Er warf die Zigarette zielsicher in den nahegelegenen Gully und erklärte „Wart‘ g‘schwind.“ Wenige Augenblick später kam er wieder heraus in die mittlerweile stechende Sonne und hielt einen Terminplaner in der Hand. „Ich hatte eine Abstimmung um halb zwei und eine um drei. Ich war also spätestens um halb zwei hier drin. Und da war der Ingo längst losgefahren.“

Oberhuber quittierte das mit einem nachdenklichen und ebenso unschlüssigen Nicken. So ein Terminkalender war kein Beweisstück. Aber Quirin war ein akribischer Typ. Beinahe wie sein legendärer Vater. Die Wahrscheinlichkeit, dass seine Aussage akkurat war, schätzte der Kommissar höher ein als im Falle des Pensionswirtes Leitwanger.

„Sag ... ist dein alter Herr da?“

„Im Moment ned. Sekunde.“ Er griff nach seinem Telefon und swypte herum. „So in knapp drei Stunden erreichst du ihn wieder hier. Soll ich dich bei ihm einbuchen?“

Kilian hob die Augenbrauen. „Einbuchen?“

„Wir haben so ein digitales ... *Ding*.“

„Sag bloß! Ein digitales *Ding*? Respekt.“ Er grinste. „Ja, sei so lieb, buch mi‘ ein.“

„Gut, dann brauch‘ ich deine eMail-Adresse...“

„Machst‘ Witze?“

„Nein – wie soll ich dich sonst....“

„*Einbuchen*?“ Er atmete ausgiebig aus und schüttelte den Kopf. „KOberhuber äht Polizei minus Bayern minus zedersfelden dee eeh.“

Is' mir wurscht

Kilian Oberhuber hatte vorab angerufen, bevor er zur Fabrik der Wurzingers gefahren war. Hätte er innerhalb Bad Grassachs abschichten sollen, so hätte er sich schwergetan, zu sagen, ob die Familie Wurzinger die wichtigste des Ortes war oder die Taufings. Wurzinger war klar der größte Arbeitgeber, die Taufings hatten sich verdient gemacht um die Entwicklung der Stadt.

Selbst die Brauerei von Bad Grassach stand in beiden Dimensionen hinten an.

Beide der vermutlich wichtigsten Familien in kürzester Zeit in einem Fall vernehmen zu müssen, hatte für Oberhuber einen Beigeschmack, als wäre er aus dem Haus gegangen, ohne sich die Zähne zu putzen. Das verhieß nichts Gutes. Und erst recht nicht an einem Samstag.

Der junge Wurzinger und er hatten sich am Haupttor der Firma verabredet. Als Kilian eintraf, still und stolz geräuschlos vom neumodischen Elektromotor angetrieben, stellte er fest, dass das Haupttor offen stand.

Damit hatte er nicht gerechnet. Eher damit, dass Wurzinger ihn dort treffen würde. Als Kilian das Tor leise und mit zurückhaltendem Surren passierte, erkannte er den Firmenerben auf große Entfernung. Der saß entspannt auf einer Art Picknick-Bank, die den Mitarbeitern in den Sommermonaten als ein Ort neben der Kantine diente, an dem sie ihre Brotzeit einnehmen konnten.

Da ein kleiner geteerter Weg in die Richtung führte, bog Kilian ab und rollte mit leisem Säuseln bis auf fünf Meter an den Erben der Senf-Dynastie heran, der ihn lächelnd beäugte.

„So, Kili", rief er über die letzten Meter Distanz, „fährst' jetzt elektrisch?" Er grinste und erhob sich. Trachtenjanker und Jeans waren hier keine Show – sie waren Berufskleidung. Die Männer schüttelten sich die Hände. Florian Wurzinger klopfte Kilian Oberhuber in seiner herzlichen offenen Art auf die Schulter.

„Klar – wir haben jetzt doch Hybride. Und wo ich kann, fahr

ich mit Strom. Wir sind doch eine erklärte Green Community. Da nehmen wir uns nicht mehr aus."

„So steht's ja auch auf'm Schild am Ortseingang, richtig", grinste er.

Kilian spähte so unauffällig wie möglich auf den Tisch. Nach einem Augenblick war ihm klar, dass er seinen lüsternen Blick nicht verbergen konnte. Also zeigte er auf das kleine Brotzeitbrett auf dem Tisch. „Neue Senfsorten, Florian?"

Wurzinger lächelte breit und verbindlich. „Freilich. Du weißt doch: Ich will da schon länger weiter sein. Setz dich und lang zu. Bin an deiner Meinung interessiert. Oder gilt bei euch ‚Kein Senf im Dienst'?"

Oberhuber grinste satt. „Soweit kommt 's noch." Obwohl mit dem Herzen Beamter, würde er eine No-Mustard-Rule aus ebenso vollem Herzen ignorieren.

Kilian setzte sich rasch und blickte auf vier offene Senfgläser. Kleine Probiergläser mit Holzspateln. Daneben ein kräftiges Brot und flache Messer mit breiter Klinge. Florian Wurzinger wusste: Im Bereich Senf galt Kilian Oberhuber als hochspezialisierter Degustor.

Ohne zu zögern, schnappte er sich das erste Glas, während der Senf-Erbe sich ihm gegenüber setzte und neugierig, fast angespannt, zuschaute, wie Kilian eine erste Geruchsprobe nahm. Er schnüffelte laut und murmelte fragend: „...was Nussiges? Ist das .... ist das Walnuss?"

Wurzingers Gesicht erhellte sich. „Respekt, der Herr. Das erkennen einige meiner Mitarbeiter ja nicht."

„Hm..." Kilian lief das Wasser im Mund zusammen. Er zögerte nicht, nach einer Scheibe des urigen Woiking-Laiberls zu greifen und lud sich eine solide Portion Walnuss-Senf auf die Brotscheibe.

Ein herzhafter Biss, nachdenkliches Kauen. Der Senf-Fabrikant klebte seine Augen an den Gesichtsausdruck des Polizisten. Beobachtete Nuancen. Details. Dem Oberhuber-Urteil in Sachen Senf vertraute er. Kilian schluckte nachdenklich, biss noch einmal ab. Nickte kauend – aber mit einer Spur zu viel

Nachdenklichkeit für Wurzingers Geschmack.

„An der Feinabstimmung müsst ihr arbeiten. Ich meine: geiles Aroma. Hab ich so noch nicht auf der Zunge gehabt." Er legte einen kleinen Biss nach. „Der ist aber hinten raus etwas fett, oder?"

„Hm ... den Verdacht habe ich auch. Der Fettgehalt ist durch die Nuss natürlich erst mal höher als üblich."

„Den werden die Frauen nicht essen wollen. Fühlt sich falsch an." Er leerte seinen Mund penibel, gönnte sich einen Schluck Wasser und schaute auf das nächste Glas. Derweil erklärte er: „Du hast den Ingo gestern gesehen?"

Wurzinger nickte. „Hab ich."

„Nur gesehen oder habt ihr auch gesprochen?" Oberhuber schnüffelte versonnen an dem nächsten Glas. Er ließ seine Nase tanzen.

„Wir haben uns zugewunken."

„Eine Note von Bier, richtig?"

„Genau."

„Und die Hälfte körnig, die andere gemahlen. Ein Biersenf?"

„Exakt."

„Wann hast du den Wenzlick gesehen?"

„Vielleicht gegen zwei."

Oberhuber verzog leicht das Gesicht. Das würde zu keiner der beiden bisherigen Geschichten passen. Zumindest nicht linear.

„In seinem Porsche?"

„Sicher."

„Da ist hinten ‚raus noch etwas ... Estragon?"

„Verflucht, Kili! Du kannst Montag bei uns anfange', wenn du willst! Das gibt's fei ned! Estragon erkannt! Männer wissen normalerweise garned, was des is'!"

Oberhuber kaute nachdenklich und schmeckte der Estragon-Spur hinterher. Die Abstimmung mit dem Biergeschmack war herausragend. Das Brot wie dafür gemacht.

„Ist er offen gefahren?"

„Sicher. Mit einem jungen Mädel neben ihm."

Kilian nahm das kleine Senfglas, schraubte es grinsend zu und erklärte. „Das ist schon mal meins."

Wurzingers Lächeln war erkennbar gerührt.

„Die feine Abstimmung mit dem Biergeschmack ist großartig. Hätte ich nicht gedacht, wenn ich es gelesen hätte. Ich würde Estragon nicht zu laut aufs Etikett schreiben."

„Meinst', die Leute mögen des nicht?"

„Ich denke, viele wissen ned, dass sie es mögen. Und dann lehnen sie es ab. Gerade Touristen." Er nahm einen weiteren Schluck Wasser. „Die Frau war nicht seine?"

„Die Frau im Cabrio?"

Oberhuber nickte.

„Sicher ned. Dunkle lange Haar'. Franzis Haare sind heller und kürzer. Das erkenne ich auch im Fahrtwind."

„Wir werden mehr Zeugen hören müssen, um den Weg zusammen zu bauen. Wie genau hast' die Frau gesehen?"

„Ich denke ned, dass ich sie wiedererkennen würde."

„Irgendwelche spezifischen Merkmale, etwas Besonderes, das dir im Kopf geblieben ist?"

„Ich ... nein." Er dachte einen Moment nach, während Kilian seine Nase über dem hellen Senf aus Glas drei kreisen ließ. „Warte!"

„Hm?"

„Sie hatte einen riesigen Ohrring, denke ich. Etwas Großes, das am Ohr hochlief."

Kilian lächelte versonnen, die Augen halb geschlossen. „Fruchtig? Bier? ... nein, warte. Weißbier. Ja – da ist doch diese spitze, leicht kribbelige Note, die ... warte! Ohrring?"

Schweren Herzens stellte er das kleine Glas ab, zauberte sein Telefon hervor und hielt Florian Wurzinger Augenblicke später einen ästhetisch angemessenen Bildausschnitt der toten Frau vors Gesicht.

Der schien nachzudenken, also legte Oberhuber sein Telefon auf den Tisch und trug den helleren fruchtigen Senf dick auf die nächste Scheibe Brot auf. Der Duft der Senfkörner entfaltete sich und im wortwörtlichsten Sinne lief ihm Wasser in den Mund, dass es beinahe peinlich war.

„Sie hat eine Menge Ohrlöcher. Wenn das Licht richtig fällt, könnte das aussehen wie ein großer Ohrring, meinst' ned?"

Der junge Wurzinger sah die Frau konzentriert an und stellte dann die unerwartet dumme Frage: „Ist die tot?"

Oberhuber blieb der Bissen im Mund stecken, ohne seine volle Wirkung zu entfalten. Er kaute fleißig und ohne Genuss. Dennoch: Das Fruchtaroma war überwältigend. Mango? Papaya?

„Florian. Gell – du siehst scho' S' selbe Bild wie I, gell? Besonders lebendig schaut die ned aus, oder?"

„Scho..." Er senkte seinen Blick wieder auf das Telefon. „Hast du noch mehr Bilder von ihr?"

„Eins nach links und eins nach rechts."

Jetzt beobachtete Kilian den Senf-Erben mit voller Aufmerksamkeit. Er ließ seinen Finger einmal nach links gleiten, dann kurze Zeit später angespannt zweimal in die Gegenrichtung. Dann nickte er.

„Die kenn I." Er hatte das leiser gesagt als alles zuvor.

„Mach Sachen..."

„Wir haben vor ... vier oder fünf Tagen ... sie hat genau da gesessen, wo du jetzt sitzt."

Kilian nahm einen Schluck Wasser. Den letzten im Glas. Gewohnheitsmäßig wollte Wurzinger ihm nachschenken. Kilian stoppte ihn.

„Florian. Jetzt mal in aller Ruhe. Was ist mit der Frau?"

„Sie hat da gesessen. Wir haben darüber gesprochen, was mit dem Neubaugebiet wird."

„Was hast du mit dem Neubaugebiet zu tun?"

Er zögerte. „Kilian. Jetzt musst du mir ... also des is' wie beim Arzt, gell?"

„Was? Ach so – Schweigepflicht?"

„Genau, Schweigepflicht."

„Nur, solange es nicht für einen eventuellen Prozess relevant ist."

Er zögerte, kniff die Lippen zusammen. Nirgends lief ein Band, niemand konnte etwas nachweisen. Ein Gespräch zwischen zwei Männern in der Sonne. Mit Senf. Hervorragendem Senf.

„Wir werden expandieren. Und ich war willens, einen Teil des Neubaugebiets zu kaufen."

„Für die' Firma?"

„Nein! Wohnungen. Werkswohnungen."

„Du willst *Mehrfamilienhäuser* bauen?" Kilian merkte selbst, dass das Wort „Mehrfamilienhäuser" einen akustischen Beigeschmack gehabt hatte. So waren sie groß geworden. Mehrfamilienhäuser waren ein Sündenfall. Grassach hatte stets genug Platz gehabt und man lebte in Häusern. Das höchste der Gefühle waren Häuser, die sich – wie man hier sagte – vier Familien teilten.

Florian zeigt auf die Gläser. „Der Senf da, den du eben probiert hast. Das sind 20 Arbeitsplätze. Und wir wollen eine vollkommen neue Produktlinie auflegen. Das sind noch einmal 20 – 30 Arbeitsplätze. In Summe also 50. Sagen wir mal, das sind Familienväter. Dann bist du bei 200 Leuten."

„Sakra."

„Ja ... und wir wollen die ja langfristig binden. Ingenieure, eine größere Degustation. Überregionales Marketing ... Listung in den großen Food-Ketten. Gehen die Pläne auf, rechnen wir mit 80 Mitarbeitern zusätzlich."

„Hammer!", platzte es aus dem Kommissar heraus, der begriff, warum Wurzinger sich mit dieser Information schwer getan hatte. Da steckte nicht nur Freude drin, sondern auch Zündstoff für eine Gemeinde dieser Größe. Da entstand Bedarf nach Kindergartenplätzen, Schulen, Spielplätzen. Und da redeten sie noch nicht von der überregionalen Konkurrenz.

Dann war da zwischen den Zeilen eine weitere wichtige Information gewesen. Die hieß „Neue Produktlinie" – die hatte er nicht näher benannt.

Kilian ahnte, dass auch darin eine Bedeutung mitschwang. Die wollte er nicht jetzt ergründen. Sein Gegenüber hatte ihm eine große Portion Vertrauen entgegengebracht.

„Du weißt also, wie die Frau heißt?"

„Sicher. Mandy Kaltzenow."

Kilian gab sich Mühe, keinen falschen Zungenschlag in dieses

Gespräch zu bringen, aber eine Frage konnte er sich nicht verkneifen. „Aus dem Osten?“

„Aus ... ja. Irgendwo im Dunstkreis von Dresden.“ Er unterstrich seine Ausführungen mit einer Deutung in die ungefähre Himmelsrichtung und Kilian war einen Moment abgelenkt. War dort Osten? Eher nicht.

Er musste sich einbremsen.

„Okay. Und wieso hast du mit ihr über dieses Baugebiet gesprochen? Welche Rolle spielte sie da?“

„Sie hat den Auftrag der Landesregierung, die Gebiete rund um Zedersfelden zu entwickeln.“

Kilian nickte zögerlich. Schließlich stutzte der Polizist. „Land? Das ist doch erst einmal Sache der Stadt und der Kommune, oder? Die Bertramswiese gehört doch dem ...“ Er zog den Mund leicht schief. „Die gehört doch dem Bertram, sonst würde sie ja kaum so heißen.“

„Geh, Kilian – das weiß doch ich ned, wer da in der Politik wen genau beauftragt.“ Er zuckte die Schultern. „Jedenfalls hatte sie den Job. Sie hat auch mit dem Taufing gesprochen.“

„Dem alten Taufing?“

„Na sicher. Und ich denke, auch mit Weiteren im Ort. Da gibt es ja jede Menge wichtiger ... Themen.“

„Hm. Ich lasse das mal für den Moment so stehen. Wir werden das vertiefen müssen.“ Er griff wieder nach dem Rest von Brot Nummer drei, schnüffelte daran. „Mango?“

„Papaya.“

„Sehr gut.“ Er biss hinein und kaute einen Moment. Er brauchte die nötige Atmosphäre. „Flori, bevor wir da jetzt ... also bevor wir da in Schwulitäten kommen. Wenn jetzt dei Frau hier sitzen tät....“

„Dann wär ich dir dankbar, wenn S‘ des ned erwähnen tät’s.“

„Dann hätt‘ mer des ’klärt.“ Er nickte. „Die Nummer vier. Ich trau mich kaum zu fragen. Ich rieche es fast von hier. Das ist ein Trüffelsenf?“

„Verdammt, Kili... du hast a Noasen!“

„Ich liebe Trüffel....“

Öffentlich missverstanden

Mit acht Senfgläsern, die man noch als „Erlkönig“ bezeichnen konnte, machte Kilian sich auf den Weg. Nachdem er losgefahren war und sich zunächst auf den Weg zum alten Taufing begab, bei dem er *eingebucht* war, fuhr er kurz rechts ran und warf einen Blick auf sein Telefon.

Seine Stirn kräuselte sich. Was er da lesen musste, schien keinen Sinn zu geben.

Anna hatte ihm mehrere Nachrichten geschickt und ihn zweimal angerufen. Die erste Nachricht lautete

Der Veit ist im Fernsehen

Gefolgt von

Ruf dringend an

Und schließlich

Die Frau war schwanger!

Er drückte den grünen Knopf und hatte Anna Sekunden später grußlos am Ohr.

„Gottseidank! Wo warst du?“

„Hab ein paar Leute zum aktuellen Fall gesprochen ... was ist das mit dem Fernsehen?“

„Hier ist die Hölle los, wenn du mich fragst. Draußen auf dem Parkplatz sind mindestens drei Sender, denke ich, dazu Presse. Vitus war mit Ingos Frau in der Besenkammer und das kam eben auf...“

„Wass?“

„Ja ... das klang jetzt falsch... also sie waren im Krankenhaus in einem Vorratsraum. Und dann kam das Fernsehen halt rein.“

„Ein kleiner Vorratsraum?“

Die junge Polizistin zögerte. „Na ... eher eine Besenkammer, würde ich sagen. Ich schick dir den Link.“

„Okay“, murmelte Kilian und schloss die Augen für einen Moment. Vielleicht würde er seine Frau anrufen müssen. Immerhin war sie die Schwester von Veits Gattin und die beiden standen sich *sehr* nahe. Solchen Blödsinn sollten sie nicht - im wahrsten Sinne des Wortes – aus der Presse erfahren. Er konnte nur hoffen, dass Steingassinger noch keinen Wind davon bekommen hatte.

„Und was ist das mit der Schwangerschaft?"

„Die tote Frau aus der Schlucht. Die ist schwanger gewesen. Hab eben mit Loibl telefoniert. Er hat keine Leute, weil die auf der A8..."

„...ja ja..."

„...ah – okay, das weißt du schon. Also deshalb hat er jetzt nur das Nötigste gemacht bislang. Aber das konnte er schon mal sagen. Schwanger, frühes Stadium."

„Schwangerschaftstest ist für Loibl das Nötigste?"

„Nein – er hat mir gesagt, dass das hormonell so leicht nachweisbar sei, dass man das sozusagen als Abfallprodukt..." Sie unterbrach sich selbst. „Also – das klang jetzt bisserl blöd."

„Scho'."

„Okay. Er hat das mit der Schwangerschaft sozusagen *im Vorbeigehen* festgestellt."

„Sonst noch was?"

„Er sagt, dass man keine Abwehrverletzungen erkennen kann. Sie hat mehr Brüche, als er angenommen hatte. Rippen sind ein paar dabei. Und er glaubt, dass sie eventuell Polin ist."

„Ich glaube eher, dass sie aus dem Raum Dresden stammt."

„Na gut – das ist ja dicht an der polnischen ... was? Woher weißt du das?"

„Hab eine Aussage in die Richtung. Aber mal was anderes: Wo ist der Vitus jetzt?"

„Na ... der steht unten und spricht mit der Presse."

Kilian gefror. „Was? Im Ernst? Der Steingassinger tötet ihn!"

Inneres Unheil

Nachdem es ohnehin nicht mehr aufzuhalten war, informierte Kilian umgehend Steingassinger. Auch der sollte nichts aus der Presse erfahren. Er erläuterte ihm, dass der öffentliche Druck auf die Polizei vor Ort zu groß gewesen sei. Dass es ihre Pflicht sei, jetzt zu informieren, wenn so ein prominenter Bürger der Stadt ... und ähnliche großvolumige Geschosse, um nicht selbst ins Kreuzfeuer zu geraten.

Gerne hätte er ergänzt: „Mir können sie eh nichts, weil ich ja nicht der Vorgesetzte bin, sondern nur der Leiter der Station", aber den Teil ließ er weg. Ein solcher Satz entsprach auch nicht seinem Naturell. Er fühlte sich verantwortlich.

Vitus war ein guter Polizist, leider mit einem Hang zur Öffentlichkeit. Auch mal im Stüberl, wenn man Pech hatte. Aber das war eine andere Geschichte.

Steingassinger beteuerte ausgiebig, dass ihn das nicht zufriedener machte, er jedoch selbstredend die Beurteilung des „örtlichen Presse-Mobs" den Beamten „an der Front" überließe. Schließlich seien sie gut ausgebildete Staatsdiener.

Oberhuber ertrug die Wortflut gelassen. Steingassinger und er kannten sich seit 20 Jahren. Damals war das Wort Staatsdiener noch öfter gefallen. Heute schien es nur noch Steingassinger zu verwenden, wie auch sonst vieles an ihm wie damals wirkte.

Aber wenn man ihn Sonntagnacht um 03:41 anrief, war Steingassinger verfügbar, notfalls sogar „an der Front". Und das schätzten die Polizisten in Bad Grassach.

Nach einer kurzen Überlegung entschied Oberhuber, nicht auf die Station zu fahren, sondern gleich zum alten Taufing. Schließlich war er ja „eingebucht" und hatte sogar eine Bestätigung per Mail erhalten.

Als er eintraf, zeigte ein Blick auf die Rathaus-Uhr ihm, dass er gute 20 Minuten zu früh war. Er stellte den halbelektrischen Wagen ab und schlenderte in den Ort hinein. Dann rief er seine Frau Kathi an und erzählte ihr von den Ereignissen des Tages.

„Au wei – da werd' ich besser rasch bei der Vroni durchläuten.

Oder I fahr vorbei.“ Seit seine Frau sich entschieden hatte, zu Hause zu arbeiten, war ihre Flexibilität schier erschreckend groß.

„Ja“, murmelte er nachdenklich und wollte etwas zum Thema Grillen oder Biergarten am Abend fragen. Seine Gattin hatte jedoch bereits gehandelt und aufgelegt. Er machte ein paar Schritte in Richtung des großen Brunnens. Eines der wenigen echten Wahrzeichen der Stadt, das nicht jemand aus dem Tourismus-Marketing erfunden hatte.

Der Brunnen lag etwas abseits, war durch einige helle Steinmauern eingerahmt. Wenige dekorative Birken waren um das Wahrzeichen gruppiert sowie eine schwungvolle Eiche, die sich schräg gewunden der Sonne entgegenstreckte. Sie lag nur wenige Schritte hinter dem steinernen runden Bauwerk entfernt.

Der Brunnen in dieser abgelegenen Ecke der Altstadt war Auguste von Bayern gewidmet. Auguste von Bayern war einst auf der Durchreise von Schloss Wildenwart nach Wien im gegenüberliegenden Herrschaftshaus eingekehrt, das heute die Hälfte des Kurhauses von Bad Grassach bildete. Früher war das Bauwerk somit keineswegs abgelegen gewesen, sondern sehr zentral. Lediglich die Struktur der Stadt hatte sich rundherum verändert.

Das hier plätschernde Trinkwasser war angenehm kühl. Kilian verteilte eine Handvoll auf seinem Nacken. Versonnen schaute er auf die fein ziselierte Inschrift des Adelgundenbrunnens, dessen Name sich nur geschichtlich versierten Vollblut-Bajuwaren erschloss.

Er sah ein Bild des kleinen Kilians vor sich, der in den späten 70ern seinen Vater fragte, warum der Brunnen diesen Namen trug. Er sah ein Bild aus dem Jahr 2007 oder 2008 vor sich, in dem seine Tochter Simone ihm aufmerksam dieselbe Frage stellte.

Mit einem tiefen Blick ins Innere gestand er sich, dass Grassach seine Stadt war und er es nicht bereute, damals nicht nach Rosenheim gegangen zu sein.

Aber das Angebot hatte er gehabt. Das zählte etwas.

Mit einem gut ausgeprägten Sinn, den nur Polizisten und Einheimische entwickeln, spürte er, dass er nicht mehr allein war.

„Hab ich mir gedacht, dass ich dich hier finde", hörte er eine kraftvolle Bass-Bariton-Stimme hinter sich. Der dazugehörige kräftige Mann erschien bereits vor seinem geistigen Auge, bevor er sich umgewandt hatte, um ihn zu begrüßen.

„Remigius! Grüß dich."

Respektvoll trat der Polizist auf den kräftigen Mann zu, der – ähnlich wie er selbst – sein Haar stets etwas zu lang trug. Im Falle von Remigius Taufing war das Haar noch eine Spur länger, wellig und grau meliert nach hinten gebändigt. Das gab seinem Gesicht etwas Fliehendes, nach vorne gewandtes. Beinahe ein wenig angriffslustig. Diese Wahrnehmung täuschte nicht: Wo Taufing war, war stets vorne gewesen.

Sein Vater Ferdinand Taufing war als junger Bursche noch mit Herzblut Mitglied der bayerischen Volkspartei gewesen. Nach der Machtergreifung war er mit ebenso viel Inbrunst zu den Nazis übergelaufen und hatte dort eine stramme Karriere hingelegt. Seine kurze steile Nazi-Karriere hatte ihn nicht daran gehindert, 1946 mit großer Liebe zu seinem Heimatland der frisch gegründeten CSU beizutreten.

Er war „eng an FJS dran gewesen", wie man damals in bayerischen Polit-Kreisen sagte. Also ein Parteifreund von Franz Josef Strauß. Und in diesem Fahrwasser gewachsener bajuwarischer Macht war Remigius Taufing aufgewachsen und geprägt worden.

Er strahlte das aus.

Mit jeder Faser seines stattlichen Körpers.

Kilian reichte ihm strahlend die Hand. Remigius griff sie mächtig mit beiden seiner Pranken. Das war ebenso verbindlich väterlich, wie es auf der anderen Seite einen leicht mafiosen Charakter hatte. Wie hieß es da bei Jean Baptiste Racine? *„Ich umarme meine Feinde ... um sie zu erwürgen..."*

Kilian lächelte dennoch. Er mochte den Mann. Aber mit der

Distanz des notwendigen Respektes. Er hatte ihn schon vier- oder fünfmal in verschiedenen Themen verhören müssen. Und Taufing war der Kerl, der selbstbewusst genug war, auf einen Anwalt zu verzichten. Ein Taufing löste seine Probleme selbst. Und er hatte genügend Möglichkeiten, Druck auszuüben. Auch beispielsweise auf jemanden, der ihn verhören wollte.

Nur in seinem Amt als Gemeinderat war Taufing damals einmal zu oft falsch abgebogen. Er hatte das nötige Selbstbewusstsein, diese Erinnerung auszuschwitzen. Und die Gemeinde verdankte ihm so viel, dass sie großzügig den Mantel des Vergessens über seinem Fehltritt ausgebreitet hatte. Man wusste es. Sprach aber nicht darüber.

„Du magst den Brunnen auch, gell?"

„Wer mag den nicht?", gab Kilian neutral zurück. „Ich erinnere mich noch daran, wie man den Brunnen vom Kirchweg aus sehen konnte."

„Und jetzt überleg mal, wie viele Gebäude heute dazwischen stehen. Der Wahnsinn."

„Du bist doch ein Fan des wachsenden Ortes..."

Taufing lächelte geschmeichelt oder spielte es zumindest gut. „Ich bin mir nicht sicher: Ist das schon die Überleitung zu unserem Thema?"

„Weiß nicht – sag du es mir. Ich wollte von dir wissen, worüber du gestern mit Ingo Wenzlick gesprochen hast. Und ich höre läuten, dass das etwas mit Wachstum zu tun hat."

„Hörst' des läuten...? Is' interessant." Er grinste breit, blickte sich kurz um und deutete dann auf die eiserne Bank neben der Eiche. „Lass uns setzen."

„Gern", erklärte Kilian und fragte sich wieder einmal, wie Taufing alltäglichen, freundlich klingenden Sätzen eine Art Befehlston einhauchte.

Nebeneinandersitzend setzten sie ihr Gespräch fort.

„Der Ingo war gestern Mittag bei dir."

„Korrekt", erklärte Remigius mit beiläufig gerollten R. Er faltete die Hände und schlug die Beine übereinander. „Wir sprechen gerade über ein paar Investitionsmöglichkeiten. Hoffe, er ist bald wieder fit. Weißt du was von ihm?“

Kilian winkte ab. „Künstliches Koma. Das dauert traditionell a paar Tag‘, bis wir da was erfahren.“

„Hatte ich befürchtet ... Gott steh ihm bei“, schob er hinterher. Etwas arg dramatisch für Oberhubers Geschmack.

„Worum ging es da genau?“

„Du, Kilian ... da sind ein paar Sachen ... versteh‘ mi ned falsch...“

„Remigius. Wir ermitteln in einem Todesfall. Mord ist da nicht ausgeschlossen, okay? Da sollten wir schon mal ein paar Hüllen fallen lassen.“

„Aber du weißt ja, was man sagt...“

„Was denn?“

„Ein offenes Geheimnis verdient seinen Namen nicht.“

„Ja – man sagt aber auch: Hoffnung ist ein gutes Frühstück, aber ein schlechtes Abendbrot.“

Er stutzte. „Was hat das damit zu tun?“

„Es ist genauso weitläufig zu deuten wie dein Zitat.“ Oberhuber gab sich Mühe, sein Grinsen im Inneren zu behalten. „Remigius ... wollen wir das wirklich so spielen? Oder wollen wir lieber gleich über die Bertramswiese reden?“

Taufing zuckte kurz, verbarg es aber rasch und gab mit dem Touch von unbeschwerter Selbstverständlichkeit zurück: „Sicher. Das ganze Gebiet ... da steckt ein Stück Zukunft drin für uns hier in Bad Grassach, oder?“

„Ich sehe da bislang eine Wiese und ein Stück Wald, das wohl demnächst gerodet werden muss.“

„Der dreckerte Borkenkäfer muss weg. Da wird der Bertramswald dran glauben müssen, das ist klar. Des macht die Sache doch so spannend!“

Kilian hielt sich ruhig und nickte wissend. Die Komponente des Waldes hatte er so bislang noch nicht auf dem Schirm gehabt. Tatsächlich aber erinnerte er sich: Der an die Bertramswiese grenzende Wald gehörte der gleichen Bauernfamilie wie die Wiese. Der Name „Wiese“ war an der Stelle irreführend. Er nahm an, dass man auf diesem Areal

50 Einfamilienhäuser errichten konnte, eventuell mehr. Konnte man den angrenzenden Hang roden und bebauen, stieg die Zahl praktisch ins Unermessliche. Je nachdem, wie garstig der Borkenkäfer sein Unwesen dort getrieben hatte.

„Und was ist da der Investitionsplan?“

„Der Bertram ist willens, das Land an uns zu verkaufen.“

„Uns?“

„Meinem Konsortium“, erklärte er ungerührt.

„Du hast ein Konsortium?“

„Wenn du so willst“, erklärte er mit fester Stimme. „Also am Ende hat man ja ein Konsortium nie allein“, berichtigte er den Polizisten in einem Tonfall, der etwas Belehrendes hatte.

Kilian lächelte. „Ein bisserl Staatsbürgerkunde kannst du mir schon auch zutrauen, Remigius.“

Der ehemalige Gemeinderat nickte, ließ seinen Blick hoch in die Eiche schweifen. „Das ist mir klar.“

„Wer ist alles in diesem Konsortium?“

Taufing sah ihn mit funkelnden Augen an. „Ich kann es dir sagen, Kilian, aber dir ist klar, dass ich dich anschließend töten muss?“

Ein schwächerer Charakter hätte Mühe mit diesem Scherz haben können. Kilian machte mit einem Scherz den starken Mann und spielte auf eine bajuwarische Fernsehserie an: „Immerhin hast du nicht gesagt, dass du mich mit deinem Geld zuscheißen willst. Den hätte ich dir übel genommen.“

Remigius lachte herzhaft und laut mit voller Stimme. „Da hast‘ recht.“ Er schlug sich auf den Schenkel und brauchte einen Moment, um wieder ernst zu werden. Die Rolle von Mario Adorf in „Kir royal“ hätte Remigius Taufing tatsächlich gut gestanden. Und er war sich dessen bewusst. Das spürte Kilian. Es schien ihm sogar zu schmeicheln.

„Kilian – im Ernst: Ich möchte das im Moment noch offenlassen. Auch im Interesse meiner Partner. Da steckt zu viel Zündstoff drin. Und ich bitte dich sehr ernsthaft, diese Information auch bis zu diesem Punkt vertraulich zu behandeln.“ Sein Blick haftete fest auf dem Polizisten.

Der nickte schließlich. „Für den Moment kann ich das akzeptieren. Aber wir reden vom Fall einer Toten an dieser Stelle. Da ist Mord ned ausgeschlossen."

„Mord?", platzte es aus ihm heraus und eine sichtbare Ablehnung schwang darin mit. „Wieso kommst du jetzt mit Mord? Das war mir bislang nicht klar. Ich dachte, wir reden von einem Unfall."

Kilian fragte sich, ob er das nicht bereits zwei Minuten zuvor gesagt hatte. „Des wiss' mer ned, Remigius. Und das müssen wir noch klären. Dann könnte ich zu einer anderen Meinung über euer Konsortium gelangen, okay?", korrigierte Kilian ihn und wies ihn ein wenig in seine Schranken. „Aber mal ganz operativ: Wann war der Fußball-Gott gestern bei dir?"

„So um Mittag rum, denke ich. Kurz vor eins vielleicht?"

„Hm ... das nehme ich mal so mit. Zeugen?"

„Schätze, dass Quirin ihn gesehen hat. Hat der dir dazu nix gesagt?"

„Doch, sicher. Und einige andere auch. Das müssen wir jetzt noch ..."

Ihm fiel auch bei längeren Nachdenken kein passendes Fremdwort ein, also erklärte er: „*übereinanderlegen*."

Er erhob sich und reichte Remigius die Hand. „Du hast mir schon mal sehr geholfen."

Remigius machte keine Anstalten zu gehen. Er saß gemütlich auf der Bank mit Blick auf die Eiche und so verabschiedete Kilian sich.

„Kilian?"

„Hm?"

„Woher weißt' das mit dem Bertramsacker?"

„Ich könnte es dir sagen, aber dann müsste ich dich..." Er grinste breit und wandte sich um. Drei Schritte später hielt er noch einmal an und hob den Zeigefinger.

„Eins noch. Ganz gleich, wer deine Konsortialpartner sind: Von was für einer zeitlichen Taktung reden wir hier? Monate?"

„Wochen."

„Na, dann woll'n mer mal hoffen, dass des koa Mord ist."

Gemeinsam schwach

Die Polizeistation von Bad Grassach als dekorativ, modern, heimelig, architektonisch wertvoll, ansehnlich oder auch nur als „ganz nett“ zu beschreiben, wäre gelogen gewesen. Es handelte sich um das funktionalste Gebäude der Welt, schien seinen „Bewohnern“ manchmal.

Bad Grassach stand laut einschlägiger Vorschriften kein Revier dieser Art zu. Bei der Gebietsreform hatte man den Einsatz-Weg Richtung Zedersfelden jedoch als zu weit eingestuft. Günstig beeinflusst worden war die Situation obendrein davon, dass hier vier Orte zusammengeführt worden waren. Das hatte Verwaltungskosten gespart, die die Gemeinde wohlwollend in die Polizeistation investiert hatte: eine ehemalige Bank Filiale.

Die finale Rechtfertigung hatte - wie so oft – Remigius Taufing geliefert: In der Urlaubssaison verdreifachte sich die Anzahl der Einwohner. Also brauchte es eine eigene Polizei, um den „Gästen“ ein „Gefühl von Sicherheit“ zu geben.

Vielleicht hörte man deshalb oft Sätze wie „Taufing ist der wahre Architekt von Bad Grassach“ oder „Ohne Remigius würde es Bad Grassach nicht geben“.

Insofern waren sie in Bad Grassach dankbar, eine eigene Polizeistation zu haben. Dass die sich in dem Gebäude einer ehemals relevanten Bank befand, die den kleinen regionalen Kunden als winzige Erdnüsse eingestuft hatte und ihnen den Shareholder-Value-Rücken zugewandt hatte, war eine Notlösung gewesen. Und wie jedes gute Provisorium hatte sich die Lösung als brutal haltbar erwiesen.

Das Gebäude lag zentral an der Ausfallstraße nach Woiking und in Spuckweite zur Feuerwehr. Darüber hinaus war das „Stüberl“ samt Biergarten nicht weit, die beste Eisdiele der Stadt ebenso in Sichtweite wie „BG Döner“ und das italienische Klischee-Restaurant „Porto Bello“ mit seinem ausgezeichneten Knoblauchbrot und der gemischten Antipasti-Platte.

Kilian, Anna, Vitus und Berny hockten im ehemaligen Kredit-

Zimmer der Bank. Berny hatte einen unverstellten Blick auf die Eisdiele, vor der sich eine Schlange gebildet hatte, die zu großen Teilen aus Journalisten zu bestehen schien. Die großen „Gäste"-Ströme kamen zumindest erst in der kommenden Woche. Somit mussten es Journalisten sein.

Vor dem „Porto Bello" versperrte ein Übertragungswagen eines deutschlandweiten Skandal-TV-Senders den Blick auf die kleinen getönten Scheiben. Umberto nahm es mit der südländischen Ruhe des Durchschnittsbayern, der er war. Er hatte ein Fenster geöffnet und verkaufte zur Straße hinaus Pizza-Stücke zu Fantasiepreisen. Berny fragte sich halbherzig, ob er das überhaupt durfte. Brauchte man da nicht eine andere Lizenz...?

„Wie die Schmeißfliegen...", murmelte Hinterwinkler.

„Und des wird ned besser, Burschen", wagte Berny Wolfinger eine sichere Prognose.

Kilian gab sich Mühe, die Truppe einzufangen. „Wir waren alle nicht darauf vorbereitet, was heute passiert ist. Aber ich denke, wir haben ein halbwegs klares Bild erzeugt."

„Du meinst, für heute is' Schluss?", erkundigte Anna sich und versuchte, ein Lächeln zu verbergen. Sie strich sich eine Strähne hinters Ohr, wirkte unnötig nervös.

Hinterwinkler deutete auf die beiden Flipchart-Papiere an der Wand. „Ich denk', heute können wir nichts mehr tun. Wir haben eine leicht unklare Situation bei den Zeiten. Wenn wir die heute klären, machen wir uns lächerlich und wirken wie ein Haufen aufgescheuchter Hühner, oder?"

Kilian nickte. Nicht nur, weil er an diesem Abend noch grillen wollte. Nicht *ausschließlich* jedenfalls.

„Wir erreichen heute nichts mehr. Da warten wir lieber ab, was der Loibl uns morgen sagt, und klären dann neue Ergebnisse ab und gleichzeitig die Fragen der Zeiten. Die passen tatsächlich ned beisammen."

„Oder Ingo ist vielleicht mehrfach durch den Ort gefahren", mutmaßte Anna Heigl.

„Jetzt spekulierst'. Lass uns des morgen klären. Und wir

müssen Jörg Bertram auftreiben."

„Wen?", erkundigte sich Anna, die nicht aus Bad Grassach stammte.

„Den Besitzer der Bertramswiese", erläuterte Berny väterlich.

„Ach – deswegen heißt die so?"

Die drei Männer grinsten. Schließlich erklärte Kilian „Bertram war mal eine Legende hier. Bau-Erwartungsland ist eine Währung, derer sich nur wenige bedienen können."

„*Ganz* wenige", bestätigte Hinterwinkler, „und der Bertram war da ein ganz Großer. Irgendwann ist er verduftet. Ich denk, dass der irgendwo in Schwabing 'numhängt. Aber des kann a G'rücht sein."

„Lass uns ned raten. Lass uns lieber morgen schauen, was wir *ermitteln* können. Es muss Menschen in Grassach geben, die Kontakt mit Jörg Bertram haben, oder? Und irgendwo wird er ja auch gemeldet sein."

Hinterwinkler zuckte zunächst die Schultern. Dann nickte er und blickte unauffällig auf die Uhr. „Dann tät I soage: Des woar's?"

„Ja. Wer hat morgen Dienst? Berny?"

„Sieht wohl so aus."

„Veit - du und ich um zehn hier?"

„Elf?"

„Zehn dreißig."

„Sei's drum."

Nervös

Sie blickte hektisch auf ihre Uhr. Zum dritten Mal innerhalb weniger Minuten.

Sollte sie sich vertan haben? Im Datum? Mit dem Parkplatz? Bei der Uhrzeit?

Nein ... das war schwer vorstellbar.

Sie zog die Strickjacke vor der Brust zusammen und schlang die Hände um den Körper, obwohl es immer noch warm war. Auch dunkel wurde es nur zögerlich.

Ziellos kreiste ihr Blick Richtung Kogel hinauf, streifte irgendwann den Weiher, soweit man den von hier erkannte.

Sie blickte zurück zu ihrem französischen Kleinwagen. Zehn Minuten würde sie ihr noch geben.

Ein junges Paar kam mit zu hoher Geschwindigkeit auf den Parkplatz gefahren, passierte sie, stieg Augenblicke später unter Begleitung lauter Musik aus und verschwand lachend in Richtung Wald.

Erst nach wenigen Minuten sah sie die beiden wieder auf dem Weg, der sie hoch zum Weiher und zum Waldsee führen würde.

Sie blickte ihnen einen Moment hinterher. Dann auf die Uhr. Dann rief sie ein letztes Mal ihre Nummer an.

Schließlich schüttelte sie angefressen den Kopf, murmelte etwas in ihrer Muttersprache und begab sich mit festen Schritten zurück zu ihrem kleinen Wagen.

Sollte sie wütend sein? Oder sich eher Sorgen machen? Sie startete den Motor und er setzte sich mit einem gehörig asthmatischen Geräusch in Bewegung.

Wieso blendete dieses große Auto sie eigentlich die ganze Zeit?

Früher sterpen

Der Sonntag gestaltete sich frustrierend. Ganz gleich, mit wem sie sprachen: Jörg Bertram blieb ein Gespenst. Obwohl er vor maximal zehn Jahren aus Bad Grassach verschwunden war, schien niemand mit ihm Kontakt zu haben. Gemeldet war er auch nicht. Sollte er im Ausland gemeldet sein, erfuhren sie das erst am folgenden Tag.

Entnervt fuhren die beiden Beamten nach Zedersfelden zu Konrad Loibl und seinen Leuten. Sie parkten vor dem halbbeseitigten „Wer früher stirpt ist länger tod“ Graffito, der dem langweiligen Langbau das einzige designerische Glanzlicht verlieh. Konrad Loibl saß erwartungsvoll auf den vier Betonstufen, die ins Gebäude führten. Er nuckelte an einem Landjäger und hatte den Blick mit halb geschlossenen Augen in die grillende Sonne gerichtet. Loibl wirkte dennoch unzufrieden.

„Radi, alles gut?“

„Joa…“

„Hast‘ was Neues für uns?“

„An aam Sonntag? Jungs… Natürlich hab‘ ich was Neues für euch.“

Die beiden Beamten stellten sich etwas unschlüssig an die Stufen. Da Loibl aus Prinzip keine Hände schüttelte, fehlte das vertrauensbildende Ritual zum Beginn des Gespräches und Hinterwinkler salutierte stattdessen mit leicht zynischer Note in der Geste. So, wie Loibl saß, schien er ihnen die Neuigkeiten draußen verkünden zu wollen, was beiden sehr recht war. Das Wetter war seit Tagen konstant ausgezeichnet und zeigte auch heute keine Anzeichen von Eintrübung. Bavaria at its best.

„Also … ich sage mal: Einen Mord habt ihr hier aus meiner Sicht nicht unbedingt.“

„Also Unfalltod?“

„Na – jenseits der Schwangerschaft kann ich nichts finden, was ungewöhnlich ist. Sie hat eine Druckstelle in der Höhe des Schulterblatts. Einen Bluterguss. Breitflächig. Aber das kann alles sein."

„Da könnte sie jemand gestoßen haben?", erkundigte sich Vitus hoffnungsvoll.

„*Könnt'* scho'. Ebenso gut könnte sie lange an einer Mauer gelehnt haben, einen schlecht sitzenden Rucksack getragen oder auf einer üblen Matratze übernachtet haben. Oder es ist irgendwo auf dem Weg nach unten passiert. Eindeutig ist das nicht."

„Und die Brüche?"

„Wenn S' da nunterbratzelst, dann zerlegt's di halt!", erklärte Loibl unerwartet unmedizinisch. „Klar hat die Brüche. Das Genick ist durch, der Schädel ist hin, insgesamt sechs Rippen angerasselt und zwei stramme Blutergüsse. Einer am Knie, einer am unteren Rücken. Schürfwunden. Die müssen vom Sturz sein. Da war ihre Kleidung zum Teil aufgerissen. Und frisch sind die auch. Das passt alles zum Sturz. Ob sie da einer geschubst hat ... das fällt in euer Spielfeld, Buam."

Kilian atmete einen langen Moment aus. „Nur, damit ich es verstehe: Du würdest also davon ausgehen, dass sie dort hinuntergefallen ist und auf dem Weg nach unten hat sie sich den Rücken und das Bein angeschlagen. In dem Bild wäre sie also nahe am Rand gewesen, richtig?"

„Ja, so stell' ich mir des vor."

„Das klingt dann aber nicht nach Suizid für dich, richtig?"

„Das müsst ihr einen Psychodoc fragen, tät ich sagen. Aber ja: Aus meiner Erfahrung heraus springen die Suizid-Typen tatsächlich eher. Das würde dafür sprechen, dass sie weiter weg vom Rand gesprungen wäre. Dann würde es diese Verletzungen nicht geben."

„Aber hätte sie jemand geschubst, würden die Verletzungen viel Sinn ergeben?"

Loibl grinste. „Netter Versuch. Aber so kriegst mich ned, Kili. Ja – sie würden dann Sinn geben. Sie würden aber auch Sinn geben, wenn sie sich umbringen wollte und im letzten Moment abgerutscht ist. Was mich weit mehr wundern tät: Wer bringt sich denn dort um?"

„Wie meinst du das?"

„Na – ich meine, sicher: Das ist natürlich schon recht tief dort. Aber das fühlt sich für einen Laien nicht so an, als würdest du dort sterben, oder? Da springst du doch lieber von a Brücken oder so."

„Hm. Wir sind ja hier eher im Land der Tunnel als im Land der Brücken, oder? War ihr vielleicht zu weit zur nächsten Brücke?"

„Möglich. Aber: Erinnert ihr euch? Dort ist doch mal eine Mutter runtergeklettert, weil ihr Sohn samt Kinderwagen dort reingerasselt ist. Die hatte keinerlei Ausrüstung. Die ist da mit bloßen Fingern runter, um ihr Kind zu retten. Die hatte also nicht mal ausreichend Angst davor."

„Mütter...", murmelte Hinterwinkler und setzte sich die verspiegelte Sonnenbrille auf, die er seit 20 Jahren besaß. Kilian fand stets, dass die Brille Vitus lächerlich wirken ließ. Aus pädagogischen Gründen hatte Kilian sie deshalb vor sechs Jahren gestohlen und in die obere Wurlach geworfen.

Aber seinem Kollegen war es gelungen, dasselbe lächerliche Modell, das etwas von US Highway Patrol hatte, nochmals aufzutreiben. Er war eigens bis zu einem US-Shop gefahren, der eine halbe Stunde hinter Zedersfelden lag.

Kilian deutet auch Loibls Blick auf seinen Kollegen in diese Richtung. Schließlich schüttelte er den Kopf, biss ein großes Stück von seinem Landjäger ab.

„Also ... von mir bekommt ihr wohl kaan Mord heut'."

„Hm..."

Kilian nickte langsam und nachdenklich. „Aber seltsam ist's schon. Da sind zu viele wichtige Leute im Spiel. Da scheint es doch um Geld zu gehen. Jeder im Ort, der wichtig ist, scheint hier eine vage Verbindung zu haben."

„Und eine Frau mittendrin, die nicht dazu gehört. Und ausgerechnet die ist schwanger und tot. Schon komisch, gell?"

Spiderman

Die beiden Männer hatten entschieden, noch einmal ins Krankenhaus zu fahren und mit dem behandelnden Arzt zu sprechen. Das war technisch gesehen unnötig. Sie hätten es auch telefonisch erledigen können. Aber beide hatten das Gefühl, dass es helfen würde, nachdem es im Presserummel vom Vortag zwischen die Stühle gefallen war. In einer Kleinstadt mussten Polizisten auch Präsenz zeigen.

Wie nötig das war, erahnten sie erst, als sie das Krankenhausgebäude schon sahen. Der Streifenwagen von Berny fiel ihnen als Erstes ins Auge. Dann erblickten sie die junge Kollegin Anna, die heute nicht einmal Dienst hatte.

Ihre etwas eigenartige Interpretation der bayerischen Polizeiuniform machte Oberhuber und Hinterwinkler sofort stutzig und Veit brachte es trotz der unklaren Situation fertig, anzumerken „Des Sport-Polo kann man doch ned zu a Uniformhosen...?“

Auch Kilian schüttelte den Kopf. Wenn auch aus anderen Gründen. „Da hinten! Der Berny – siehst‘ des? Der führt einen Typen ab. Sag mal, hat der dem Kerl Handschellen angelegt?“

Sie stellten den Dienstwagen quer in die Einfahrt. Anna erkannte die beiden und kam im Laufschritt herüber. „Drunter und drüber“, rief sie schon aus der Ferne. „Ich sag es euch! Spinnen tun die alle!“

„Wer denn?“

Sie kam zum Stehen und Kilian registrierte, was für eine Wespentaille die junge Kollegin in diesem nicht zulässigen Dress hatte, der eine Uniform geschickt imitierte.

„Wir haben einen Reporter festgenommen, der versucht hat, in Ingos Zimmer zu klettern! Könnt ihr euch das vorstellen?“

„Der liegt im dritten Stock...“

„Eben! Drum! Und kaum, dass wir im Auto gesessen haben, kam ein Notruf. Da hat ein Zweiter es vom Dach runter versucht – mit Kamera!“

„Zefix...!“ Kilian nickte mit fest zusammengepressten Kiefern und tat das, was man vom Leiter der Polizeistation erwarten konnte. Er schnappte sich sein Telefon und rief in der Polizeistation von Zedersfelden an und orderte Verstärkung.

Sie mussten hier ein paar Beamte platzieren. Und am Haus der Familie Wenzlick ebenfalls.

Erst eine halbe Stunde später kamen sie dazu, mit dem behandelnden Arzt zu sprechen. Eine junge Frau kam auf dem Gang auf sie zu und brachte sie in das Zimmer des behandelnden Arztes. Sie stellte sich ihnen gegenüber hin und begann, etwas auf einem Computer zu tippen, der fast unsichtbar in den Tisch eingelassen war.

Die Frau schien kaum älter als 20 zu sein und blickte die beiden verschwägerten Polizisten abwechselnd an, dann wieder auf den Bildschirm. „Es geht also um Herrn Wenzlick?", erkundigte sie sich in korrektem Hochdeutsch.

„Exakt."

„Was kann ich da genau für Sie tun?"

Kilian betrachtete sie konzentriert. Aber sein Kollege kam ihm zuvor. „Wir wollten den behandelnden Arzt sprechen", erläuterte Vitus in väterlichem Tonfall.

Die junge Frau schien hinter ihrer ausufernden Nerd-Brille zu gefrieren. „Das bin ich", erläuterte sie mit bemüht fester Stimme. „Ich bin die behandelnde Ärztin."

„Oh, ich hatte..."

Nachdem auch nach einem Augenblick des Wartens nichts Klügeres aus Veits Mund zu kommen schien, lächelte Kilian und nutzte die Chance, so zu tun, als hätte er das die ganze Zeit über gewusst.

„Sicher, deswegen sprechen wir ja. Wir ermitteln in einem möglichen Mordfall und müssten verstehen, was Sie über den Zustand des Patienten Wenzlick wissen."

„Kann ich die Ausweise sehen?"

Kilian zog die Braue hoch, griff dann aber umgehend nach seiner Geldbörse, klappte sie auf und zeigte seinen Ausweis. Er fragte sich, wann er das letztmalig getan hatte.

Auffordernd und herrisch blickte sie zu Hinterwinkler

herunter, der mit erkennbarer Ablehnungshaltung dasselbe tat. Sie nickte zufrieden und ließ ihre Augen wieder über den unsichtbaren Bildschirm gleiten. Dann tippte sie erneut. Schließlich lächelte sie etwas herablassend und blickte die Polizisten an.

„Wir werden ihn noch einen weiteren Tag im Koma belassen. Eventuell mehr."

„Warum genau?"

„Er hat wohl ein Schädel-Hirn-Trauma, eine Schädelquetschung, erlitten. So ganz komisch ist das nicht."

„Gehen Sie davon aus, dass er gestürzt ist?"

„Ich bin ja keine von Ihren Leuten. Ich kann mir keinen kriminalistischen Reim auf die Sache machen. Aber er hat zumindest keine typischen Wunden. Opfer von Motorradunfällen sehen meiner Erfahrung nach oft so aus."

Veit gab sich Mühe, über den Begriff „Erfahrung" nicht zu lachen. Je länger er die Ärztin betrachtete, desto jünger schien sie ihm. Hatte er wohl damals in seinen jungen Jahren im Dienst auch so gewirkt?

„Okay...", murmelte Kilian Oberhuber. „Stellen wir uns das mal absurderweise vor. Sagen wir mal, er hätte einen Helm getragen. Würde man dann Spuren davon am Kopf finden?"

„Möglich, aber das werden wir in den kommenden 48 Stunden nicht erfahren."

„Aber es könnte sein? Und einer unserer Leute würde es am Schädel möglicherweise erkennen können?"

„Wie gesagt: Das werden wir nicht erfahren."

Veit wollte etwas anmerken, aber Kilian gab ihm ein knappes Zeichen. Die Ärztin schätzte die rechtliche Situation falsch ein – gepaart mit großem Selbstbewusstsein. Kilian sah keinen Grund, ihr diesen Glauben jetzt zu nehmen. Nicht, wenn er ihn ihr auch noch zu jedem späteren Zeitpunkt nehmen konnte.

Die Stimmung war zu angespannt. Die junge Medizinerin brachte es nicht einmal über sich, Platz zu nehmen. Das sprach schon Bände. Sie war entschieden nervöser, als sie zugeben würde.

„Wir haben für draußen Schutzpolizisten herbeordert. Haben wir eine Chance, dass Ingo Wenzlick an eine Stelle im Klinikum verlegt wird, wo niemand an ihn herankommt? Also: auch nicht über den Balkon?"

„Einen solchen Ort gibt es hier nicht."

„Abgesperrte Intensivstation?"

„Eine solche gibt es hier nicht. Wir sind eine Sportklinik."

„Na prächtig", stöhnte Kilian. Dann erhob er sich, griff sein Portemonnaie erneut und reichte ihr eine Karte. „Der Fall wird hier noch ziemliche Kreise ziehen. Wenn Ingo sprechfähig ist, müssen Sie mich anrufen, okay?"

„Hm ... sicher. Wenn es in unsere Abläufe passt."

Kilian presst die Lippen aufeinander. „Ich mache mal einen konstruktiven Vorschlag: Gewöhnen Sie sich an den Gedanken, mit uns zusammenzuarbeiten. Ihre Kollegen haben damit gute Erfahrungen gemacht."

„Ich nicht. Bislang."

„Sehen S' – Da wird's langsam Zeit, gell?"

Füße hoch!

Nachdem nichts mehr zu ermitteln war, hatte Kilian sich auf seine Terrasse begeben.

Er musste sich eingestehen, dass er vergessen hatte, wo seine Frau war. Da war etwas gewesen, an dem seine Tochter beteiligt war – nur wollten die Details ihm nicht recht in den Kopf kommen.

Er streckte sich einen Moment auf der traditionellen dunklen Holzbank aus, legte die Hände hinter den Kopf und ließ seinen Blick hinauf zum Berg schweifen.

Schließlich raffte er sich auf, zog die Schutzfolie von seinem aktuellen Puzzle und begann, zwischen Kanten, Grünflächen und Himmelteilen die richtige Verzahnung herauszugrübeln. Seine beiden Frauen hatten ihm dieses Puzzle zum Geburtstag geschenkt. Oberhuber puzzelte für sein Leben gern. Aber dies hier hatte einen höchst besonderen Kniff: Verteilt auf 1.000 Teile, die man draußen lagern konnte, zeigte es den Blick, den die Oberhubers aus ihrem Garten auf den Irschlingkogel hatten. Er konnte also immer auf den Hügel schauen, wenn er Orientierung im Puzzle brauchte.

Mit Blick auf den Irschlingkogel fiel ihm ein, dass er Burga Gallinger ein Update versprochen hatte. Da wollte er sich nicht lumpen lassen. Eine knappe Minute später saß er mit dem Telefon am Ohr am Gartentisch.

„Kili! Wie läuft der Fall?“, tönte sie mit ihrer vollen Stimme.

Der Fall! Wie das klang. Mit ein wenig Ehrlichkeit musste er sagen, dass er sich einen Mord schon ein wenig gewünscht hatte. Durfte man das überhaupt nur denken? Eigentlich schon, beschloss er. Tot war die Frau ja ohnehin...

„Ach ... Fall ... sieht aus, als wär‘s am End‘ bloß aan Unfall. Wo erwische ich dich? Ist laut bei dir.“

„Ich stehe vor dem *Käfig*. Hab noch eine Schicht nachher und wollte mich mit ein paar Freundinnen treffen. Aber jetzt sag mal“, legte sie rasch und neugierig nach. „Ihr könnt doch nix wissen, solange der Ingo noch bubu macht.“

„Und das wird noch bis morgen oder übermorgen dauern. Bis dahin gehen wir von einem Unfall aus."

Während Burga weitersprach, schaute Kilian aufs Display. Dort hatte er eine Nachricht von Anna

Tote nicht im Melderegister / werde morgen dazu mit Dresden sprechen. Schönes WE noch!

Er tippte eine rasche Antwort, während Burga Theorien äußerte, denen er nur halb gelauscht hatte, bis sie schließlich etwas zum Bertramswald sagte.

Er war wieder erwacht und täuschte Verbindungsprobleme vor. „Burga – entschuldige – ich habe dich gerade nicht recht gehört. Bertramswald hast du gesagt? Was ist mit dem?"

„Du hörst mir auch nur mit dem halben Hintern zu, richtig?"

Kilian hatte Mühe, dieses Bild im Kopf so recht zu übersetzen, machte sich aber nichts draus. Seine Tochter sprach ebenso oft in wirren Bildern. Vielleicht hatten seine Eltern ihn auch nicht verstanden, als er in seinen 20ern war.

„Entschuldige, Burga. Aber sag an: Was ist mit dem Bertramswald?"

„Der soll doch in der übernächsten Woche gefällt werden. Angeblich gibt's da einen neuen Bebauungsplan, den das Land vorhat."

„Woher weißt du das?"

„Na – woran grenzt die Bertramswiese?"

„An den Bertramswald, wieso?"

„Nein ... im Südwesten!"

„An dei Vatter sei'm Hof... verdammt! Sag mal: Hat dein Vater Kontakt zum Bertram?"

„Kontakt ist vielleicht zu viel gesagt. Aber die müssen scho' hin und wieder mal sprechen wegen solcher Sachen."

„Meinst, dei Vatter is dahoam?"

Als Kilian im flüsterleisen Strom-Modus auf den Gallinger-Hof rollte, tat er das bewusst. Er wollte sich nicht zu früh ankündigen.

Gallinger mochte man als ein „Original" bezeichnen. Er hätte ihn vielleicht eher als „Kautz“ bezeichnet. Und das war schon wohlwollend.

Das eigentliche Problem mit ihm war, dass er unberechenbar war. Nach einer Verletzung der Hypophyse war der emotionale Part seines Lebens höchst verwirrend. Für ihn ebenso wie für seine Umwelt. An guten Tagen mochte Kilian ihn wirklich. An schlechten mussten sie ihn in unregelmäßigen Abständen festnehmen.

Nur Burga und ihre ältere Schwester konnten dann mit ihm umgehen und ihn halbwegs verlässlich einschätzen.

Kilian hatte das getan, was man bei solch komplizierten Gottheiten tat: Er huldigte ihm mit einer Gabe. Ihm ebenso wie Arno.

Dem zu huldigen, konnte generell Leben retten. Arno war der Erste, der den still elektrisch gleitenden Besucher entdeckte. Er brachte sich in der Mitte des Weges in Position und machte mit einem Blick klar, dass hier niemand an ihm vorbei kommen würde, den er nicht als würdig einstufte.

Kilian schätzte seinen Gegner ab. Er wog ungefähr 70-80 Kilo, wovon das Meiste pure Muskelmasse war. Seine konzentrierten Augen fixierten den Polizisten bedrohlich. Er versuchte, seinem Blick standzuhalten, während er mit der rechten Hand blind auf dem Beifahrersitz herum tastete, bis er fand, wonach er suchte.

Er schlang seine Hand fest um den kühlen Gegenstand, dann öffnete er die Fahrertür langsam und schob sich heraus. Er gab sich Mühe, gestanden und mutig zu wirken. Hier hinten würde im Zweifel niemand seine Schreie hören.

Er senkte seinen Blick wenige Millimeter, um Arno nicht im falschen Moment anzustarren. Hier verstand der kräftige grauhaarige Kerl keinen Spaß. Schließlich machte Kilian einen mutigen Schritt nach vorn.

Dann holte er abrupt aus und warf mit voller Kraft den Gegenstand in Arnos Richtung, wo er dicht vor ihm auf dem Boden aufschlug. Der grau melierte Kerl beugte sich herab, während Kilian mit ein paar konzentrierten Schritten näherkam und den gigantischen Wolfshund-Mischling erreichte, als er seine Zähne in die Papiertüte schlug, die die beiden Landjäger enthielt, welche er ihm mitgebracht hatte.

Er wedelte den Besucher an und schien ihn auch jenseits seiner Bestechung zu erkennen und als würdig einzustufen. Kilian streichelte ihm über den Kopf und Arno wedelte kurz, bevor er die erste der beiden Würste mit Hingabe verschlang.

In einer langen Kette gigantischer Wolfshund-Mischlinge des Gallinger-Hofes war Arno das verbindlichste der bisherigen Tiere. Sein Vorgänger hatte auf den bezeichnenden Namen Gigantor gehört. Ein Tier mit einer tief grollenden Stimme und wenig erkennbarer Empathie. Arno spielte da in einer anderen Klasse. Aber das konnten Besucher ja nicht wissen.

Hinzu kam: War sein Besitzer schlecht drauf, färbte das leider auch auf seinen Hund ab. Eine toxische Paarung.

Gallinger hatte einen Züchter bei Strážný an der Hand, der die Wolfshunde seit Jahrzehnten mit Owtscharkas, Altdeutschen Schäferhunden und vermutlich gar echten Wölfen verschnitt. Sicher nichts, was in Deutschland erlaubt war. Details kannte Kilian nicht. Wollte er auch nicht. Wer sagte ihm, dass er sich als Beamter da nicht am Ende in Dienst setzen musste?

Er begab sich zurück in seinen Wagen und schlich elektrisch leise an dem riesigen Hund vorbei in Richtung des Hofes. In der Ferne konnte er die Bertramswiese in der Sonntagssonne sehen. Darüber den Wald, den auch ein Laie auf diese Entfernung als großflächig angefressen erkennen konnte.

Kilian nahm sich fest vor, nicht paranoid zu werden. Hatte Gallinger nichts zu sagen, dann würde er diesen Fall als Unfall behandeln.

Entgegen seiner Intuition. Die Konzentration von Macht und Geld war an dieser Stelle zu groß, um das Thema einfach so durchgehen zu lassen. Aber wenn es ein Unfall war, dann würde er auch nichts anderes daraus erzwingen.

Als er am Hauptgebäude des Hofes eintraf, konnte er Gallinger erkennen, der seinen Blick über seinen Maßkrug hinweg misstrauisch auf das geräuschlose Auto richtete.

Im Rückspiegel konnte der Polizist Arno sehen, der bedrohlich entspannt hinter ihm her trabte und im Rückspiegel eher wie ein Pony wirkte. Hunde sollten diese Größe nicht erreichen, wenn es nach Oberhuber ging. Auf Arno hätten vierjährige bequem längere Strecken reiten können.

Kilian Oberhuber hielt an, verließ den Wagen angespannt und hielt seine zweite Opfergabe fest in der Hand.

Kilian hatte die Waffe aus seinem Safe mitgenommen, was an einem Sonntagnachmittag auf einem bajuwarischen Bauernhof als übertrieben galt. Zurecht. Aber seine Erfahrung mit dem Hof legten solches Verhalten nahe.

Kilian nickte Gallinger verbindlich zu, während er näher kam. „Rupert", begrüßte er ihn aus fünf Metern Entfernung, während der Bauer einen langen Schluck Bier nahm und den Bierseidel anschließend laut zuklappte.

„Kilian Oberhuber … warst lang nimmer hier", konstatierte er.

„Mei … du weißt ja, wie es ist. Harte Arbeit, karger Lohn."

„Dei Hauserl schaut so karg fei ned aus, Kili", grinste er und erhob sich, während Kilians Polizistennase einen Geruch wahrnahm, den er eher auf der Südseite des Münchner Hauptbahnhofes vermutet hätte.

Rupert Gallinger schüttelte ihm kräftig die Hand und blinzelte in die Sonne. „Magst auch ein Bier?"

„Gern. Hast auch ein Brot? Ich hab hier was zum Probieren für dich." Er hielt das kleine Glas Biersenf in Augenhöhe, das er am Vortag beim Wurzinger erbeutet hatte. Wenn das hier jemand zu würdigen wusste, dann war das dieser offensichtlich friedlich bekiffte Bauer mit den beiden vollbusigen rothaarigen Töchtern, die zurecht die Flyer der Region schmückten.

„Oh … sicher! Bin glei' wieder da."

Die folgende Viertelstunde tauschten die beiden Männer sich über Senf aus, über ihre Töchter und alles Mögliche. Von der Sache mit Ingo Wenzlick wusste der Bauer bisher nichts. Er hatte eine patentierte Art entwickelt, Nachrichten zu ignorieren, und ging seit Jahren davon aus, dass ernsthaft bedeutende Veränderungen schon irgendwie bei ihm ankamen.

Auf gewisse Weise beneidete Kilian Oberhuber den Gallinger. Hinzu kam: Heute war er bester Stimmung, was Kilian erheblich erleichterte.

Arno hatte sich in einer strategisch klugen Position so hingelegt, dass er die beiden Männer gut sah und gleichermaßen auf Eindringlinge reagieren konnte, was praktisch seine Jobbeschreibung war.

Gerüchte besagten, dass die beiden Wölfe, die drei Jahre zuvor in Woiking gesehen worden waren, sich nicht einfach wieder verdrückt hatten.

Gallinger hatte das auf Rückfrage nie kommentiert. Und Kilian wollte keine Details wissen, wegen derer er sich in Dienst setzen musste.

Irgendwann lenkte Kilian das Gespräch auf Jörg Bertram, bevor die Entspannung der letzten Zigarette aus Rupert Gallingers Körper schwinden konnte.

Gelassen hockte der nach wie vor in seiner Latzhose neben ihm, hatte eine gehörige Portion des Erlkönig-Senfs in sich und wirkte sonntäglich entspannt.

„Sag – die Wiese vom Bertram ... weißt du da was?“

„Ob die versilbert wird? Meinst‘ des?“

„Man hört da ja einiges.“

„Ja ... ich höre da gar nicht genug, denke ich. Die Wiese grenzt ja an meinen Hof. Das geht mich nicht nur moralisch was an. Ich muss das auch genehmigen.“

„Du musst das genehmigen?“

„Sicher. Wenn die hier die Nutzung ändern, bin ich davon betroffen. Vor allem, wenn die sich auf dieses Solar-Dingsbums da“, er gestikulierte wild herum, „auf diese Stromsache verständigen sollten.“

„Solar? Auf dem Bertram seiner Wiese oder im Bertramswald?“

„Im Wald? Wieso denn da? Da scheint doch kei‘ Sonn ned hin?“

„Nur so a Idee ... ich höre, dass der gefällt werden soll.“

„Aber dann täte doch keiner sei‘ Haus mehr unten auf die Wiese bauen, wenn oben einer 1.000 von diesen schwarzen

Solar ... *Dingern* hinbaut?“

„Diese Solarpanel sind nicht hübsch, sicher, aber...“

„Das ist bestimmt des Maderl. Die führt was im Schilde.“

Für eine Sekunde dachte Kilian, dass Gallinger eine seiner Töchter meinte. Am Ende gar Burga, von der Kilian die Information bekommen hatte. Dann war er sich nicht mehr recht sicher.

„Das Maderl?“

„Diese Maus aus dem Osten, die hier rumrennt. Hab mir gleich gedacht, dass die was ... Verdammich – die wollte auch mit dem Jörg sprechen.“

„Jörg Bertram?“

„Freilich!“, gab Gallinger von sich. Jetzt plötzlich eher aufgeregt.

„Sag mal ... Maus aus dem Osten ... meinst du Mandy Kaltzenow?“

Er zuckte die Schultern. „Nein – den Namen hab I noch nie gehört. Cindy hieß die meiner Meinung nach, aber wart...“

Er erhob sich rasch, kam kurz darauf mit einer Visitenkarte zurück und reichte sie Kilian Oberhuber, während er sich niederließ, und erneut begeistert am Senf schnüffelte.

Kilian schaute auf die kleine Karte, die eigenartig billig wirkte. Das Material war ein eher schwacher, biegsamer Karton. Das Stück Pappe gehörte eine Frau namens Cindy Renow. Die Karte wies sie als „Bundes Land und Entwicklungsbeauftargte“ aus, wie Kilian verwundert feststellte. Zwei Schreibfehler? Auf der Visitenkarte?

„Sag mal ... *des Ding* hat ’S dir gegeben?“

„Ja, wieso?“

„Da sind ja allein drei Fehler im Titel der Frau.“

Mit gekräuselter Stirn griff der Bauer die Karte. „Ja – so genau hatt‘ ich mir des Ding nicht angeschaut. Ich hatte auch nix Spannendes mit ihr zu bereden. Eigentlich ein Wunder, dass ich das Ding ned weggeschmissen hab.“ Er zerknüllte die Karte und Kilian zuckte schier zusammen.

„Halt! Ich glaube, die brauche ich noch.“

„Wenn du willst..."

„Sag mal ... wie hat die denn ausgesehen?"

„'Ne dunkelhaarige, klapperdürr, gefärbte Haare, wenn S' mich fragst."

„Alter?"

„Ende 20."

„Hm... und was genau wollte sie von dir?"

„Sie wollt' mich fragen, ob I mich an der Entwicklung der Bertramswiese beteiligen will."

„Also – ob du einen Teil kaufen willst?"

„Nein. Sie konnte wichtigen Leuten Vorkaufsrecht einräumen und dann hätte ich einen Teil des Landes günstig erwerben können. Was lächerlich war. Der Jörg tät's mir für die Hälfte geben."

„Und sie wollte dir das verkaufen?"

Er lachte herzhaft und heiser. „Ja, weil ich ja ein wichtiger Anlieger bin. Was aan Schmarrn! Außerdem hatte die so einen kleinen ollen Wagen. Ich war misstrauisch. Die sah nicht aus wie eine Bundes ... sonst was."

„Dann hast du sie abblitzen lassen?"

„Freilich! Hab sie heimgeschickt. Sie wollte die Nummer vom Jörg haben. Ich rück die nicht raus."

„Aber du hast die Nummer vom Jörg?"

Er zögerte einen Moment. „Na, hab I ned. Aber die Mail."

„Wenn ihr also etwas zu bereden habt, schickst du ihm eine eMail?"

„Sicher."

„Und er antwortet dir?"

„Immer rasch. Meist am selben Tag."

„Aber ihr telefoniert nicht?"

„Muss man ja nicht immer unbedingt."

„Hm ... weißt du, wo der heute ist?"

„Heute? Woher soll ich das wissen? Der berichtet mir nichts von seinen Urlaubsplänen."

„Nein ... so meinte ich das nicht. Wo lebt der heute?"

„Ach so. Der Jörg? Wo der lebt?"

„Ja, der Jörg“, bestätigte Kilian den etwas langatmigen Gedankengang des kiffenden Bauern mit den hübschen Töchtern.

„Na – ich nehme an, immer noch da in der Salzburger Gegend.“

„Der lebt in Österreich? Wir waren alle davon ausgegangen, dass er in München lebt.“

„Niemals! Der hasst Großstädte. Der hat sich eine Art gigantische Alm gekauft, wenn ich es richtig weiß. Ganz abgelegen. Pongau, denke ich. Und da macht er so Sachen mit Sonnenenergie und so Co2-Zeug und so.“

„Puuhhh... dann können wir ja lange die Melderegister absuchen. Danke, Rupert. Das hilft mir schon ein ganzes Stück. Ich würde dir gerne noch ein Bild zeigen. Sagst‘ mir mal, ob du die kennst?“

Er hielt ein Foto der Toten hin und Gallinger nickte sachlich. „Das is‘ sie.“

„Wer? Diese Renow?“

„Genau ... diese Bundes ... Entwicklungs ... du weißt schon.“

„Gut – in dem Falle ist die Visitenkarte tatsächlich jetzt ein Beweisstück. Da stimmt was nicht.“

„Die sieht ... recht tot aus auf dem Bild.“

„Das ist die Tote aus der Schlucht.“

Gallinger blickte ihn mit vorsichtiger Neugier an und fragte schließlich: „Sollte ich da was wissen?“

„Die Tote, die wir gestern gefunden haben? Nichts davon gehört? Mit dem Wenzlick?“

„Hier in Grassach?“

„In der Schlucht. Links vom Weg, wenn man Richtung Weiher und Taufinger See rauf läuft? Hatte ich doch eben gesagt. Hast du das nicht gehört?“

„Ich ... also Nachrichten ... sehe ich eher selten, sag ich mal. Ist Kohl noch Kanzler?“ Setzte er hinterher und lachte dann kehlig und breit.

Kilian stimmte vorsichtig ein. Arno gähnte entspannt und schien lächelnd den Bertramswald zu fixieren. Wusste der Hund mehr?

Montag

Vitus Hinterwinkler hatte sich im Bett gewälzt. Sein Schwager und Leiter der Station hatte ihn nach einem Gespräch mit dem Gallinger Bauern noch angerufen und schließlich hatten sich beide geärgert, den Tag nicht für weitere Ermittlungen genutzt zu haben. Sonntag hin oder her.

Schließlich war Veit früh aufgestanden und bereits gegen kurz vor sieben der Erste, der die Station aufschloss.

Kaffee anschalten, Rechner hochfahren, den Anrufbeantworter abhören, im Fax nach Nachrichten schauen. Feststellen, dass die Kaffeemaschine etwas anzeigte, das er nicht begriff. Kaffeemaschine ausschalten. Dann war es sieben Uhr. Es klopfte. An der Hintertür. Zefix ... um die Zeit...?

Angespannt nahm Hinterwinkler den engen Gang durch die ehemalige Bank zur hinteren Tür. Die war zur Hälfte satiniert und zeigte nur Schemen. Darüber sah er den Kopf einer Frau, die ihm nur vage bekannt vorkam. Sie schaute ihn eindringlich an und er ging zur Tür und öffnete sie mit einem Ruck.

„Entschuldige ... vorne ist das Rolltor noch 'runtergelassen. Habt S' ihr ned auf?"

„Doch ... ich wollte das Tor gerade hochlassen", log Vitus. „Gerade eben jetzt, als du geklopft hast." Dann gönnte er sich einen Bullen-Satz. Manchmal ging das auch nach über 20 Jahren noch mit ihm durch. „Du musst außen herum gehen. Aus Sicherheitsgründen."

Die Frau wich verschüchtert zurück und erwiderte respektvoll „Oh – sicher", bevor sie sich umwandte und das Gebäude umrundete, während Hinterwinkler innerlich breit grinsend die kleine Tür schloss und in ruhigem Tempo nach vorne wanderte.

Gedankenverloren pfiff Hinterwinkler „Strangers in the Night" und fragte sich, wie ihm das wohl in den Sinn gekommen war.

Als das Rolltor vor der ehemaligen kleinen Schalterhalle nach oben fuhr, stand die Frau bereits vor dem Eingang. Sie hatte die Hände schützend um ihren schmalen Körper geschlungen und als Hinterwinkler sie dort so stehen sah, fiel ihm wieder ein, woher er sie kannte.

Sie stammte nicht aus Bad Grassach, lebte hier nicht, hatte aber ein Wirtshaus mit großem Biergarten zwischen Bad Grassach und Zedersfelden. Er hatte mit seinen beiden Kollegen am Samstagmittag dort eine ausgezeichnete Brotzeit zu sich genommen. Mit Wacholderschinken.

Auf ihren Namen kam er nicht, aber er bat sie dennoch hinein und fragte noch im Eingangsbereich, was sie so früh hierher trieb.

Sie stellte sich als Beate Schafthauer vor und Hinterwinkler wusste, dass er auf den Namen hätte reagieren sollen. Aber es wollte ihm partout nicht einfallen, woher er ihn kannte. War ihr Mann prominent gewesen? Hatte sie einen bekannten Sohn? Ja ... da war etwas ... nur was?

„Müssen S‘ entschuldigen, dass ich so früh hier rein platz‘! Aber die Agata ist verschwunden. Agata Kowalczyk. Eine meiner Mitarbeiterinnen. Ich bin die Wirtin vom...“

„Wirtshaus in der Au, scho‘ klar. Setzen S‘ sich doch.“

Er bot ihr einen Platz an. Die Frau war, wie Vitus selbst, in den 40ern. Sie setzte sich jedoch fast ein wenig artig und bieder ihm gegenüber hin. Sie wirkte unterwürfig, mädchenhaft und auf die Art nervös, wie viele Menschen, die selten oder nie mit der Polizei zu tun hatten.

Agata Kowalczyk war nach ihren Aussagen eine Mitarbeiterin, die Beate Schafthauer als sehr zuverlässig einschätzte. Eine ihrer besten, wie sie betonte. Und sie war pünktlich, leitete die Schichten gerne und gut. Seit knapp drei Monaten war sie bei ihr angestellt und am Sonntag dann nicht zur Arbeit erschienen. Sie ging nicht ans Telefon. Ihr Zimmerwirt hatte erzählt, dass noch alles auf ihrem Zimmer lag, als käme sie gleich wieder. Nur der kleine Wagen war weg.

„Wahrscheinlich hat sie einen Unfall gehabt.“

Der Kollege Berny Wolfinger war während der Ausführungen hereingekommen, hatte gegrüßt und nur ein paar Wortfetzen gehört, bevor er stehen geblieben war. Misstrauisch blickte der kräftig gebaute Polizist die Besucherin an und hörte konzentriert und angespannt zu.

Schließlich musste er sich einmischen. „Die Agata Kowalczyk? I moin: *DIE* AGATA KOWALCZYK?"

„Bitte?"

Er schaute aufgebracht rüber zu seinem Kollegen und legte seinen Motorradhelm ab. „Hab ich es ned gleich gerochen? Wo die ist, da ist aan Ärger!"

Kopfschüttelnd verließ er die beiden und die Wirtin sah Hinterwinkler verwirrt an, der jetzt erst die Zusammenhänge herstellte. „Er hat sie mal festgenommen, vor einigen Jahren."

„Um Himmels... weswegen?"

„Dazu darf ich keine Angaben machen, das werden S' verstehen. Aber ich denke, ich kann so viel sagen: Nichts, was ihren Job bei euch beträfe."

Sie diskutierten die Details. Hinterwinkler erhielt die Mobilfunknummer, die Adresse der Frau und weitere Details und er versprach, ab etwa Mittag Ermittlungen anzustellen. Zuvor war die Frau noch nicht lange genug verschwunden. Bis dahin würde jedoch Anna in jedem Falle bei den umliegenden Krankenhäusern schauen, ob es Opfer von Verkehrsunfällen gab. Immerhin waren der Wagen und die Frau verschwunden. Da war das durchaus naheliegend.

Dann lehnte Hinterwinkler sich näher zu der Frau herüber. „Sagen S' – euer Wacholderschinken ... von welchem Metzger ist der eigentlich?"

Abgelegen

Um zehn Uhr hatten sie ihre Morgenbesprechung, die Kilian Oberhuber leitete. Er war später gekommen als die anderen. Zur Feier des Tages hatte er eines seiner fast hellblauen Polohemden angezogen, was seiner Wahrnehmung nach positiv und sommerlich wirkte.

Seine Stimmung wurde angehoben: Er war im Besitz einer österreichischen Adresse im Pongau und einer E-Mail. Beide gehörten zu Jörg Bertram, dem Besitzer der Bertramswiese.

Tatsächlich wusste er nun auch, dass der Mann scheinbar kein Telefon besaß. Er hatte einen Internet-Anschluss. Er würde wohl eine Technologie besitzen, um zu telefonieren. Aber offiziell angeschlossen war er nicht und Mobilfunk war am oberen Hügel der Region nicht vorgesehen.

Bertram hatte eine alte Alm erstanden und sich in den vergangenen Jahren zum Aktivisten der „Energiewende Alpenland" aufgeschwungen. Bis zu diesem Morgen hatte Oberhuber von der noch nie etwas gehört.

Während also andere Menschen sich mit dem Geld vom Verkauf ihrer Länder dekorative Appartements in Schwabing oder große Häuser in Bad Grassacher Bestlagen gönnten, kaufte er sich die maximale Freiheit der Einsamkeit. Auch eine Lösung. Und sollte das schiefgehen: Eine gigantische Wiese samt Wald hatte er ja noch in petto.

Das Thema des Tages war Ingo Wenzlick. Die Zeitungen der Region hatten dank Wenzlick ausreichend Schlagzeilen. Bis hin zu den Sport-Blättern ging das. Kilian war in Teilen stinksauer, Vitus sogar kurz davor, loszufahren, um ein paar Redaktionen zu stürmen. Wie so oft: Hätte Vitus in den Interviews am Vortag auch nur die Hälfte dessen von sich gegeben, was dort geschrieben wurde, hätte er seinen Job verloren. Vitus wusste das und er wusste auch, dass Kilian wusste, dass er kein Idiot war. Mit einem Anruf von Vinzenz Steingassinger im Laufe des Tages rechneten sie dennoch.

Kilians Sicht auf die Dinge hatte sich auch sonst gewandelt.

Oberhuber war sich jetzt sicher, dass sie ermittlerisch geschlafen hatten, weil sie einen Unfall im Blick gehabt hatten. Wenn auch einen prominent besetzten und vielleicht kuriosen Unfall.

Jetzt hingegen hatten sie es mit dem Verschwinden einer Frau zu tun, die Scheinidentitäten verwendete. Auch das hatte Kilian überprüft. Weder gab es das Amt, das auf der falsch beschrifteten Visitenkarte aufgeführt war, noch befand sich eins an der angegebenen Adresse.

Die gehörte einem großen Autohaus. Die Frau hatte auf mindestens zwei Namen gehört. Die angegebene Handy-Nummer existierte. Abgehoben wurde jedoch nicht. Registriert war das Handy auf einen 9-Jährigen im Dresdner Süden, dessen Eltern sich das nicht erklären konnten.

Hier gab es also etwas zu ermitteln. Jetzt handelte es sich um einen verdächtigen Todesfall.

Da Ingo heute nicht aufwachen würde, wollten sie die Zeit nutzen, seinen Tag präziser zu rekonstruieren. Waren die beiden zusammen zur Schlucht gelangt? Gab es nur die bereits befragten Augenzeugen? Wie passten die Zeiten zusammen? Wo waren die anderen gewesen, die mit der Frau zu tun gehabt hatten? Und zwar zu den jeweils wichtigen Zeiten.

Wenn hier nichts vorging, dann würde er den Glauben an seinen Instinkt verlieren. Die Konzentration von Macht und eine Tote – da war stets etwas faul. Auch, wenn bei der Toten offensichtlich auch etwas faul war.

Schließlich entschied er, dass die Spurensicherung ausrücken sollte. Sie hatten in der Schlucht praktisch keinerlei Spuren gesichert. Das war fahrlässig gewesen. Er veranlasste auch das und hätte sich – mit den Worten seiner Oma Resi – vor Wut am liebsten in den Allerwertesten gebissen. Wie blind waren sie denn da gewesen?

Er klatschte in die Hände und sagte in Aufbruchstimmung: „Auf geht's, Buam!" Dann stockte er kurz. „Entschuldige, Anna – des gilt natürlich auch für dich!"

Der Wahnsinns-Bauer

Er war drauf losgelaufen und seine Schuhe waren nass geworden. Und langsam begriff er, dass er sich ins Aus manövriert hatte. Er hatte abkürzen wollen und verstand erst jetzt, wohin ihn das geführt hatte. Wenn er von hier aus herunterlief, landete er auf diesem Bauernhof mit dem tödlichen Hund. Dort würde er keinesfalls entlanglaufen können.

„Gottverfluchter Mist", zischte er angefressen, blickte hinunter zu seinem chronisch gutgelaunten Labradoodle und erklärte ihm: „Hier geht's nicht. Wir müssen weiter hinten übers Feld."

Der lockige Hund war gleichförmig begeistert und preschte an der langen Leine voran. Sicherlich acht oder neun Kilometer waren sie jetzt gelaufen. Nicht einmal die Hälfte hatte Stefan vorgehabt. Er fügte sich seinem Schicksal.

Sicher – er war Besitzer eines Hundes. Aber eigentlich hatte den eher seine Frau gewollt. Er selbst hatte im Grunde Angst vor Hunden. Nicht vor dem trotteligen Labradoodle, den sie als Welpen bekommen hatten. Aber vor praktisch allen anderen.

Und vor dem urzeitlichen Hund von diesem großen Hof hatte er schon auf 300 Meter Entfernung Angst. Alles, nur das nicht.

Sie schlurften durch den sichtbar angegriffenen Wald, der demnächst gerodet werden sollte. Lokal hatte der Borkenkäfer in diesem Waldstück die Fichten innerhalb einer Saison hingerichtet. Das war erschreckend schnell gegangen. Wochen zuvor hieß es noch, die Region sei nicht betroffen. Dann fielen die ersten Rinden.

Jetzt fand man auf dem steilen Waldstück praktisch kein Stück Rinde mehr, das am dafür vorgesehenen Platz saß. Die toten Baumhäute lagen am Boden und die verbleibenden Holzpartien zeigten die Pfade der Käfer auf, die sie vernichtet hatten. Alles in allem ein Trauerspiel.

Für die Einheimischen musste das noch weit schlimmer sein, Stefan selbst lebte erst seit drei Jahren hier und hatte eine hoch spannende Stelle bei Wurzinger angenommen.

Er kletterte den steilen Hang hinunter, musste sich hier und da an Bäumen festhalten und entschloss sich, den quirligen jungen Hund laufen zu lassen. Er befürchtete, er könnte ihn sonst bergab von den Füßen reißen.

Eine gute Minute später fanden seine nassen Schuhe festen Boden. Obwohl es seit Tagen nicht geregnet hatte, war er ausgerechnet durch das einzige Waldstück gelaufen, das noch so nass war, dass er an einer Stelle versunken war und die Brühe ihm von oben in die wasserdichten Wanderschuhe gelaufen war.

Er entschied, quer über die gigantische Wiese zu laufen. Ab hier kannte er sich aus. Wenn man die Wiese hinter sich ließ, kam man an die Straße, die Richtung Zedersfelden führte. Die musste er nur ein paar hundert Meter weiterlaufen, schon würde er am Auto sein. Eine leichte Übung.

Der Hund lief begeistert voran, schnüffelte hier, markierte da und hielt dann stramm auf die Vogelscheuche zu, die in der Mitte der Wiese prangte.

Er umkreiste sie erneut, schnüffelte, hob jedoch sein Bein nicht, wie Stefan erwartet hatte. Dann bellte der junge Hund zweimal und lief in raschem Tempo weiter.

Stefan schüttelte den Kopf. Er wurde nicht immer schlau aus dem Tier. Nachdem er gut zwei Drittel der Wiese durchquert hatte, hielt er inne und sah noch einmal zurück.

Eine Vogelscheuche. Auf einer Wiese. Was machte die da eigentlich? Korn gab es hier nicht. Was verteidigte die denn? Gab es hier Traditionen in der Art? Oder hatte der spinnerte Bauer mit seinem Riesen-Hund sich hier ein schrulliges Denkmal gesetzt?

Stefan blickte konzentriert zurück und ein eigenartiges Gefühl beschlich ihn. Schließlich rief er den Hund zu sich, nahm ihn an die Leine und ging einige Schritte zurück zur Vogelscheuche. Jeans, eine Strickjacke in einem dunklen Lila-Ton und der obligatorische Hut, tief ins Gesicht gezogen.

Er hielt erneut inne. Etwas an dem Bild war falsch. Die Beine waren falsch. Sie steckten in Socken und Schuhen. Zumindest auf der einen Seite. Am linken Fuß fehlte der Schuh. Er war auch weit und breit nirgends zu sehen.

Schließlich überwand er sich und machte die letzten Schritte auf die Vogelscheuche zu. Er lupfte den Hut und starrte entsetzt in das Gesicht einer Frau.

Das war keine Vogelscheuche – das war eine Leiche!

Die Vögel verscheucht

Hinterwinkler stand wie versteinert vor der Leiche. Noch nie in seinem Leben hatte er so etwas gesehen. Zum ersten Mal überhaupt sah er einer Leiche stehend ins Gesicht. Schon das war befremdlich. Leichen hatten zu liegen, wenn man ihn fragte. Sitzen war das Minimum.

Die Frau stand an eine Metallstange gelehnt auf dem Feld. Die Stange war am Rücken durch die Kleidung der Frau geführt und dann in den Boden gerammt worden. Tatsächlich wirkte sie auf größere Entfernung stehend. Aus der Nähe schien sie bedenklich nach vorne zu kippen. Aber Stange und Gürtel hielten sie halbwegs aufrecht.

Er starrte sie an und blickte sich dann um. Jemand musste sie hierher geschleppt haben. Spuren von Fahrzeugen erkannte man keine. Nur die Spuren des Spaziergängers. Und da die schon recht gut erkennbar waren, hätte man auch ältere Autospuren erkannt. Das Gras war verhältnismäßig hoch und hätte an den betreffenden Stellen flach auf dem Boden gelegen.

Loibl stand respektvoll hinter ihm und ließ Vitus Hinterwinkler den Moment, den er zu brauchen schien, bevor er ihm auf die Schulter tippte.

„Du, Vitus ... gelle, mir müsstet jetzt..."

„Ja, sicher. Lass mich grad' noch a Foto machen. Ich glaube, ich kenn' die Frau, bin mir aber ned recht sicher."

„Wenn des uns're Arbeit beschleunigt – herzlich gern!"

Hinterwinkler legte an und knipste zweimal. Aufgrund der Lage waren beide Aufnahmen nicht besonders gut – es herrschte Gegenlicht.

Er schickte beide Bilder an seinen Kollegen Berny Wolfinger. Wenn er recht hatte, dann würde er die Frau mit einer größeren Sicherheit erkennen, als Hinterwinkler das konnte. Er wollte gerade Bernys Nummer wählen, als dessen Anruf bei Vitus einging.

„Ist die tot?"

„Des tät I sagen und der Loibl widerspricht mir ned." Es

entstand ein Schweigen. „Berny – ist das diese Betrügerin? Die, wo draußen bei der Wirtin schafft, die heute Morgen bei mir war?"

„Das ist sie. 100 pro. Könnt mir sich'rer ned sei'."

„Verdammt."

„Wo ist des? Auf der Bertramswiese?"

„Genau! Des erkennst'?"

„Nein ... ich schau grad auf den Geo-Tag des Bildes."

Hinterwinkler musste einen Moment überlegen, wie sein Kollege Wolfinger das anstellte, nahm es dann aber für den Moment leicht deprimiert hin. Computer durchschaute er ganz anständig. Bei den kleinen neumodischen Dingern waren ihm andere vorausgeeilt, wie es schien.

„Jemand hat sie als Vogelscheuche aufgestellt. Mitten auf der Bertramswiese. Ich meld' mich später noch einmal. Weißt', wo der Kili sich rumtreibt?"

„Der wollt' mit aam weit'ren Augenzeugen sprechen."

„Okay..."

Er beendete das Gespräch und schaute den Spurensicherern und den Leuten von der Gerichtsmedizin zu, von denen sich einige am Fundort der Leiche bewegten.

„Agata Kowalczyk heißt die Tote. Ich hab ihre Adresse und werde mal sehen, dass wir Zugang zu ihrer Wohnung bekommen. Ein Autokennzeichen haben wir auch."

Er rief Anna an und bat sie, die Fahndung nach dem Kleinwagen einzuleiten und herauszufinden, wo die Frau gemeldet war.

„Ich muss ja eh die ganzen Meldesachen durchgehen. Von der Toten wissen wir ja auch noch nix. Also ... Von der ersten Toten, muss man jetzt ja sagen."

„Wir müssen auch ihre Bude öffnen lassen."

„Da kann man doch die Wirtin..."

„Sicher. Aber ich denk', da fahr' ich jetzt besser hin", erklärte er. „Wir haben da schon komische Erlebnisse gehabt. Wenn die Zimmerwirte Schlüssel haben, dann verschwinden da die schrulligsten Sachen und später tauchen die dann bei eBay auf oder so.“

„Jesses....“

„Allerdings!“, gab er eindringlich zurück und fühlte sich sehr seniorig gegenüber der jungen Beamtin. Dann glaubte er, den Übertragungswagen des überregionalen Skandalsenders auf der Landstraße zu erkennen.

„Zefix! Was machet denn die dreckerte Vögel scho‘....?

Er beendete das Gespräch mitten im Satz und Anna vertiefte sich wieder in den Computer. Das System, das die Abfragen ermöglichte, musste irgendwann vor ihrer Geburt entstanden sein, nahm sie an. Es gab Untermenüs, in denen man vor die Postleitzahlen noch ein O oder ein W eingeben musste, was Bände sprach. Dennoch hatte sie sich auch mit diesem eigenartig historischen Stück Software angefreundet.

Drei Namen standen jetzt auf ihrer Liste.

Agata Kowalczyk

Mandy Kaltzenow

Cindy Renow

Mandy hatte sie bereits am Vortag überprüft, wenn auch möglicherweise unter falschen Vorzeichen. Also startete sie mit Cindy Renow, halbwegs sicher, dass der Name falsch sein musste. Tatsächlich fand sie mit der einfachen Suchroutine nichts.

Agata Kowalczyk war ein anderer Fall. Auch sie war nicht gemeldet, wie es schien. Aber sie unterlag Bewährungsauflagen und hatte eine Adresse angeben müssen. Erst vier Tage zuvor hatten zwei Beamte sie dort aufgesucht im Rahmen einer Routine-Stichprobe. Die Adresse lag bei Unterbichl, einen Stadtteil, der erst seit der Gebietsreform zu Grassach gehörte und dann gleich den Namen „Bad“ Grassach tragen durfte.

Unterbichl beherbergte neben dem Segelflugplatz auch den Campingplatz. Das dort ansässige „Campino“ galt als nicht ganz unumstritten. Die Kneipe pflegte gehobenen Ballermann-Stil und hatte schon einige Razzien und Drogenfunde gesehen. Die spektakulärsten waren schon ein paar Jahre her. Aber dass die

Polin die Adresse des Campino bei der Polizei von Zedersfelden angegeben hatte, machte Anna stutzig.

Sie griff sich ihre Uniformmütze, schickte eine SMS an Berny und kaperte einen Dienstwagen. Diesen Teil konnte sie Hinterwinkler abnehmen.

A Butterbrezn – wie schwer ist das?

Oberhuber war zäh, was Vernehmungen anging. Sein letzter Chef, bevor er die Station übernahm, hatte ihn in Anspielung an die alte Fernsehserie immer als „kleinen Columbo" verspottet. Hatte Oberhuber etwas zu klären, suchte er Zeugen notfalls auch zehn Mal auf, wenn es sein musste. Meist ohne irgendwelche Leute der Staatsanwaltschaft oder gar einen Richter deswegen zu bemühen.

Als er nun Simon Leitwanger, den Besitzer der Pension Leitwanger, aufsuchte, stand dieser hinter dem Tresen. Und sein Gesichtsausdruck erzählte eine Geschichte. Er hatte nicht mit Kilian Oberhuber gerechnet.

Der Polizist ließ ihm die Zeit, ein junges Ehepaar abzufertigen. Die Frau trug ein winziges Kind auf dem Arm und Oberhuber, dessen Tochter langsam erwachsen war, ertappte sich bei einem milden Lächeln, als er in die Knopfaugen des kleinen Kindes blickte.

An Schlafunterbrechung, Geschrei und stinkige Windeln dachte man irgendwann nicht mehr. Den Teil blendete der Kopf gnädig aus nach all den Jahren. Die Erinnerung malt mit goldenen Pinseln.

Als die beiden fertig waren, lächelte Oberhuber großmütig und blieb verhältnismäßig weit vom Tresen stehen, was Simon Leitwanger veranlasste, rasch um den Empfang herum zu kommen, damit nicht jeder hörte, was es hier zu erzählen gab.

Kilian hatte auf dem Weg eine Nachricht von seinen Kollegen über die Vogelscheuche erhalten, die ihn schaudern ließ. Hätten sie den Zeitraum des Todes schon einschränken können, hätte er den Pensionswirt darauf angesprochen. So freute er sich darauf, wegen dieser Frage wieder zu kommen, und lächelte ihm verbindlich zu.

„Wir müssen noch einmal über die Zeitangaben sprechen, über die wir uns gestern unterhalten haben."

Einen sehr ähnlichen Satz wiederholte er in den kommenden Stunden mehrfach. Leitwanger, Wurzinger, die Taufings. Besser wurde es dadurch nicht. Zeigte sich der Eine bereit, die Zeit um einer Viertelstunde zu verschieben, zog der nächste 20 Minuten in die Gegenrichtung nach. Am Ende hatte Oberhuber den Verdacht, dass er entweder von allen belogen wurde oder heute niemand mehr auf die Uhr sah. Lügen war in seinem Job der wahrscheinlichere Grund.

Schließlich sprach er auf der Basis noch mit einem weiteren Zeugen. Der war erst durch die Presseberichte in der Zeitung aufmerksam geworden und hatte sich bei der Polizei gemeldet.

Er befand sich zurzeit auf dem Campingplatz von Unterbichl und Kilian traf ihn auf der Terrasse des angrenzenden Campinos. Eine Location, die er sonst aus verschiedenen Gründen gerne mied.

Auf der Terrasse war zurzeit nicht übermäßig viel los. Deutsche Schlagermusik tönte aus wassergeschützten Lautsprechern und lud zu textlichem Fremdschämen ein. Aber Oberhuber wusste: Im Campino war da noch Luft nach oben. Kam es ganz schlimm, wurde hier auch „Ich muss dich sehen heut‘ Nacht“ gespielt – der einzige „Hit“ von Franzi Wenzlick.

Ein paar Abiturienten aus Norddeutschland hockten mürrisch und wortkarg zwei Tische weiter und sprachen nach einer durchzechten Nacht nur das nötigste, während sie vorsichtig das „Katerfrühstück“ genossen. Das konnte man im Campino tatsächlich unter genau diesem Namen bestellen, was eine Menge über die Klientel des Campingplatzes aussagte.

Ein älteres Ehepaar aus Österreich floskelte sich an einem Tisch in entgegengesetzter Richtung an und sprach mit komplizierten Worten. Er hatte ein halb vernichtetes „Fliegerfrühstück“ vor sich. Seine Frau kaute vorsichtig an den wenigen Bestandteilen des „Fitnessfrühstücks“.

Kilian hatte sich eine Butterbrezn bestellt und eine Schnittlingsbrezen mit Kren erhalten. Er hatte zu viel Respekt vor der Belastung des Kellnerinnenberufes, um das zu reklamieren, und lächelte nur wohlwollend.

Der breitschultrige Zeuge namens Lohmeier, der aus dem Ruhrgebiet stammte, textete Kilian in einer Geschwindigkeit zu, die zwischen beeindruckend und vollkommen unverständlich schwankte. Und das lag nicht an den unterschiedlichen Dialekten. Lohmeier sprach undeutlich und schnell und Kilian musste diverse Male nachhaken. Das Gespräch gestaltete sich anstrengend und wenig zielführend.

Lohmeier hatte den *Fußball-Gott*, wie er Ingo Wenzlick stur nannte, zwar auf der Strecke gesehen, vielleicht auch in der betreffenden Zeit, jedoch in einem roten Cabrio mit einer blonden Frau. Ingo Wenzlick besaß kein rotes Cabrio. Und von einer blonden Frau war in keiner anderen Aussage die Rede gewesen.

Sicher, seine Gattin Franzi Wenzlick war unübersehbar blond. Aber vermutlich war das Ganze am Ende eher eine Wunschvorstellung gewesen. Oder da wollte sich jemand interessant machen.

Wären die ganzen Touristen schon hier, würden sie sich vor solchen Zeugen nicht schützen können. Dass der Fußball-Gott ein Cabrio hatte, konnte man sicher der üblichen Klatschpresse entnehmen. Dass das rot war, setzten viele Leute bei Cabrios voraus. Seine blonde Frau kannte jeder.

Oberhuber wollte das Gespräch gerade beenden, als er schräg über sich eine bekannte Stimme hörte. Die seiner jungen Kollegin Anna Heigl.

Er fertigte Lohmeier knapp ab und reichte ihm seine Visitenkarte. In der Hoffnung, dass der sie zerknüllen und wegwerfen möge.

Er gesellte sich zu Anna, die mit dem Besitzer des Campino eine Außentreppe heruntergestiegen kam. Es war leicht zu erkennen, dass der Wirt seine junge Kollegin anbaggerte. Aber Anna war nicht nur gutaussehend, sondern auch schlagfertig und wusste sich zu wehren.

„Na – was gibt es denn hier zu ermitteln?“, begrüßte Oberhuber die beiden und nickte dem Wirt des Campino dabei nur so knapp zu wie möglich. Schalking und Oberhuber kannten sich seit der Grundschule. Die beiden Männer verband eine robuste Kleinstadtfeindschaft, die bis in die frühen 80er Jahre zurückreichte. Einer der Gründe, warum Kilian hier selten zu finden war.

Anna schaute kurz unschlüssig zwischen den beiden Männern hin und her und erklärte dann „Mei ... die Agata hat hier gewohnt. Ich hab mir ihr Zimmer angesehen und jetzt haben wir es versiegelt."

Oberhuber nickte. „Wie lange hat S' hier gewohnt?"

„Knapp drei Monate", erklärte der Wirt distanziert und lauernd. „War a Unauffällige."

„Sag, seit wann vermietest du eigentlich Zimmer?", erkundigte Oberhuber sich und kniff die Augen misstrauisch zusammen.

Schalking rollte die Augen. „Ist alles angemeldet und genehmigt, brauchst dich ned gräme', Oberhuber."

„Dann ist ja gut." Er beschloss, das umgehend zu überprüfen, und wandte sich an Anna Heigl. „Habt ihr dort oben was gefunden?"

„Nur das übliche Zeug. Sie hatte wenig Sachen. Klamotten, ein paar Papiere, nix Auffälliges."

„Aber dann schicken wir noch die Spusi?"

„Ich ..."

Sie blickte zum Wirt des Campino, dessen Hals anzuschwellen schien. Oberhuber hatte ohnehin geblufft. Die Spurensicherung war vor Ort an der Fundstelle der Vogelscheuche. So schnell würde er die nicht hierher bekommen.

„Oberhuber ... muss des sein? I moin, dann steht hier aan Bullenauto rum. Alle Leute schauen, machen Bilder und so. Das wollt ihr doch auch ned."

„Wir können die leider nicht unsichtbar machen. Und Schalking: Wir reden hier vielleicht von aam Mord", zischte Oberhuber. „Da gibt es nix zu verhandeln. Erinnerste dich noch dran, gell?"

Er nickte stumm mit verzogenem Mund. Annas Blick blieb verwirrt. Der Mord, von dem hier die Rede war, hatte vor ihrer Zeit stattgefunden. Bad Grassach war ja nicht gerade die südliche Bronx.

Oberhubers Gespür sagte ihm, dass mit Schalking etwas

vorging. Er konnte es nicht zuordnen. Aber er wollte ihn auch nicht einfach so gehen lassen.

„Woher kanntest du Agata Kowalczyk?"

„Die ... ich kannt' die gar ned. Die kam eines Tages hier vorbei, weil sie gehört hatt', dass wir a freies Zimmer haben."

„Und dann?"

Schalking sah Oberhuber erstaunt an. „Dann ... hat sie es gemietet. Was denn sonst?"

„Okay. Den Mietvertrag können wir sicher grad rasch bei dir einsehen?"

„Den ... also ... des hatten wir für demnächst mal ... geplant."

„Schalking. Nicht registrierte Gäste? Höre ich richtig?"

„Na! Keinesfalls. Ich habe sie registriert, kannst du dir unten ansehen. Aber ich hab sie auf dem normalen Block für die Camper laufen. Ging halt schneller. Und dann haben wir das wohl irgendwie vergessen. Oder so..."

„Verstoß gegen die Meldevorschriften, Schalking. Billig ist das nicht. Anna, nimm das mal auf", befahl er mit einer arroganten Geste. Er hoffte, dass Anna wusste, dass dieses Verhalten nicht ihr galt.

Nach kurzem Zögern griff sie leicht mürrisch in die Jackentasche und zückte einen Block.

„Kilian! Jetzt ist's aber hinten höher wie vorn! Wir wollen doch ned päpstlicher als wie der Heilige Vater..."

„Finden wir hier noch etwas? Schalking? Lass uns mal reden wie vernünftige Leut! Zefix! Willst du uns wirklich erzählen, dass..."

„Oberhuber! Nix ist hier schräg, ja? Wir reden wie vernünftige Leut!"

Er ließ sich dazu hinreißen, näher an Schalking heranzutreten, der deutlich größer als er war. „Wir hören uns noch. Anna – du setzt nachher was auf!"

Er wandte sich um und übte sich in einem cowboyhaften Machoabgang, der cool wirkte, bis er über den Ausläufer eines Hochstuhls für Kleinkinder stolperte.

Schon auf der Rückfahrt wählte Oberhuber die richtige

Nummer. Ohne Vorrede blökte er in die Freisprecheinrichtung: „Der Schalking – sag, hat der a Genehmigung, Zimmer in der oberen Etage vom Campino zu vermieten?“

„Der Schalking? In der oberen Etage? Der hat eine obere Etage? Wart’ mal....“

Er hörte festes Tippen, abgehackt, wirr für den Zuhörer. Dann kam die Stimme wieder klar durch.

„Naa - hat er ned. Vermietete der neuerdings?“

„Seit mehreren Monaten.“

„Der Sauhund, der dreckerte!“

„Mietvertrag gab es auch ned!“

„Na, dann wollen wir mal. I kümmer‘ mi drum.“

„Noch heut‘?“

„Davon kannst du mal gepflegt ausgehen!“

Kilian Oberhuber wusste, dass er sich vom Schalking nicht provozieren lassen sollte. Er wusste auch, dass er das bis zur Rente nicht mehr hinbekommen würde. Und das waren noch ein paar Jahre.

Späte Rache

Als Oberhuber am Fundort der zweiten Leiche eintraf, hatte er sich wieder beruhigt. Jetzt hätte er sich eher darüber aufregen können, dass er sich so aufgeregt hatte. Dennoch sagte eine leise Stimme in seinem Hinterkopf, dass da mehr war.

Loibl turnte um die Vogelscheuche herum, höchstpersönlich. Ebenso zwei Forensiker in weißen Schutzanzügen, die Oberhuber nur entfernt kannte. Sie stammten aus Zedersfelden, soviel hätte er sicher sagen können.

Oberhuber zog Loibl ein wenig von der Leiche weg. „Du, ich hab aan Problem. Ich brauch noch ein zweites Team."

„Du machst mir Spaß. Hast' du noch a dritte Tote?"

„Naa ... des ned. Aber wir müssen das Zimmer der Vogelscheuchenfrau untersuchen."

„Das hat ja Zeit, oder?"

„Hm ... I woiß ned. Ich hab da so ein Gefühl..."

„Kilian – wovon reden wir hier?"

Loibls Gesicht hatte sich verzogen. Er wirkte angefressen. Schließlich outete Kilian Oberhuber sich und berichtete ihm Details.

„Hm... und du meinst, der Kerl ist dreist genug, da was verschwinden zu lassen?"

Oberhuber nickte und kam sich dabei wie ein Denunziant vor. Schalking hatte sein Leben lang ein entspanntes Verhältnis zu Recht und Gesetz gehabt.

Loibl schien von innen auf seinen Wangen zu kauen. „Na gut. Vorschlag: Wenn einer deiner Leute einen meiner Männer begleiten kann, dann stelle ich einen dafür ab. Wir brauchen aber ein Auto, in das wir ein paar Sachen einladen können. Und mehr als einer geht ned."

Oberhuber zögerte keine weitere Sekunde und rief Berny Wolfinger an, der Minuten später mit einem Wagen am Tatort eintraf.

Bis dahin warf Oberhuber einen Blick auf die Leiche, soweit das möglich war. Loibl gab ihm derweil ein Update. „Also: Auf den ersten Blick kann ich nix erkennen, was schräg ist. Es gibt keine Würgemale oder so. Es gibt keine Abwehrverletzungen. Für eine Frau hat sie ungewöhnlich kurze Nägel, was in dem Falle Mist ist.“

„Aber ihr könnt ihren Körper ja noch gar nicht richtig erkennen, oder?“

„Nein, sicher. Wir haben nur eine Sichtprüfung gemacht und sichern hier mit den Jungs jetzt erst mal die Spuren. Es gibt keine Schleifspuren.“

„Also hat sie jemand hergeschleppt?“

„Muss so sein.“

„Also ein Mann?“

„Die Frau wiegt nach Augenmaß keine 50 Kilo. Das könnte auch eine Frau schaffen.“

„Aber eher ungewöhnlich.“

„Ja. Die Frau müsste kräftig sein und vermutlich auch eher groß. Fußspuren gibt es hier natürlich jede Menge auf so einer Wiese. Hier gehen ständig Leute lang. Mit ihren Hunden, wie der Kerl, der ihn gefunden hat. Und vergangene Woche ist eine ganze Schulklasse hier durchmarschiert, weil sie sich den kaputten Wald angesehen haben. Exkursion. Heimatkunde. Klimawandel.“ Er verzog die Mundwinkel. „Viel Hoffnung machen wir uns also nicht auf solche Spuren.“

„Verstehe.“ Oberhuber sah sich um. Er fixierte den Gallinger Hof. Es gab exakt ein kleines Dachfenster, das den Blick hierher ermöglichte. Aus der Richtung war also auch nichts zu erwarten. Es war Montag. Eine große Menge Leute war heute Morgen über die nahegelegene Landstraße zur Arbeit gefahren.

Wenn nichts half, würden sie die am Abend auf dem Heimweg abpassen müssen. Vorausgesetzt, es gab ein passendes Raster beim Todeszeitpunkt und genügend Leute für eine solche Straßensperrung. Oberhuber hatte allen noch Urlaube genehmigt, damit sie fit für die Saison waren.

Er fragte Loibl nach dem Todeszeitpunkt und der lachte herzhaft. „Des wird heute nix mehr. Könnt S‘ euch abschminken.“

„Na prächtig."

In dem Moment kam Berny Wolfinger in Sicht. Der Kollege, der in alle Richtungen ein bisschen zu groß wirkte, sah auf die Entfernung fast eher aus wie ein laufender Baum, stellte Oberhuber auf dem freien Feld fest. Er hielt eine Leberkässemmel in der Hand. Das konnte Oberhuber auf die Entfernung nicht etwa erkennen – er wusste es einfach.

„Für sei Semmel könnst' den Berny nachts wecke'", grinste Loibl und begab sich wieder zu seinen Kollegen und den Spurensicherern.

„Des glaubst ned", begrüßte Berny Wolfinger seinen faktischen Vorgesetzten in diesem Fall.

„Was denn?"

„Ich komm gerade aus Woiking runter. Da haben's aan Wolf gesehen!"

„Einen Wolf? Du machst Witze?"

„Nur halb. Sieht aus, als wär' der Hund vom Gallinger abgehauen. Einer der Leute hat des Viech fotografiert und ich tät sagen, des ist der Arno."

Oberhuber legte die Hand vor die Augen. „Auch das noch..."

„Mei – der ist ja ned wirklich gefährlich."

„Aber so groß wie a kleiner Gaul."

Berny Wolfinger lachte herzlich und ausgiebig mit sichtbaren Semmelkrümeln im Mund. „Den kriegen wir schon. I hab a zweite Semmeln im Auto."

„Für alle Fälle."

„Für alle Fälle", bestätigte Berny, gönnte sich einen herzhaften, senftriefenden Biss und schnappte sich den Beamten, mit dem sie Agata Kowalczyks letzte Behausung durchsuchen würden. Oberhuber hoffte, dass Berny die zweite Semmel ohne Senf geordert hatte, falls die am Ende im Magen des großen Hundes landete.

Master & Servant?

„Einen verdammten Scheiß habt S‘ ihr ‘baut!“, donnerte der kräftige Mann und schlug auf den Tisch. „Ich kann gar nicht glauben, mit was für Idioten ich es zu tun hab. Echt jetzt!“

Er blickte bedrohlich in die Runde. Da saßen ein Haufen Kerle, die man getrost als erwachsene Männer bezeichnen konnte. Nun aber schienen sie alle da zu hocken, als hätten sie die Hosen voll.

Zurecht.

„Also – wie kommen wir da wieder raus?“

„Das verläuft sich alles, wenn S‘ mich fragst“, gab der sonst eher stille Mann von sich, der am weitesten hinten saß. „Ihr kennt doch unsere Polizei hier, oder? Ich meine: Sagt mir doch bitte mal, was die zustande bringen. Ich kann dir mindestens zwei Tote nennen, die sie als Unfälle durchgehen lassen haben.“

„Und wenn das nicht hilft, dann werden wir mal die richtigen Kontakte spielen lassen, gell?“

„Du meinst München?“

„So weit ...“, gab er jetzt weniger kampfbereit zurück, „tät I noch ned gehe‘. Aber das packen wir auch so. Hören wir auf, uns Sorgen zu machen. Is‘ ja nix passiert am End‘.“

„Passt acht! Überlegt euch genau, was ihr ignoriert, ehrlich. Man soll seine Feinde nie unterschätzen.“

„Feinde ... jetzt fährst‘ schwere Geschütze auf. Wir haben ein bisserl Mist ‘baut. Wir ziehen ja ned in den Krieg! Herrgott, Leut‘ – wir leben in Bad Grassach!“

Kirsch oder Zitrone?

Man mochte über Bernhard Wolfinger denken, was man mochte. Er ließ sich unwidersprochen als *Dorfbullen* bezeichnen. Und jeder wusste, dass er bei Verkehrskontrollen schon das eine oder andere Auge im Sinne des dörflichen Friedens zugedrückt hatte. Aus seiner Sicht gehörte diese *Auslegung* der Vorschriften zu dem, was sie heute „Kompetenzprofil" nannten.

Aber als sie die hölzernen Stufen zu Schalkings neuer Unterkunft hinaufliefen, da sagte ihm sein Dorfbullen-Sinn: „Hier ist was im Argen."

Er wandte sich zu dem Spurensicherer um und fragte: „Riechst' des auch?"

„Ich bin koa Fachmann ned, aber ich tät sagen, ich rieche *Silver Haze*."

„So a Fachmann bin ich auch ned", beurteilte Berny seine Kenntnisse realistisch. „Aber Cannabis riech ich bei festem Gegenwind."

„Dann san mir uns einig. Müssen wir die Drogen-Jungs dazu rufen?"

„Ich würde sagen: Wir verschaffen uns erst einmal ein Bild."

Berny bückte sich herunter, den Schlüssel in der Hand, den Anna ihm mitgegeben hatte. Er warf einen konzentrierten Blick auf das Polizeisiegel. Es war intakt. Schon mal einen Pluspunkt für den Schalking. Vielleicht war der doch nicht so blöd, wie Oberhuber meinte.

Nachdem sie die Tür geöffnet hatten, nahm der Cannabis-Geruch eher ab. So viel schon einmal dazu. Beide bewaffneten sich oberflächlich mit Handschuhen und einem Haarnetz, nachdem sie die Tür geschlossen hatten. Berny wollte nicht mit der weißen Kopfbedeckung gesehen werden. Das ließ ihn idiotisch wirken.

Der Raum war nicht groß, vielleicht 16 oder 18 Quadratmeter. Die Wände bestanden aus nacktem Holz und Berny fragte sich, wie sich Schalking das Vermieten im Winter vorstellte. Auf der linken Seite gab es ein kleines Bad mit einer besseren Camping-

Dusche. Der Teil schien neuer zu sein als der Rest. Unter dem Fenster auf der rechten Seite befand sich ein erfreulich großes Bett, das einen großen Teil des Raumes einnahm. Auf dem Fensterbrett war eine kleine Madonna platziert worden.

Das Campino war in den späten 2000er Jahren entstanden. Die meisten Einrichtungsgegenstände sahen auch heute noch nach dieser Periode aus. Nur eben das Bad nicht.

Der Spurensicherer schlug vor, dass er sich den Waschraum als Erste vornehmen würde. Berny stimmte dem nachdenklich zu. Sein Blick war auf den Boden gefallen.

Waren das Fußspuren? Frische Fußspuren? Er bückte sich herunter und konnte faulig duftende feuchte Erde erkennen, vermischt mit ein paar Nadeln, vermutlich Kiefer. Sein Blick glitt aus dem Fenster, dann kniete er sich auf das Bett und begriff: Dieses Zimmer musste man nicht durch die versiegelte Tür betreten. Ein geschickter Kletterer konnte vom Balkon der Nebenwohnung aus zum Fenster dieses Zimmers gelangen.

Nach einem weiteren konzentrierten Blick begriff er: Das Fenster war nur angelehnt. „Dreckerter Mist, verfluchter", zischte er. „Da ham S' uns verarscht!"

„Hm?"

„Na schau mal hier! Ich bin ja keiner von deiner Zunft – aber das hier san frische Spuren, gell?"

„Na ... allerdings. Da ist doch einer über den Balkon 'neikraxelt! Ich tät sagen: Jetzt brauchen wir ein größeres Besteck."

Berny grinste. „Und a bisserl Blaulicht tät auch ned schaden, gell?"

Ein Problem mehr, eins weniger

Die Anrufe häuften sich an diesem Montag über den gesamten Tag verteilt. Massiert wurden Sichtungen des „Wolfes“ bekanntgegeben.

„Zefix noch eins!“, fluchte Hinterwinkler. „Als ob wir ned genug Stress ham‘!“

Er überlegte sehr angestrengt, wie er mit dieser Aufgabe umgehen sollte. Eigentlich hätte er sich zu der Sichtung begeben müssen. Arno reagierte ganz gut auf ihn. Vermutlich hatte der große Hund am Ende ohnehin mehr Angst vor den Wanderern als umgekehrt.

Schließlich entschied er, die Polizeistation nicht allein mit Anna besetzt zu lassen. Er rupfte sein Telefon von der Gabel, wählte Gallingers Nummer und blökte wütend in den Hörer: „Beweg deinen faulen Hintern rauf zum Irschlingkogel! Wenn du nicht in zehn Minuten dort bist, um deinen Hund am Weiher einzusammeln, dann brumme ich dir eine fette Strafe auf, Gallinger!“

Er donnerte den Hörer wieder auf die Gabel, ohne eine Antwort abzuwarten. In dem Moment klingelte sein Telefon. Oberhuber informierte ihn, dass er alle verfügbaren Leute der Streifenpolizei in Dienst gesetzt hatte. Das schloss auch den alten Schartinger ein. Ein Mann, der sich seit Jahrzehnten in seinen 60ern zu befinden schien, lange die Station geleitet hatte und immer noch rüstig genug war, zu helfen, wenn man ihn freundlich fragte.

Sein Sohn hatte es bei der Polizei in Augsburg zu etwas gebracht, wie man hörte. Seine Tochter arbeitete auf der Gemeinde in Zedersfelden. Eine Beamtenfamilie erster Güte mit gehobenem Pflichtbewusstsein.

Die Tatsache, dass Oberhuber Schartinger angerufen hatte, sagte Hinterwinkler auch, dass sie die Situation nicht mehr im Griff hatten. Sie hätten die Mannschaft nicht so flächendeckend heimschicken dürfen. Viele waren in den Urlaub gefahren und nicht verfügbar.

„Ständig rufen die Leute wegen Arno an!", erklärte Hinterwinkler und schob nach: „Und wo ist der Berny? Ich erreich' den nicht!" Die Antwort kam von seiner jungen Kollegin am Nebentisch: „Leitet einen fetten Einsatz beim Campino draußen. Da hinten hast du kaum aan Empfang."

Oberhuber stutzte am anderen Ende der Leitung. „Wieso *fetter Einsatz*?"

„Wart' – ich stell dich laut."

Oberhuber wiederholte seine Frage und Anna erklärte die Situation. „Die haben sich Verstärkung geholt. Frag mich ned, woher. Da scheint was ganz doll im Argen zu sein. Sieht aus, als hättest du recht gehabt", schob sie rasch hinterher. „Er sagte was von Drogen und Umgehen des Polizei-Siegels!"

Korrekterweise hätte Oberhuber jetzt schreien müssen. *Was bildete der Berny sich ein, Verstärkung anzufordern, ohne ihn zu informieren?* Berny hatte die Neigung. Er gehörte technisch zur Streife, hatte aber eine kriminalistische Ausbildung und musste das hin und wieder herauskehren.

Auf der anderen Seite ging es gegen den Schalking. Wem wollte man da einen Vorwurf machen?

Außerdem konnte er Berny den Vorwurf immer noch machen, falls es schiefgehen sollte, überlegte Oberhuber mit dem Beamten-Teil seines Gehirns.

„Na gut – aber sag ihm, ich will einen Bericht von ihm, sobald er wieder Empfang hat."

Er besprach noch Details mit seinem Schwager, dann legte er auf. Erstaunt nahm er zur Kenntnis, dass ihn niemand gefragt hatte, wo er genau in dieser angespannten Situation war.

Er lächelte versonnen. Schließlich war er ja am Ende der Leiter der Station. Einen gewissen Status musste ihm das schon verleihen. Er warf einen Blick in die Schlucht hinab und rief: „Und? Habt ihr was?"

Einer der Männer in dem lächerlich wirkenden Schutzanzug schaute auf und schüttelte den Kopf. Oberhuber glaubte selbst nicht, dass sie in dieser Schlucht etwas finden würden. Gleichermaßen wollte er nicht in die Bredouille geraten. Wenn der Staatsanwalt ihn fragte, ob sie die Fundstelle der ersten Leiche vollständig untersucht hatten, wollte er jedoch überzeugt nicken können.

Er musste ja nicht dazu sagen, wann genau diese Untersuchung des Fundortes stattgefunden hatte. Immerhin hatte es nicht geregnet in den vergangenen Tagen.

Erneut versuchte er, den jungen Taufing zu erreichen. Der hatte seine Touristen-Information zugesperrt und war nirgends aufzufinden. Sein Vater hatte die Vermutung, dass er beim Drucker war. Wegen neuer Plakate.

So war immer noch nicht geklärt, wie der Zeitablauf des Freitags gewesen war. Oberhuber rief Burga an und erkundigte sich, ob sie wusste, wo der junge Taufing seine Plakate drucken ließ.

„Irgendwo hinter Zedersfelden, denk ich."

„A bisserl präziser hast du es nicht?"

„Nein ... ich war da einmal. Ist bestimmt fünf Jahr' her. Aber eins tät I wetten: Der Wurzinger lässt dort auch drucken."

„Okay, dann frag ich den noch mal. Dank dir, Burga!"

Er legte auf und überprüfte seinen nächsten Optionen. Mit Senf-Magnaten Wurzinger hatte er am Morgen schon gesprochen. Er hatte auf der A8 gesessen - im wahrsten Sinne des Wortes, denn da herrschte zu der Zeit Stillstand wegen irgendeiner Messe in München, wegen der sich halb Österreich die Strecke hoch zu schleppen schien.

Nachdem Oberhuber die Details mit Florian Wurzinger durchgegangen war, hatte er sich noch eine Frechheit gegönnt, die ihn schon beim ersten Gespräch beschäftigt hatte.

„Sag, Florian, eine Frag' hätt ich noch. Und hier gilt: Ich zitiere nix, was nicht gerichtlich notwendig ist. Ich möchte von dir nur eins wissen: Hattest du was mit Mandy Kaltzenow?"

Das folgende Schweigen hätte Oberhuber als Antwort eigentlich gereicht. Er konnte sich sicher sein, dass Florian Wurzinger mit der Frau etwas gehabt hatte.

Dann antwortete Wurzinger unerwartet „Nein – aber ... ich denk', es wär' passiert. Das ist mir peinlich genug, glaub's mir."

Kilian schluckte. Er kannte Wurzingers Frau seit 30 Jahren. „Danke für deine Offenheit, Flori.“ Dann überlegte er. „Sag mir eins. Wie lang‘ habt ihr schon über das Baugebiet gesprochen?“

Er schien nachzudenken. „Ich würde sagen, sechs oder sieben Wochen. Da müsst‘ ich aber in den Kalender schauen.“

„Aber der Spur nach stimmt das?“

„Ja, ziemlich sicher. Länger war es nicht und wesentlich kürzer kann es nicht gewesen sein. Reicht dir das?“

„Für den Moment reicht mir das. In dem Punkt zumindest. Flori: Kannst du dir vorstellen, dass die das Gebiet ... noch ... irgendwie ... anders?“

„Wie?“

„Ich habe mich gefragt: Hat die vielleicht ein doppeltes Spiel gespielt? Ich denke, sie hat mindestens dem Gallinger eine andere Geschichte erzählt. Und ich könnte nicht sagen, ob das der Einzige war.“

„Sag, Kili: Muss ich was wissen über die?“

„Mei.... die Frau weilt nicht mehr unter uns. Da müssen wir eben allem nachgehen. Betrug, Doppelbluff...“

Wurzingers Reaktion hatte ehrlich erschrocken und entsetzt geklungen. Vermutlich war da mehr gewesen. Oberhuber wollte den nächsten Kontakt mit Wurzinger deshalb sehr genau überlegen und ihn nicht nur wegen des Kontaktes zu einer Druckerei anrufen.

Während er darüber nachdachte, nahm er aus dem Augenwinkel eine hektische Bewegung wahr. Dann folgte ein grollendes Brummen und jemand rief etwas. Intuitiv wich Oberhuber aus. Dann erst begriff er, dass es sich um zwei Radfahrer handelte.

„Ja, spinnt S‘ ihr denn?“, rief er grantig und laut, bevor er begriff, dass die beiden ernsthafte Angst zu haben schienen.

„Wooolllfff....“, hörte er noch, bevor die beiden so weit weg gerast waren, dass das Geräusch abriss. Aha. Dieser Wolf also.

Oberhuber drehte sich um und ging den Berg strammen Schrittes hinauf. Schließlich entdeckte er Arno. Der gigantische Hund kam auf Oberhuber in einem leichten Trab zugelaufen.

Sein Schwanz wippte leicht und man musste meinen, dass er ebenso erfreut war, Kilian zu sehen, wie dieser sich freute, ein Problem weniger zu haben.

Sindymandy

Noch immer standen drei Namen auf Anna Heigls Liste und sie hätte nicht sagen können, wie oft sie sich jetzt schon an denen versucht hatte.

Agata Kowalczyk

Mandy Kaltzenow

Cindy Renow

Drei Namen, die für ihr Ohr alle in den Osten gehörten. Irgendwo zwischen Dresden und Russland. Präziser war es noch nicht geworden.

Allein drei Mal hatte Steingassinger angerufen und ihr zusätzliche Aufträge für eine Pressekonferenz am Folgetag gegeben. Anna hatte alles artig aufgeschrieben und das erledigt, was sie alleine veranlassen konnte. Dann hatte sie sich immer wieder von Neuem den drei Namen gewidmet.

Agata Kowalczyk, Mandy Kaltzenow, Cindy Renow. Die Polin war ganz sicher tot. Berny hatte sie eindeutig identifiziert. Für Mandy galt das im Grunde auch. Und Cindy, so vermutete zumindest ihr Chef Kilian Oberhuber, war am Ende dieselbe Person wie Mandy. Nur mit einer anderen Visitenkarte.

Schließlich wählte Anna einen anderen Weg. Sie suchte nach Facebook-Accounts von Cindy und Mandy. Zwar fand sie keines – aber ihr wurden ein paar ähnliche Konten angezeigt und eine davon gehörte einer „Sindy". Diese Schreibweise des Namens hatte sie bislang nie gesehen.

Wieder wechselte sie in das Polizei-Programm und versuchte es mit Sindy Renow. Nichts.

Einer Intuition folgend, mischte sie die Namen. Und gleich der erste Versuch lieferte einen Treffer: Sindy Kaltzenow. Die gab es. In einem Ort in der Nähe von Dresden namens Pirna. Dort war sie scheinbar in einem Museum beschäftigt und vor einigen Jahren einmal mit dem Gesetz dahingehend in Konflikt geraten, dass während ihrer Schicht zwei Ausstellungsstücke verschwunden waren.

Ein positives Ergebnis der Untersuchung war nicht

vermerkt und Anna wunderte sich, warum im Sinne der Datensparsamkeit dieser Verdacht gegen die junge Frau überhaupt aufgeführt war. Schließlich galt doch hier „Im Zweifel für die Angeklagte“, oder?

Sie machte sich eine Notiz dazu, suchte dann ein Facebook Account auf den Namen und wurde fündig. Das Bild erkannte sie sofort. Die Einträge reichten zurück bis in Zeiten, in denen die junge Frau noch auf der Schule gewesen war.

Sindy Kaltzenow schien ein aufgewecktes Mädchen gewesen zu sein. Sie hatte viele Freunde, wenn man den Bildern glaubte.

Mehrfach sah man Bilder aus Łódź in Polen. Wenn Anna es recht deutete, dann hatte sie dort mehrfach das Muzeum Sztuki W Łodzi besucht.

Anna jagte das laienhaft durch einen Übersetzer und es schien sich um ein Kunstmuseum zu handeln. Dann blickte sie wieder auf die Bilder, die Sindy reichlich gepostet hatte. Durfte man eigentlich Bilder von Kunstwerken einfach so posten? Durfte man die überhaupt fotografieren? Sie schaute auf ein Bild, das knapp zwei Jahre alt war. Eine ganze Serie zeigte Sindy mit einer dunkelhaarigen schlanken Freundin, die auf vielen Bildern auftauchte. Beide schienen sich im Museum frei bewegen zu können. Waren die völlig allein dort?

In dem Moment klingelte Annas Telefon und lenkte sie erneut ab. Berny war am anderen Ende.

„Anna – du glaubst nicht, was wir hier aufgetan haben.“

Die junge Polizistin blickte sich kurz suchend um und stellte fest, dass ihr Kollege Hinterwinkler wieder telefonierte. Weit genug weg.

„Du, Berny“, flüsterte sie, „Ich glaube, der Kilian war sauer auf dich!“

„Was? Wieso das?“

„Kann es sein, dass du deinen … Einsatz … hättest du den mit ihm abstimmen müssen?“

Es entstand eine Stille, die nur von einem gespenstischen digitalen Knirschen aufgelockert wurde. „Au weia“, murmelte der ausufernde Streifenpolizist. „Da hast‘ fei recht.“

Dann schien er zu überlegen. „Aber weißt‘ was? Mei Großmutter hat immer gesagt ‚was zählt ist, was hinten rauskommet‘, gell? Und da hab ich jetzt was.“

„Sag an“, versuchte Anna den Jargon der älteren Beamten zu imitieren. Sie kam sich dabei dumm vor, aber da war es zu spät.

„Anna – ich hab dem Schalking sei‘ Putzfrau aufgetrieben. Und die – das rätst du nie!“

„Was?“

„Die hat mir doch tatsächlich erzählt, dass zwei Frauen in dem kleinen Kabuff im Obergeschoss vom Campino übernachtet haben.“

„In dem kleinen Raum?“

„Sie war sich völlig sicher, was das angeht! Und dann das: Sie sagt, dass die eine polnisch sprach, die andere sächsisch.“

„Aha...“

Anna war sich sicher, dass eine Botschaft in dieser Mitteilung steckte, aber es dauerte, bis ihr aufging, was Berny Wolfinger gerade nahelegte. „Du meinst: Agata und Sindymandy haben dort zusammengelebt?“

„Ha! Das glaube ich nicht nur! Ich habe ihr die Bilder gezeigt.“

„Woher kennst du eigentlich die Putzfrau vom Campino?“

Es wurde wieder still. „Mei ... ich hab scho‘ mei‘ Kontakte im Ort, gell?“

„Ach so...“

Sie grinste innerlich und ahnte, wie sich diese Kontakte darstellten. Alle Polizisten, denen sie erzählt hatte, dass sie nach Bad Grassach ging, hatten ihr gesagt, dass Berny es hier und da nicht so genau nahm. Oder wie er sagte: „Die *Auslegung* der Gesetze als seine Aufgabe ansah“. Und wer brauchte keine günstige Putzfrau? Und dieser legale Anmeldeprozess sollte ja die Hölle sein...

„Und Berny – ich weiß jetzt, wie die Frau heißt.“

„Sag bloß!“

„Sindy Kaltzenow. Mit einem ‚S‘ am Anfang.“

„Das ist doch falsch?“

„Hat man scheinbar in der DDR so geschrieben. Manchmal

zumindest. Ist ja auch wuppe. Sie ist unter dem Namen gemeldet und ich sehe mir gerade ihre sozialen ... Verdammt!"

„Hm?"

„Die beiden kannten sich seit Jahren!"

Bluthund?

Kilian hatte sich von den Spurensuchern einen Strick geborgt und wollte den Gallinger Bauern gerade anrufen, als der keuchend den Wanderweg hinaufgekraxelt kam und ihm schon von weitem zuwinkte. Wie fast immer war sein Haar wirr, seine Kleidung ebenso und alles an ihm wirkte ein wenig überholungsbedürftig. Aber sympathisch. Er schien einen guten Tag zu haben. Zweimal in weniger als drei Tagen?

Etwas an dieser Wahrnehmung machte Kilian stutzig. Und das war kein Zynismus.

„Mensch, Kili, du hast den Arno ja schon gefangen!" Er kam noch näher, schlug Kilian auf die Schulter und wollte ihn rasch passieren. Arno gab ein jämmerliches Geräusch von sich, als Oberhuber sich dem Kiffer-Bauern mit den hübschen Töchtern in den Weg stellte.

„Gallinger! Dir is' scho' klar, dass des so ned geht."

„Ist recht, Kili. Das hat er noch nie gemacht, oder?"

„Ja – und warum dann diesmal?"

Der Bauer sah kurz zu Boden. Lange genug, um dem Kommissar zu zeigen, dass etwas nicht stimmte. „Ich weiß es auch nicht, aber ich hab' den starken Verdacht ... jemand ist bei mir eingebrochen."

„Auf dem Hof?"

Innerlich zählte Oberhuber bereits durch und kam zu dem Ergebnis: Sollte bei Gallinger nicht heimlich gelagertes spaltbares Plutonium weggekommen sein, würde er keinen Spurensicherer abzwacken können. Nicht einen einzigen.

„Hast' des gemeldet?"

„Nein ... ich hab es vorher erst so richtig gesehen. Und ganz sicher bin ich mir auch nicht."

„Wie kann man da unsicher sein? Ist was aufgebrochen?"

„Nein."

„A Fenster 'neidonnert?"

„Nein!"

„Fehlt was?"

„Der Hund!"

„Zefix – Gallinger! Jetzt sei doch ned mit Macht blöd. Du weißt doch, was ich mein'." Das Jaulen des riesigen Hundes erreichte eine Stufe, die schier unerträglich wurde.

Dann hörte man ein Geräusch, das klang wie *„ffffhhhP*!" Einen Augenblick später stand der große Hund mit einem zerrissenen Strick am Hals neben den beiden Männern und begrüßte seinen Besitzer überschwänglich.

So hatte Kilian Oberhuber weder den Hund noch den Bauern bisher je gesehen. Zwischen den beiden Lebewesen stand mehr, als man aus der Ferne sah. Man hätte kaum sagen können, wer wen mehr vermisst hatte.

Wirkte der Hund auf dem Hof, seiner angestammten Umgebung handfest bedrohlich, hatte er hier beinahe etwas von einem Stofftier. Einem UNGEMEIN großen Stofftier allerdings. Die Art Hauptgewinn, für die man am Schießstand auf der Wies'n 100 Schuss opfern muss.

Nachdem sich beide wieder beruhigt hatten, nahm Gallinger den Faden wieder auf. „Der Hund rennt normal ned weg, oder? Du kennst den Hof. Da ist alles offen. Hast du ihn schon mal in der Nähe der Straße gesehen?"

„Nie."

„Siehste. Weil der nicht wegrennt. Bei uns waren mal zwei verirrte Rehe im Hof. Die hat der natürlich gejagt, kann man ihm nicht verübeln. Aber nur so 100 oder 150 Meter. Dann dreht der ab.

Der bewacht ja den Hof, ned die Stroass, gell?"

„Und deshalb meinst', dass da mehr gewesen sein muss?"

„Ja, sicher!"

„Klingt irgendwie einleuchtend für mich." Kilian schaute auf den Hund, dessen Blick zu sagen schien *ich weiß, dass ihr über mich sprecht.* „Was sollen wir jetzt machen? Soll ich ihn mit meinen Leuten verhören, ob er was vom Einbruch mitbekommen hat?" Kilians Blick fiel auf die Brust des Hundes. „Jesses! Der blutet ja!"

„Was? Wo?"

Die beiden Männer gingen auf die Knie und Kilian musste sich eingestehen – Stofftier hin oder her – dass der Hund jetzt, wo er größer war als er, einen unerwartet bedrohlichen Eindruck auf ihn machte. Sein Herz pochte, als er ihm näherkam und vorsichtig das Fell teilte. Aber da war nichts. Er schnüffelte an seinem Finger.

„Gallinger ... das ist Blut, tät I sagen. Aber der Hund ist nicht verletzt. Das ist Blut von einem anderen Tier."

„Oh nein – aber der Arno ... ich sag doch ... die beiden Rehe ... mitten auf'm Hof ... nix hat er denen getan!"

„Rupert", begann Kilian jetzt betont unaufgeregt, aber mit seiner durchdringenden Amtsleiter-Stimme. „Ich muss da jetzt eine Probe nehmen."

„Was?"

„Nix Schlimmes. Wir schneiden ein paar Büschel Haare aus dem Fell und analysieren das Blut, okay?"

„Und dann?"

„Wir sollten tunlichst vermeiden, dass da wer ... halbtot im Wald liegt oder so. Wir müssen wissen, was das für Blut ist."

Es dauerte einen ganzen Moment, bis Gallinger seinen Blick senkte und ruhig nickte. Oberhuber besprach sich mit den Spurensicherern, die nach dem Radau, der hier geherrscht hatte, auf ihrer Leiter aus der Schlucht heraufgeklettert waren.

Der ältere der beiden nickte, reichte Kilian eine mittelgroße Schere und ein Röhrchen in der Größe, wie sie Filmdosen früher gehabt hatten.

„Was soll ich damit?", erkundigte Kilian sich erstaunt.

„Du glaubst doch ned, dass wir uns an des Vieh da ran wagen, oder?"

Brezndieb!

Steingassinger hatte im Laufe des Tages unzählige weitere Male angerufen. Zur Pressekonferenz war „Hoher Besuch“ angekündigt und „Nationale TV Sender“, wie er Anna mehrfach erläutert hatte. Aus unerfindlichen Gründen hatte er sich mit diesem Thema exklusiv auf die junge Beamtin eingeschossen, die ihn jetzt nicht mehr loszuwerden schien. Während sonst jeder schräge Atemzug in diesem Revier kommentiert wurde und Frotzeleien hier wie Atmen waren, verhallten Annas Beschwerden diesbezüglich ungehört.

Es schien ihr, als könnte sie sehen, wie Oberhuber und Hinterwinkler sich leicht duckten, geschickt streckten oder im rechten Moment zur Seite sprangen, wenn sie eine Beschwerdesalve über ihr trauriges Los mit Staatsanwalt Steingassinger abfeuerte.

„Und noch was“, erklärte sie in den multidimensionalen Raum hinein. „Der Schalking hat zu Protokoll gegeben, dass einer seiner Gäste heute die Zeche geprellt hat.“

„Ach komm“, schien sich Hinterwinkler zu freuen, „etwa einer aus dem Ort? Sollen wir jemanden festnehmen?“

„Er beschrieb jemanden, der wie dein Schwager aussah“, erläuterte sie – bemüht, nicht allzu laut zu grinsen.

„Kili! Du hast beim Schalking ned gezahlt? Was?“

Oberhuber zuckte erschrocken zusammen. „Ich ... Zefix – die blöde Brezn und a Wasser. Hab‘ I völlig verschnarcht. Hol ich nachher nach.“

„Hinterher heißt’s, da hätte es Bestechung und Vetternwirtschaft gegeben.“ Vitus grinste feist. Wohl wissend, dass niemand ausgerechnet diesen beiden Männern eine engere Bindung als nötig nachsagen würde.

„Lass uns erst mal zum Loibl rüber. Wegen der Vogelscheuche“, erklärte Kilian mit Blick auf die Uhr. Er hatte kein gescheites Mittagessen gehabt. Sein Magen knurrte hörbar und er spekulierte auf einen Rostbraten oder zumindest ein gescheites Brotzeitbrettel auf dem Weg.

Sie kehrten bei der Wirtin ein, die am Morgen das Verschwinden ihrer Bedienung gemeldet hatte. Was war in den wenigen Stunden seitdem alles geschehen? Unglaublich, wenn man drüber nachdachte. Oberhuber und Hinterwinkler waren mit dem festen Willen aufgestanden, den Unfall als Mord zu behandeln. Kaum, dass sie dem nahegekommen warn, hatte sie der nächste Todesfall überholt.

Der internationale Fußball-„Gott“ Ingo Wenzlick lag nach wie vor im künstlichen Koma. Der Schalking ließ scheinbar Beweise aus einem versiegelten Zimmer verschwinden. Wurzinger hätte fast seine Frau betrogen. Und in all dem Schlamassel hatte Jörg Bertram sich immer noch nicht gemeldet. Wo lebten sie hier? München?

Vitus schaute die Karte des Biergartens konzentriert und unzufrieden an.

„Was ist los?“

„Des ist doch ned die gleiche Karte wie am Samstag.“

„Das steht da doch auch.“ Kilian deutete auf einen gut erkennbaren weiß blau karierten Balken mit der Aufschrift „Wochenkarte“. „Die andere war die Wochen*end*karte.“

„Aber hier ist der Wacholderschinken ned drauf“, gab Vitus mürrisch zurück, als würde das Kilians Argumentation widerlegen.

In dem Moment trat die Frau an ihren Tisch, die sie Stunden zuvor in der ehemaligen Bank besucht hatte, welche jetzt ihr Revier war.

Man konnte erkennen, dass sie geweint hatte. Dennoch schien das Dirndl sie so strahlen zu lassen, dass es einiges überdeckte. Kilian stellte wieder einmal fest, dass bayerische Traditionen in erster Linie dadurch glänzten, dass sie robust und stabil waren. So ein Dirndl half. Wie Felswände, sattgrüne Wiesen und dieser obszön blaue Himmel, den sie in Bayern fest ans Firmament genagelt hatten.

„Unsere Küche ist … a bisserl unterbesetzt … wie ihr wisst“, entschuldigte sie sich vorneweg, obwohl sie den Stift mit pflichtbewusster Geste schreibbereit über ihren Block mit dem Logo der lokalen Brauerei kreisen ließ.

„Au weia“, murmelte Kilian. „Und ich hab aan solchen Hunger.“

„Mei ... mir können dir scho‘ grad so a ... Notbrutzelei machen, wenn’s was Warmes willst. Wie wär des? Einen gebratenen Leberkäse mit ein paar raschen Röstkartoffeln?“

Kilian lief das Wasser wieder einmal im Mund zusammen. Das sollte ein Notbrutzelei sein? Das hätte er sofort genommen, wenn er es auf der Karte gefunden hätte. In seiner Welt war das ein Festmahl. Kathi bereitete das nur selten zu, weil *„es immer durch’s ganz Haus stinkt“* – also nickte er, ohne zu zögern.

Hinterwinkler hatte zwischenzeitlich Bereiche auf der Karte gefunden, in die nie zuvor ein Mensch je vorgedrungen war, wie Oberhuber schien.

„Bei dem Hackbraten ... ist da Kartoffelpüree dabei oder san des Stampfkartoffeln?“

„Veit! Du hast doch wohl gehört...!“

„Habt ihr das ned da?“, erkundigte er sich unschuldig. Die Wirtin wich seinem Blick aus. „Ich ... denke nicht.“

„Und die Krautwickerl?“

„Die sollten da sein ... denke ich.“

Oberhuber schnappte sich Veits Karte, klappte sie undemokratisch zu und erklärte. „Er nimmt S‘ Gleiche wie ich.“ Veit starrte ihn entsetzt an, also setzte Kilian diplomatisch hinterher: „Und drei Röllchen Wacholderschinken, wenn‘s geht.“

„Freilich!“

Sie drehte sich mit dem schwingenden Dirndl um und verschwand. „Geh, Veit, du siehst doch, dass das heute keinen Taug hat.“

„Hm...“, murrte er – unschlüssig, ob er unzufrieden sein sollte oder nicht. Immerhin gab es Wacholderschinken...

Kilian kam auf die Situation des Tages zu sprechen, die ja auch hier nicht zu übersehen war.

„Wir müssen uns überlegen, wie wir weitermachen, wenn wir beim Loibl waren.“

„Ich schätze, bis wir wieder daheim sind, ist der Tag ... einigermaßen rum."

„Das stimmt. Da werden wir nicht mehr viel erreichen können. Sagen wir mal, wir erfahren, was mit der Frau – also mit der Polin – passiert ist. Dann werden wir morgen früh loslegen müssen."

„Stimmt. Und wenn die ermordet wurde, dann rate ich mal: Dann wurde die junge Frau, wie auch immer sie heißen mag, das auch. Das ist kein Zufall."

„Ja. Gehen wir davon mal aus. Dann machen wir morgen zwei Teams. Ich die Cindy oder Mandy und du die Polin."

„Mit wem?"

„Wie du willst."

„Dann mit dem Berny."

„Gut – lass uns das so machen. Ich würde im Falle unseres Fußballgottes erst dann entscheiden wollen, wenn er aufwacht."

„Einverstanden."

„Mit einer Ausnahme. Ich werde morgen dafür sorgen, dass den einer von Loibls Leuten untersucht. Da kann sich des junge Zicklein im Krankenhaus querstellen. Das Recht ist auf unserer Seite."

„Vielleicht ... sichern wir das trotzdem über den Steingassinger ab?"

„Wenn wir die Pressekonferenz machen, sagen wir ihm vorher Bescheid. Dann kann er das vorbereiten - guter Punkt, Vitus." Kilian notierte das. Anschließend sah er nachdenklich auf seinen Zettel, der in diesem Fall immer noch das Logo der Brauerei trug, weil er den am vergangenen Samstag bei Burga Gallinger mitgehen lassen hatte.

„Dann müssen wir unbedingt mit dem Jörg Bertram sprechen. Wenn es nicht anders geht, fährt einer von uns da runter zu den Ösis."

„Das sind ... was? So zwei Stunden?"

„Hab es nicht exakt...."

Hinterwinkler schaute auf sein Telefon und tippte herum. „Ist sogar weniger. Wenn einer früh losfährt, schafft er die

Weißwurst noch in Grassach."

„Umso besser."

Veit Hinterwinkler ließ seinen Blick auf seinem Telefon haften. „Anna hat eine Mail geschrieben. Sie weiß jetzt, wie die Frau tatsächlich heißt, und hat ihre Daten. Sindy Kaltzenow, 31. Aus einer Stadt namens Pirna. Das ist zwischen Dresden und der Tschechei."

„Tschechien..."

„Meinethalben. Jedenfalls hat die Kunstgeschichte studiert und arbeitet in einem DDR-Museum. Aber nicht nur das. Jetzt halt dich fest." Er blickte Oberhuber an. „Die kannte die Agata Kowalczyk. Und zwar scheinbar schon seit Jahren. Und Berny hat herausgefunden, dass die beiden Frauen scheinbar im Dachgeschoss des Campino zusammen gewohnt haben. In dem kleinen Kabuff. Alle beide."

Kilians Mund blieb offen stehen, als gerade die Wirtin mit den beiden länglichen Tellern für die Männer kam. Eine junge Frau brachte zwei alkoholfreie Weißbiere und platzierte sie hektisch auf dem Tisch.

Hinterwinkler wusste einen Moment lang nicht, wo er hinsehen sollte – zur Wirtin, der jungen Frau mit dem Bier oder auf seinen Teller. Der war perfekt arrangiert. Und wenn das eine „Noztbrutzelei" war, dann wollte Vitus verdammt sein.

„Frau Schafthauer, hätten S' a paar Minuten für uns?", erkundigte er sich spontan.

„Ungern, wenn ich ehrlich sein soll."

„Setzen S' sich trotzdem einen Moment", legte Kilian Oberhuber ihr mit seinen Stationsleiter-Ton nahe und die Frau fragte nicht länger. Sie gab ein kurzes Zeichen in Richtung der Küche, die hier in einem sehr traditionsbewussten Holzbau untergebracht war.

„Frau Schafthauer..."

„Beate, gell? Bea."

„Bea, dank dir. Vitus – und des ist der Kilian. Uns sind a paar Fragen durch den Kopf gegangen."

„Wegen der Agata?"

„Auch. Wie bist‘ an die gekommen?“

Sie dachte einen Moment nach. „Die ist hier vorbeigeschneit. An einem Tag, an dem zwei Maderl krank waren. Sie hat sich sozusagen noch am Tresen bei mir beworben und zehn Minuten später angefangen, ohne ein Wort über Lohn oder so zu schwätzen. Die konnte anpacken. Ein Traum“, erklärte sie mit heftig rollendem R und verklärtem Blick.

Während Hinterwinkler sich nach weiteren Details erkundigte, konnte Kilian nicht widerstehen. Auf dem gebratenen Leberkäse thronten zwei Spiegeleier. Gebettet auf eine Schicht gebratener Zwiebeln. Die Bratkartoffeln waren klein geschnitten und goldbraun und knusperten schon, wenn er mit der Gabel nur in ihre Nähe kam. Das Gedeck war klein gehalten, aber perfekt organisiert: Karottensalat, Krautsalat, Obazda. Und den machten sie hier noch selbst.

Die Spiegeleier wiesen eine perfekte Konsistenz auf und Kilian roch sie weit oben im Hirn, während sie sich goldgelb mäandernd über den Leberkäse ergossen. Der war leicht angebrutzelt und er fragte sich schon nach dem ersten Bissen, wo sie den kauften. Der Anteil an süßer Paprika war eindeutig höher als hier in der Gegend üblich. Die Würzung etwas schärfer. Muskat war stärker ausgeprägt. Die Kruste nicht so trocken, wie man sie hier kannte. Was zur Hölle…? Hatte der Suttlinger Metzger etwa eine neue Sorte im Programm?

Er stellte fest, dass er vor lauter Lust am Essen die letzten drei Sätze verpasst hatte. Bea berichtete gerade von einer Begegnung, die sie scheinbar mit der Frau gehabt hatte, von der sie jetzt wussten, dass sie Sindy Kaltzenow hieß.

„Aber, dass die zusammenwohnen – des wusst‘ ich ned.“ Sie schüttelte nachdenklich den Kopf und stutzte: „Seit wann vermietet der Schalking überhaupt Wohnungen? Darf der des?“

Dann verzog sie das Gesicht mürrisch und erhob sich „Ich muss wirklich weiter.“

Breaking Bad

„Herzinfarkt? Machst‘ Witze, Radi?“

„Bin ich für meinen Humor bekannt?“, konterte der Mann, der in dem Langbau mit dem fast unsichtbaren grammatikalisch hochwertigen Graffito residiert.

Die beiden Beamten tauschten einen kurzen Blick. Erwartete er auf diese Frage eine Antwort? Loibl? Humor? Der Kerl schüttelte einem nicht einmal die Hand. Wie humoristisch konnte so jemand veranlagt sein?

Hinterwinkler kam nicht recht zur Ruhe. „Radi, jetzt mal im Ernst: Herzinfarkt? Die Frau ist vielleicht frühe 30 oder so. Gertenschlank, sieht sportlich aus – hast kein’n Bock heute oder wie?“

„Werd‘ mal nicht frech, Veit.“ Konrad Loibl trat einen halben Schritt zurück und lehnte sich mit verschränkten Armen an die Wand. „Keine äußere Gewalteinwirkung im herkömmlichen Sinne. Die Frau hat diverse Schürfwunden. Aber die haben sie nicht umgebracht. Das Herz der Frau ist ned grad‘ in Top-Form. Und unterdimensioniert. Ich würd‘ davon ausgehen, dass die Herzmedikamente genommen hat. Wahrscheinlich schon seit Jahren.“

„Auch in Polen...?“

„Vitus! Polen ist medizinisch seit 20 Jahren auf dem neuesten Stand. Wir reden nicht von der Ukraine oder Georgien! Warst du mal in Polen?“

„Kathi und ich waren mal in Polen“, erklärte Kilian Oberhuber mit einer gewissen Selbstgefälligkeit. „2008, denke ich. Schien mir auch sehr westlich. Beschissene Straßen – aber ansonsten...“

Wäre Kilian jetzt ehrlich gewesen, hätte er den Satz hinzugefügt, den er sonst bei dieser Erzählung immer ergänzte, nämlich *„Hat uns auch total überrascht.“* Hätte aber in der Situation weniger weltmännisch gewirkt. Diesmal ergänzte er nur: „Aber die Küche in Polen ist mir zu fett.“

„Und Autos klauen tun sie allweil immer noch. Dafür gibt es Statistiken“, ergänzte Hinterwinkler, um nicht klischeehaft zu wirken. „Deshalb fahr ich da auch so schnell ned hin“, erklärte Hinterwinkler unumstößlich, bevor er wieder zum Thema zurückfand.

„Was muss passieren, damit so eine Frau einen Herzinfarkt bekommt?“

„Wenn ich ihre Herzmedikamente kennen würde oder mit ihrem Arzt sprechen könnte, könnte ich das schneller sagen. Aber so muss ich mich da mit meinen Leuten herantasten.“

„Was ich gesehen habe, sieht nicht nach Ablagerungen aus. Schätze, dass ihre Herzkranzgefäße einfach ... wie soll ich sagen? Die haben einfach nix getaugt.“

„Und dann braucht es was?“

„Was es braucht? Um einen Herzinfarkt auszulösen? Das kann alles sein in einem Fall wie diesem hier. Ich hoffe, dass sie es schnell getroffen hat. Großer Schock, schwere körperliche Erschöpfung, Laktatazidose ... Da kommt eine Menge in Frage! Da lege ich mich ohne Weiteres ned fest. Aber Schock und Erschöpfung sind schon die heißesten Kandidaten für mich. Sagen wir: Eine Belastung, der sie so sonst ned ausgeliefert war.“

„Okay ... das ist ja jetzt mal bizarr für mich.“

„Allerdings“, pflichtete Oberhuber bei. „Wie oft hattest du so etwas auf dem Tisch?“

„Puuh... selten. Ich hatte im Studium mal einen 17-Jährigen mit einem Herzinfarkt auf dem Tisch. Der hatte einen Motorradunfall gehabt und anschließend eine so akute Angstattacke bekommen, dass er einen Herzinfarkt bekommen hat.“

„Jesses!“

„Ja – schlimm. War aber natürlich auch vorbelastet. Aber erklär das mal den Eltern. Der Kerl war Mittelstürmer und drei Mal die Woche beim Training. Mit allen Sportuntersuchungen, die man sich vorstellen konnte.“

Die drei Männer schüttelten kollektiv nachdenklich den Kopf. Was war hier das auslösende Ereignis gewesen? Was hatte die junge Polin getötet?

„Könnt ihr aus den anderen Spuren irgendetwas ableiten? Ich

meine: Jemand hat diese Frau als Vogelscheuche auf dem Feld drapiert. Das ist ein ziemlicher Aufwand. Warum macht jemand so etwas? War sie zu dem Zeitpunkt schon tot?“

„Wir gehen davon aus, dass sie gestern Nacht zwischen 21 und 23 Uhr gestorben ist. Alles, was wir sehen können, sagt: Zur Vogelscheuche wurde sie erst später. Da war sie definitiv schon tot.“

„Könnt ihr sagen, ob das dort auf dem Feld passiert ist?“

„Das sieht ganz danach aus. Wir finden die entsprechende Erde in diversen Verwerfungen ihrer Kleidung. Die Spuren legen für mich nahe, dass sie auf dem Boden lag, als man sie so aufbereitet hat. Dann hat man sie aufgerichtet.“

„Man hat sie aufgerichtet … schafft man das allein?“

Loibl nickte nachdenklich, schien einen Film vor seinem geistigen Auge ablaufen zu lassen und sagte dann zögerlich: „Könnte klappen. Erfordert Geschick und Kraft, geht aber wahrscheinlich.“

„Geht oder … geht eher doch nicht? Du wirkst da unsicher.“

„Nein – ich lege mich fest: Das geht.“

„Muss dann aber ein Mann sein?“, versuchte Oberhuber sein Gegenüber mit der nachdenklichen Miene festzunageln.

Er atmete schwermütig aus. „Ich mach schon wieder euren Job. Also ich denke: Da kann ich keine hundertprozentige Aussage treffen. Die Wahrscheinlichkeit ist hoch, dass es dafür einen Kerl braucht, ja. Wenn man es genau wissen will, müsste man es nachstellen.“

„Okay … damit fangen wir was an. Sonst noch was?“, erkundigte Oberhuber sich.

„Die Haare von dem Hund, die du angeschleppt hast. Die blutigen Haare. Sag mal – sind das sicher Haare von aam Hund?“

„Ja – hab sie selbst abgeschnitten“, erklärte Oberhuber unter der latenten Bewunderung Hinterwinklers, der Arno kannte. „Warum fragst du?“

„Hm … ich wäre noch drauf gekommen. Aus zwei Gründen.“

„Na komm, sag an!“

„Also … dieser Hund. Ich kenne mich mit Hundehaaren

nicht so aus wie mit Menschenhaaren. Ich habe alle Standards gemacht. Und ich kann das Blut bestimmen. Ich sage schon mal – das ist menschlich."

„Was? Verdammt ... dann müssen wir etwas unternehmen. Mist – am Ende liegt da jemand herum, den der Arno gerissen hat."

„...ja .... wie soll ich sagen? Das könnt ihr ausschließen. Ich meine: Zugegeben – das ist ein wirklich großer Zufall. Aber das Blut kennen wir."

Nun klebten die beiden Männer Konrad Loibl an den Lippen. „Woas??"

„Ja. Deshalb wäre ich noch drauf gekommen. Das Blut ist identisch mit dem der toten Polin."

„Der Hund hat die ... Moment – das bekomme ich nicht beisammen."

„Ich auch nicht. Das ist ja zum Glück euer Job", erklärte Loibl distanziert. „Aber das Blut, das an dem Hund haftete, stammt definitiv aus denselben Adern. Sie hatte Schürfwunden an den Knien, an den Unterschenkeln, den Ellbogen und den Füßen. Vielleicht hat der Hund sie irgendwo gefunden. Der war doch mehrere Stunden rund um Grassach unterwegs, oder?"

„Ja – scho'. Aber wie funktioniert das dann? Das Blut war an der Brust des Hundes."

„Nochmal: Das ist euer Job. Aber was anderes macht mich wirklich stutzig. Ich habe ... weitere interessante Substanzen in den Haaren festgestellt. Der Hund ist ein strammer Kiffer. In den Haaren hast du mehr Cannabisspuren als in zwei Joints! Könnt ihr euch darauf einen Reim machen?"

Weitblick

Einen Bierseidel auf seinem Bauch geparkt, den Hochlehner so weit zurückgeklappt wie technisch möglich, schaute Kilian zufrieden zum Irschlingkogel hinauf. Sein Garten war perfekt und einer der vielen Gründe, warum er keine Stelle in Rosenheim oder München haben wollte.

Die Kollegen dort, speziell in München, waren mit einem Kommisars-Einkommen praktisch Sozialfälle, während die Familie Oberhuber in einem Haus aus den 70ern lebte, dessen Grundstück in München für Einkaufszentren reichen musste. Gut, ein großer Teil davon war geerbt. Aber auch das hätte ihm in Rosenheim nicht geholfen, in München schon gar nicht.

Wie konnte ein Beamter Wohngeldzuschuss beantragen müssen, obwohl er einen schweren Job in Vollzeit machte? Das war falsch. Punkt.

Kilian blickte über sein Bierglas hinweg auf seine beiden Frauen. Simone und Kathi schienen sich mit jedem Jahr ähnlicher zu werden. Optisch ebenso wie von ihrer Art. Beide waren akribisch in dem, was sie taten, effizient und dennoch experimentierfreudig. Er raffte sich wieder hoch und befreite sein 1.000 Teile Puzzle des Irschlingkogels von seiner Schutzhülle.

Diese verdammte Alm bekam er schon seit Tagen nicht zusammengesteckt. Der Weg nach oben war schon schlimm gewesen. Im rechten Sonnenlicht sah jede Kurve wie die andere aus, wenn man davon absah, dass sie nach oben natürlich schmaler wurden.

„Kili? Alles okay?“, fragte seine Frau herüber und hatte dabei ein Auge auf ihr Tablet gerichtet.

„Ja, passt scho‘, Kathi.“

Er ließ die Gedanken kreisen. Seine Tochter erzählte seiner Frau gerade etwas über einen Freund, an den Oberhuber sich nur vage erinnerte. Der Geschmack des Wurstsalates vom Abendbrot dümpelte noch friedlich in Kilians Mund herum. Er nahm einen konzentrierten Schluck Bier.

„Kathi?“

„Hm?“

„Wo war der Wurstsalat her?“

„Hast den ned mögen?“

„Schmarrn, der war lecker. Aber von welchem Metzger?“

Sie zuckte die Schultern. „Vom Starzinger. Aber die sind doch mittlerweile eh alle gleich. Der Starzinger kauft bei demselben Großhändler ein wie die beiden anderen. Zumindest bei den Standards. Eigentlich könntest du über alle Metzgereien am langen Ende gleich Suttlinger drüber schreiben. Der beliefert doch alle. Warum?“

„Haben wir einen Leberkäs‘ von denen da?“

„Ja ... im Kühlschrank. Aber Kili – du hattest a stattliche Portion ... Du willst doch ned jetzt noch aan Leberkäs‘...?“

„Nein.“ Er raffte sich mit einer zu schnellen Bewegung auf. „Ich muss das checken.“

20 Sekunden später schnitt er ein Stück vom Leberkäse ab. Seine Frau hatte satte sechs Scheiben gekauft. Kam Besuch, den er vergessen hatte?

Er kaute nachdenklich auf dem fingerdicken Stück herum. Weit hinten war da dieses Leichte, Unbeschwerte, was ein kalter Leberkäse hatte. Fast eine Lyoner – bis auf die Kruste natürlich. Aber da waren auch die Gewürze. Und seine Frau Kathi hatte Recht: Die schmeckten mittlerweile eigentlich selbst hier in der Leberkäshochburg immer ähnlicher. Die ganzen Standardprodukte kamen von einer Schlachtung und Fleischfabrik der Suttlingers aus Zedersfelden. Natürlich machten die drei Metzger hier noch ihre eigene Wurst. Aber eben nicht mehr jede.

Und der Leberkäs‘, den die beiden Polizisten eben gegessen hatten ... der hatte anders geschmeckt.

Oberhuber sah auf die Uhr. Dann schüttelte er den Kopf. Es war zu spät, seinen Kollegen und Schwager anzurufen. Aber der Geschmack ließ ihm keine Ruhe. Hatte Hinterwinkler nicht auch schon so etwas über den Wacholderschinken gesagt?

„Verdammt...!“

Sekunden später hatte er ihn am Hörer. „Vitus, du darfst mich jetzt für bescheuert halten…"

„…wenn du darauf Wert legst, dann gern."

„Ja ja… Steilvorlage, is' scho' klar."

„Sag an."

„Du hast doch heut' den Leberkäs' gegessen."

„Sakra, allerdings! Jesses, war der lecker."

„Na … allerdings! Aber sag mal: Den … hattest du sonst so auch noch nie, oder?"

„Wie meinst du das?"

„Von einem unserer Metzger war der nicht."

„Niemals. Die arbeiten ja eigentlich alle nach demselben Rezept. Wenn das Zeug nicht am Ende von derselben Maschine läuft. Hier in der Gegend gibt es keinen Metzger mehr, der den selbst macht."

„Wie kannst du dir da so sicher sein?"

„Ich wollte vor zwei Jahren mal Pferdeleberkäs beschaffen. Ich hätte das Fleisch besorgt, aber ich hab' keinen Metzger gefunden, der den noch selbst macht. Und ich war bis hinter Zedersfelden."

„Hm … aber der hier war anders."

„Und das war früher nicht so. Die hatten bei der Bea im Wirtshaus auch nur den Standard. Und als ich sie wegen des Schinkens gefragt habe - das fällt mir jetzt gerade erst ein – da ist die Wirtin ausgewichen."

„Wie meinst du das genau?"

„Als sie im Revier war. Da habe ich sie gefragt, woher der Schinken sei. Dieser ausgezeichnete Wacholderschinken. Sie hat mir nicht geantwortet, sondern etwas Belangloses gesagt."

„Meinst', sie wollte dir das nicht sagen?"

„Spannende Frage. Auch aus kulinarischer Sicht. Aber warum fragst du das?"

„Wie gesagt, halt mich für verrückt – aber deine Wahrnehmung bestätigt mich nur. Hier geht doch keiner zu einem anderen Metzger. Wie sähe das denn aus? Du kaufst hier doch regionale Produkte. Und wenn du als Biergarten deine Bestellung beim Metzger stornierst – das macht doch sofort die Runde, oder? Dann dauert es keine drei Tage, bis der erste behauptet, der Leberkäs‘ wäre aus irgendeinem ungarischen Gammelfleisch oder so.“

„Das stimmt. Und was bedeutet das für dich?“

„Da hat eine verurteilte Betrügerin gearbeitet. Die ist getötet worden. Ihre Leib- und Magenfreundin ebenfalls. Da frag ich mich: Müssen wir in die Richtung ermitteln?“

„Kili! Jetzt ... also da können wir ja die nächsten zehn Jahre an allem Möglichen ermitteln.“

„Hm... ich sehe hier nicht *alles Mögliche*. Eher einen konkreten Punkt.“

„Aber Kilian – da müssen wir irre diskret sein, das ist dir klar?“

„Wie meinst‘ des?“

„Sagen wir mal, wir lassen die Anna morgen bei der Metzgerei in Zedersfelden anrufen, die hier alle beliefert. Die schauen in ihre Bücher und sagen *'Sakra! Des hammer gar ned bemerkt! Die Schafthauer bestellt woanders!'* – was meinst du, was da los ist?“

Oberhuber dachte nach. „Da hast du einen Punkt. Murx aber auch!“

Augenblicke später kam ihm eine Idee. „Warte – lass mich was checken. Ich glaube, ich weiß, wie wir da rankommen. Ganz ohne Aufsehen.“

Als er auflegte, lächelte er listig. Zu listig für einen vereidigten Beamten.

Herz & Lunge

Am kommenden Morgen saß Oberhuber lächelnd an seinem Schreibtisch, als ihn der Anruf von Hinterwinkler erreichte. Er hatte ihn per SMS gebeten, sich an seiner Stelle mit dem Forensiker im Krankenhaus zu treffen.

Er hatte die Zeit für andere Dinge genutzt. Nach seinem Leberkäs-Telefonat hatte er mit Burga Gallinger gesprochen. Die hatte sich spontan in ihren Wagen gesetzt. Keine 30 Minuten danach hatte sie Oberhuber eine Nachricht geschickt.

Hab den Job, fange morgen Vormittag an

Früh morgens war Oberhuber ins Campino gefahren. Er hatte sich auffällig an den Tresen gestellt und nach Schalking verlangt. Der schliefe noch, hatte man ihm versichert, woraufhin er seinen Dienstausweis abgeklärt auf den Tisch gedrückt hatte und ein gezieltes Wecken von Herrn Schalking angeregt hatte.

Schalking, der selbst in der Etage über dem Campino lebte, war kurze Zeit später mit wirr abstehenden Haaren aufgetaucht und hatte mürrisch, verschlafen und wütend gewirkt. Also genau so, wie sich Oberhuber das gewünscht hatte.

Er zählte 5 Euro und 90 Cent bar in Geldstücken auf die Theke, um nicht weiter als Zechpreller zu gelten. An dieser Front erlaubte er sich keine Angriffspunkte.

Schalking nickte mürrisch und wortlos und Oberhuber war sich beinahe sicher, dass Schalking glaubte, ein Faustpfand zu besitzen. Und so konnte Kilian nicht widerstehen. Nachdem Schalking die Kasse geschlossen hatte, schaute Oberhuber ihn konzentriert an.

„Eine Quittung bräucht‘ ich noch."

„A Quittung?"

„Yep."

„Für 5 Euro?"

„...und 90, ja. Hinterher heißt es sonst, ich hätte ned bezahlt."

Schalking schloss die Augen. Dann tippte er an der Kasse

herum, fluchte kurz und ließ einen Bon drucken, den er feinsäuberlich glattstrich und dem Polizisten auf die Theke legte.

„Passt des so, der Herr?“

„Des passt so.“

Schalking drehte sich halb weg und wollte scheinbar wieder verschwinden.

Oberhuber ließ ihn zwei Schritte gehen. Er hatte sich nicht unvorbereitet ins Campino begeben. Berny hatte ihm ein Update gegeben, das nicht unerheblichen Zündstoff enthielt.

„Schalking ... dir ist scho’ klar, dass dir noch was blüht?“

„Was denn? Willst du mir jetzt mit kleinkarierten Strafen drohen, nur, weil ich da oben eine Wohnung an ein Mädel aus Polen vermietet habe, die ich noch nicht voll angemeldet hatte?“

„Machst du Witze? Ein Mädel?“

„Sicher.“

„Zwei Mädels tät ich sagen.“

„Wer sagt das?“

„Zeugen und Beweise. Und noch was: Wenn du glaubst, dass das dein größtes rechtliches Problem ist ... dann hast du nix begriffen.“

„Aha – was denn sonst noch?“

Oberhuber schüttelte den Kopf. Er hatte sich auf diesen Moment gefreut. „Wenn du das nicht weißt ... au weia!“

Dann hatte er sich umgedreht und war mit surrendem Motor davon gefahren. Schalking war nicht klar, was es bedeutete, in einen versiegelten Raum einzubrechen.

Kaum, dass Kilian wieder an seinem Schreibtisch saß und Annas Dokumente für die Pressekonferenz las, erreichte ihn besagter Anruf von Hinterwinkler. „Der Ingo Wenzlick war kurz wach. Sie haben ein paar Versuche mit ihm gemacht und haben ihn wieder schlafen gelegt.“

„Das klingt nicht gut.“

„Das ist so. Die Ärztin hat uns nicht blockiert. Sie hat uns zu ihm herangelassen und wir haben seinen Bluterguss angesehen. Der Mediziner von Loibl meint: Nix, was er verwerten kann. Die

Spurensucher haben in der Schlucht nichts Richtiges gefunden: Eine zerbrochene Sonnenbrille, die ich jetzt noch Ingos Frau zeigen werde. Insofern: Da habt ihr bei der PK nichts zu erzählen."

Oberhuber nickte nachdenklich. „Passt scho' - finde ich ned schlimm. Zumindest, was die PK angeht. Für die Ermittlung ist's aan großer Mist. Wir sind echt nackig, was die erste Tote angeht. Bei der Zweiten ist das okay. Das ist frisch, da können wir noch nicht viel wissen. Aber wir haben bei der ersten Toten nur den Ermittlungsansatz, der bislang im Koma liegt."

„Wir müssen die Bevölkerung um Mithilfe bitten."

„Also halten wir heute Abend alle an, die in den Ort hereinfahren und die Vogelscheuche im Aufbau gesehen haben könnten?"

„Das ist das eine und wir müssen herausbekommen, wie der Hund an das Blut der Toten gekommen ist. Sonst haben wir nicht viel."

„Mit einem richterlichen Beschluss könnten wir uns den Wagen vom Ingo anschauen und mit Glück was aus seinem Navi auslesen, falls das aufzeichnet, wo er hingefahren ist."

„Aber der fährt im Ort doch nicht mit Navi?"

„Vermutlich nicht. Aber einige schreiben die Bewegungen trotzdem mit. Sein Handy auch."

„Bekommen wir rechtlich nicht durch..."

„Hm..."

„Was machen wir in der Leberkäs-Sache?"

„Das ... hab ich gelöst", erläuterte Oberhuber.

„Wie?"

„Wir haben eine ... *Beobachterin* vor Ort."

„Wen?"

„Lass mich mal machen. Wenn du nichts davon weißt, bist du auch nicht schuld."

Hinterwinkler lachte. „Schließlich hast du die A12 und ich nur die A11, nicht wahr?"

Oberhuber grinste. „Genau. Also geht das im Zweifel auf meine Kappe."

Sie beendeten das Gespräch und Anna kam auf Oberhuber zu. „Jörg Bertram hat geantwortet. Also der Mann, dem die Wiese und der Wald gehören."

„Ich weiß schon, wen du meinst. Was sagt er?"

„Er hat gesagt, dass er keine konkrete Absicht hat, die Bertramswiese in absehbarer Zeit zu verkaufen."

„Ah ... das ist alles?"

„Ja, das ist doch eigentlich ausreichend klar, oder?" Sie reichte ihm einen Ausdruck der Mail, der keine weiteren Informationen enthielt. Er schaute auf die Frage, die Anna ihm geschickt hatte. Die war sehr korrekt formuliert. Daneben hatte sie um eine Telefonnummer gebeten. Den Part hatte er nicht beantwortet. Und den anderen hatte er genau genommen so ausweichend beantwortet, dass Kilian das nicht akzeptieren konnte.

„Anna – schau mal: Des könnt' alles Mögliche bedeuten, oder? Ich finde das alles andere als eindeutig. Das könnte sagen 'In absehbarer Zeit nicht, aber demnächst' oder auch 'Verkaufen nicht, aber verpachten' oder 'Konkret ist die Absicht nicht, sondern noch vage'. Für mich klingt das ganz stark danach, dass er sich um die Antwort gedrückt hat."

„Das ... verdammt – da hast du recht." Anna wurde rot.

Kilian beruhigte sie. „Okay – Folgendes: ohne irgendwelche großen Amtshilfeabkommen oder so. Du schickst die Mail an Vitus und fragst ihn, wann er dort runter fahren kann. Das ist vielleicht eine der wichtigsten Fragen, die wir klären müssen. Da ist nix verloren. Der ist durchaus gerissen, hm?"

„Ich kümmer' mich drum."

Geherzinfarktet

„Oberhuber! Zwoa Leichen! Und das ist alles, was wir haben? Die Pressekonferenz war ein Desaster! Wir haben ja gar keine Story!"

„Wir schöpfen da alles aus", gab Kilian bedacht zurück. Er war mit dem Ermittlungsfortschritt ebenso unzufrieden. Steingassingers Gemecker machte die Situation nicht besser, hatte aber Tradition. Die Sache mit dem „Narrativ" war hingegen eine eher neue Entwicklung. „Natürlich müssen wir da noch weiter dran arbeiten! Eine Einheit wie unsere ist nicht auf zwei Todesfälle ausgelegt."

„Brauchen Sie mehr Unterstützung?"

„Haben wir organisiert."

„Warum passiert dann nichts?"

„Es passiert genug, jedoch nichts, was man schon erzählen kann. Da müssen Sie uns vertrauen, dass wir an den richtigen Dingen arbeiten, aber der zweite Todesfall einfach eine gewisse Umorganisation und geänderte Priorisierung erfordert. Wir werden heute Abend die Straße in den Ort rein sperren und alle befragen, die gestern früh rausgefahren sind."

„Was? Das klingt so, als würden wir uns heute Abend auf Bayern 3 in den Staumeldungen finden?!"

Oberhuber ließ die Luft langsam herausströmen und gab sich Mühe, nicht zu angefressen zu wirken. „Einen Tod müss' 'mer sterben, gell?"

Eines Tages wollte Oberhuber mal einen Staatsanwalt haben, der keine Angst vor der Öffentlichkeit hatte. Er könnte Glück haben: Steingassingers Pensionierung lag näher als seine.

Als der Staatsanwalt verschwunden war, zückte Oberhuber das Telefon und rief Bernhard Wolfinger an. Als der abnahm, hörte man Verkehrslärm. „Sag, Berny ..."

„Ich hab schon mit Veit telefoniert. I kümmer' mich um die Straßensperrung!"

„Top – aber deshalb rufe ich nicht an."

„Sondern?"

„Cannabis."

„Brauchst‘ was?“ Er lachte laut gegen den Verkehrslärm an.

„Kannst du was besorgen?“, konterte Kilian spontan.

Es entstand eine kurze Stille, die nur vom Geräusch eines Motorrads unterbrochen wurde. „Äh ... Kili...“

„War nur ’n Witz. Aber jetzt mal im Ernst: Du weißt das besser als ich. Wenn ich hier Cannabis kaufen will, wo mach ich das aktuell? In meiner Zeit bekamst du das an der Schule, aber soweit ich weiß, haben wir das ausgerottet?“

„Kili, wieso jetzt ich als einer, der...“

„Berny! Jetzt zier dich ned! Ich werde dir hier nix Komisches unterstellen und ich will auch nicht über deine Jungs sprechen, okay? Nix für ungut: Wir brauchen einen Ermittlungsfortschritt. Und ich muss ein paar Themen glätten. Ob’s glaubst oder ned: Der Loibl hat Cannabis-Spuren im Fell vom Arno gefunden.“

„Woas??“

Berny schien über den kiffenden Hund ernstlich entsetzt. Zumindest besorgt.

„Ja. Wahrscheinlich quarzt der Gallinger so viel, dass selbst der Hund bedröhnt ist. Wie kann der sich das leisten?“

„Krass ... aber da frage ich mich eher: Baut der das am Ende selbst an?“

Oberhuber stützte den Kopf in die Hand. „Um Himmels willen. Das hatte ich noch gar nicht überlegt.“ Er dachte einen Moment nach. „Lass uns das noch nicht vertiefen. Wenn der was kaufen wollte, wo würde er das bekommen?“

„Also ... bis gestern hätte ich dir die eine oder andere Adresse genannt. Seit gestern bin ich da auf einem neuen Trichter: Wenn es irgendwo in diesem Fall bislang nach Cannabis gerochen hat, dann war das gestern beim Schalking im oberen Stock. Nicht im Raum von den beiden Frauen. Aber die Treppe nach oben beim Campino ... da hat meine Nase angeschlagen.“

„Annas Nase nicht?“

„Scheinbar nicht. Aber der Spurensucher hat dasselbe gesagt.“

„Hm ... und sonst? Wo würde man was bekommen?“

„Was ich so ... höre ... hat der Markt sich verschoben. So in

Richtung Weiher und so. Ist weiter draußen, weniger Bullen, geringe Aufmerksamkeit, Fluchtwege in drei Richtungen."

„Verstehe. Okay – das reicht mir für den Moment. Und wie gesagt: nix für ungut."

„Kili – eins noch...", murmelte er. „Wegen gestern. Ich bin da vielleicht im ersten Moment a bisserl übers Ziel 'naus g'schossen..."

„Alles gut. Im Ergebnis fein. Das nächste Mal sagst Bescheid vorher, gell!"

„Eye, eye... Captain."

„Anna?!", rief er in den Raum hinein.

Sekunden später stand die junge Kollegin in seinem Zimmer, in dem einst die Kredite für Firmen genehmigt wurden. Neben einem großen Tisch aus dem Original-Möbel-Repertoire bescherte Kilian die Historie des Gebäudes eine dekorative Ledercouch-Ecke. Zwei Zweisitzer in tiefem glattem Schwarz und einen Glastisch mit Chromrand. In den frühen 00ern vermutlich der letzte Schrei der lokalen Bankausstatter.

„Kilian?"

„Ich brauche einen Denkpartner..."

Anna nickte. Diesen Ermittlungsmodus kannte sie bereits. Sie mochte das. Berny hingegen hatte schier Angst davor, hatte er ihr erzählt.

„Tut's auch eine Denkpartnerin?", frotzelte sie und Kilian verzog leicht den Mund. In dem Bereich musste er nacharbeiten. Und neuerdings gab es scheinbar noch mehr als nur „Mann" und „Frau", was man da berücksichtigen musste. Sie setzte sich auf eine der beiden schwarzen Ledercouches und Kilian nahm über Eck Platz und goss ungefragt zwei Gläser Wasser ein.

Anna registrierte, dass niemand mehr Kaffee kochte, seit die Sekretärin der Station krank geworden war, und schüttelte innerlich den Kopf.

Nachdem zuvor scheinbar niemand ohne Kaffeenachschub arbeiten konnte, ging es jetzt, wo sie ihn selbst kochen mussten, plötzlich ohne. Immerhin hatte niemand Anna darum gebeten.

Einfach, weil sie eine Frau war oder so.

„Warum ... drapiert einer eine Frau wie die Agata als Vogelscheuche auf dem Bertram sei Wiesen?" Kilian sah sie an. „Das frage ich mich schon den ganzen Tag."

„Ein Zeichen?"

„Mafia fast, oder?", suggerierte er.

„So weit würde ich in Bad Grassach nicht gehen."

„Aber das Funktionskonzept stimmt. Du legst den Pferdekopf ja auch nicht in das Bett deines Feindes, um zu zeigen, dass du ein Pferd töten kannst."

„Wie ist denn das in deinem Kopf: Reden wir bei beiden toten Frauen von demselben Mörder? Falls wir überhaupt von Mord reden?"

„Dazu habe ich mir bisher keine abschließende Meinung gebildet. Gedanke eins: Nein, weil der erste Mord, falls er einer ist, so vollkommen anders ist. Gedanke zwei: Die beiden Taten müssen zusammenhängen."

„Weil...?"

„Weil wir in Bad Grassach leben und das eine Frage der Wahrscheinlichkeit ist. Wenn hier in kurzer Zeit zwei Frauen sterben, die vage mit einem Thema verknüpft sind, dann liegt die Vermutung nahe."

Sie nickte und widersprach dann. Ein verwirrendes Verhalten, wie Kilian fand. „Beide Todesfälle als solche weisen keine klaren Mordspuren auf."

„Das ... hä? Was willst du damit sagen?"

„Das ist ein Element, was sie verbindet. Auf der anderen Seite sagt es mir auch: Vielleicht sind es schlichtweg keine Morde. Ich meine: Du kannst jemanden erschießen, erstechen oder vergiften – aber du kannst ihn nicht *herzinfarkten*, oder?"

„Die Opfer, die in der Geschichte der Menschheit geherzinfarktet wurden, kann man wohl an drei Händen abzählen. Während der Hexenverbrennungsprozesse soll das öfter passiert sein."

Sie zögerte einen Moment, dann platzte es förmlich aus ihr heraus. „Kilian! Das wiederhol' bitte ned mehr!"

„Wieso?"

„Das ist eine längst widerlegte These. Das haben die Kirchen-Männer erzählt, um zu zeigen, wie schwach die Frauen sind."

„Oh ... das ... äh – woher weißt du das?"

Sie zögerte. Die Antwort „Allgemeinbildung" lag ihr auf den Lippen. Schließlich erklärte sie: „Schule."

„So so ... Okay – nehme ich aus meinem Schatz historischer Informationen heraus." Kilian griff sich an den Kopf und suggerierte pantomimisch, dass er etwas aus seinem Kopf zog und hinter sich warf.

„Wo waren wir?"

„Warum des einer mache' tät. Mit der Vogelscheuch'n."

„Richtig. Das ist gefährlich, das ist aufwändig, das ist riskant. Da hinterlässt man Spuren. Da kann man gesehen und erwischt werden. Da muss man schon einen starken Willen haben, ein Zeichen zu setzen, oder?"

Sie nickte und erklärte „Nein. Das kann auch eine spontane Einzelaktion sein. Jemand, der die Situation beim Schopfe packt und sich sagt '*Wenn die eh schon tot ist, dann nutze ich sie für diesen Zweck*', oder?"

Kilians Augen weiteten sich. Diesen Gedanken hatte er bisher noch nicht gehabt. Er war von einer planvollen Tat ausgegangen. Aber Anna hatte recht: Wenn niemand die Frau gezielt geherzinfarktet hatte, dann konnte das tatsächlich eher spontan gewesen sein.

„Okay ... lassen wir diesen schrägen Gedanken einmal zu. Dann muss jemand immer noch über die nötigen Mittel verfügen, oder?"

„Mittel?"

„Einen Hut, ein Kreuz, um sie daran zu befestigen, den Schutz der Dunkelheit. Eventuelle Hilfe, weil er oder sie es nicht alleine hinbekommt."

„Okay ... die könnte man auf dem Gallinger-Hof geklaut haben. Gallinger meint, dass jemand bei ihm eingebrochen sei."

Anna Heigl überlegte angestrengt. „An wen richtet sich das Zeichen? Ist das nicht die relevante Frage?"

„Jetzt kommen wir der Sache näher, denke ich. An wen? Spontan hätte ich gesagt: An den Bertram. Das ist seine Wiese. Aber der Bertram lungert irgendwo in Ösiland rum. Am End' kriegt der des ned amoal mit. Des macht koa Sinn ned."

„An jemanden, der es auf jeden Fall sieht? Der Gallinger?"

„Der Gallinger ... der fährt dort zumindest mit großer Wahrscheinlichkeit dran vorbei. Wenn er fährt. Meist hockt der tagelang auf seinem Hof rum. Und welches Zeichen würde ihm das geben, welches Signal?"

„Etwas wie FINGER WEG VON DER BERTRAMSWIESE vielleicht?" Sie hatte den Satz zur Verdeutlichung fast geschrien und Kilian zuckte zusammen. Die junge Kollegin war in den letzten Monaten, seit sie hier war, selten so „outgoing" gewesen, wie man wohl neudeutsch sagte.

„Hm ... wir müssen wohl abwarten, was der Vitus aus Austria mitbringt, hm?"

Felix in Austria?

Vitus Hinterwinkler war in Feierlaune. Er hatte ein *Schnitzel Wiener Art* bestellt, weil es billiger war und dann von der viel zu jungen Kellnerin das teurere *Wiener Schnitzel* serviert bekommen. Konnte man mehr verlangen?

Hinzu kam: Seine Dienstordnung gab ihm die vollen Auslandsspesen eines ganzen Tages für seinen Aufenthalt hier, obwohl er ja kaum richtig das Land verlassen hatte.

Man musste sich auch über die kleinen Dinge freuen. Nach dem Essen tupfte er sich den Mund ab, machte sich auf den Weg ins Ungewisse. Er hatte die Kellnerin befragt und sie hatte ihm gesagt, wie man am besten an das Haus heranfuhr, das hier das „Bertramshaus" hieß. Letzteres beeindruckte Vitus. Wie lange lebte Jörg Bertram hier? Ein paar wenige Jahre. Hätte jemand in Bad Grassach gewusst, wo das Hinterwinkler-Haus war? Na ja ... als Bulle war man eben kein klassischer Influencer – man konnte nicht alles haben, obwohl Hinterwinkler selbst auch stolze 77 Follower hatte.

Ende der 00er Jahre war Bertrams Vater gestorben. Kurze Zeit später – das Erbe war noch nicht geregelt – starb seine Schwester bei einem Reitunfall.

Der idiotischste Reitunfall, von dem Vitus Hinterwinkler je gehört hatte. Sie hatte auf dem Adelgundenfest während ihrer Reitvorführung einen Anruf erhalten. Das Telefon hatte schrill geklingelt – direkt auf Höhe des Pferdeohrs. Das Pferd hatte sich daraufhin erschrocken, die Reiterin abgeworfen und dabei praktisch *in den Boden* gerammt. Sie war auf der Stelle tot.

Das alles mit knapp 200 Augenzeugen aus dem Ort und einigen Touristen. Viel davon kleine Kinder. Veit und Kilian hatten mit ihren eigenen Familien danebengestanden, keine zehn Meter entfernt. Ein Alptraum.

Vitus kämpfte sich durch ein Labyrinth schmaler Pisten und Wege, die angeblich zum Bertramshaus führten. Er konnte kaum glauben, wie weitläufig Bertrams Besitz hier oben war.

Das Bertramshaus selbst war früher eine Alm mit

Fremdenzimmern gewesen. Er konnte das Holzgebäude knapp zehn Minuten sehen, bevor er es tatsächlich erreichte. Die Straßen endeten teilweise unerwartet und er musste in Wiesen wenden und einmal sogar eine Strecke von gut 600 Metern rückwärtsfahren. Das Navigationsgerät half hier nichts.

Als er sich dem Haus schließlich näherte, kam ihm eine Frau entgegen, die in den späten 20ern zu sein schien. Ein großer Hund begleitete sie, vermutlich ein Hovawart. Ein wolliger Geselle mit zweifarbigem Fell, der die schlanke Frau, die ihn führte, vermutlich um 10 bis 15 Kilo übertraf.

Hinterwinkler ließ das Fenster herunter.

„Hallo. Bin ich hier richtig, wenn ich auf der Suche nach Jörg Bertram bin?"

„Wer ... will das wissen?"

„Vitus Hinterwinkler. Hauptkommissar."

Ihre Augen verengten sich. „Aus Bad Grassach?"

„Korrekt."

„Fahr durch. Am Haupthaus vorbei. Er ist auf der Wiese dahinter. Auf der großen Wiese."

„Danke."

Vitus schaltete gezielt auf den Stromantrieb um, um leise am Haupthaus vorbei zu Surren. Er empfand eine schier kindliche Freude an diesem Konzept. Er sah aber auch, dass zwei riesige auffallende E-Autos vor Jörg Bertrams Haus parkten. Der machte nicht nur einen auf Öko, überlegte er sich. Er machte es auch mit etwas zu viel Stil.

Das war hier eher Lifestyle als ökologisches Gewissen. Demonstration des Machbaren: Satte Oberklasse-Autos, deren Botschaft zu sein schien: Du musst auf nichts verzichten. Eine Photovoltaik-Anlage auf dem Dach, ein Wärmetauscher seitlich vom Haus, der geräuschlos zu arbeiten schien.

Als er näherkam, konnte er Jörg Bertram erkennen. So, wie er sich an ihn erinnerte. Ein großer, kräftiger Mann, grobschlächtig, gigantische Hände, mit denen man große Nagetiere oder notfalls auch mal eine Katze zerquetschen konnte.

Dennoch hatte er ihn als feinfühligen, reflektierten und belesenen Mann in Erinnerung, was stets im Kontrast zu seiner äußeren Erscheinung gestanden hatte. Jetzt sah er ihn in einem wild gewachsenen Feld stehen und an ein paar großen blauen Blumen riechen. Intensiv und mit Hingabe. Ein Genießer.

Vitus stoppte seinen Wagen und stieg aus.

Bertram fuhr herum, konzentriert und angespannt im ersten Augenblick. Dann lächelte er und kam ein paar Schritte auf den Polizisten aus seiner Heimatstadt zu.

„Hinterwinkler, richtig?"

„Kannst Vitus sagen oder Veit, machen die meisten."

„Gern – ich bin dann der Jörg." Er nickte und lächelte. „Hatt' schon geahnt, dass ihr irgendwann auftaucht."

„Hm ... du bist eben schwer zu erreichen."

„Glaub mir: Das tut gut."

„Ich kann mir das fast vorstellen – aber es macht unsere Arbeit nicht leichter."

„Hm ... magst ein paar Schritte laufen?", bot er mit einem fast kindlich fröhlichen Lächeln an.

„Gern."

Sie liefen gemeinsam los, den Berg hinab und dann weiter auf einem Plateau. Jörg referierte – auf Nachfrage – welcher Teil des unglaublich großen Hügels ihm gehörte. Im Grunde war es der gesamte Berg, wenn Vitus es recht überriss. Er erklärte, welche Pflanzen er hier angesiedelt hatte und warum Raps in der Ökobilanz besser war als eine Futterwiese. Themen, mit denen Vitus sich bisher nie auseinandergesetzt hatte.

Bevor er es tun konnte, lenkte Jörg das Gespräch auf das Thema des Besuches. „Ihr macht euch Sorgen um meine Wiese?"

Vitus hielt sich die Hand über die Augen und blinzelte gegen die Sonne. „Wir denken, du müsstest dir vielleicht Sorgen machen."

„Wieso?"

„Wir haben gestern Morgen eine tote Frau auf deiner Wiese gefunden. Dekoriert als Vogelscheuche."

Er blieb abrupt stehen. „Jesses Maria!"

„Ja – sieht das nicht aus, als wollte dir jemand ein Zeichen geben?"

Er stopfte die Hände in seine Hosentaschen, sein Gesicht wirkte jetzt zerknittert. „Die Frau ... wurde ermordet?"

„Da ... ermitteln wir noch. Aber das Ganze passt schon in ein Muster, oder? Wir haben dir ja geschrieben, dass ... das Gerücht geht, die Wiese soll verkauft werden."

„Das ist aktuell nicht mein Plan."

„Aber warum wissen dann so viele Leute von dem Plan?"

„Weil ich das natürlich irgendwann einmal tun könnte. Aber warum jetzt? Ich meine: Schau dich hier um! Sieht das aus, als würde es mir an etwas fehlen oder so?"

„Hm ... ned direkt, nein."

„Siehst! Mir geht es hervorragend. Und ja: Mich haben immer mal wieder Leute angesprochen, ob ich das will. Aber ich wollte nicht."

„Wie stehst du zu Sindy Kaltzenow?"

„Der Name ... kommt mir vage bekannt vor. Warte... ist das nicht so eine von einem Ökoverband oder so?"

„Hat sie sich dir so vorgestellt?"

„Ich erinnere mich nicht mehr genau. Aber ... die war tatsächlich mal hier. Praktisch genau da, wo du jetzt stehst. Die hat mich gefragt, ob ich auf meiner Wiese und in meinem Wald in Grassach nicht ökologische Energie produzieren mag."

„Und? Magst?"

„Grundlegend fänd' ich das super – aber das ist in der Lage doch unzumutbar. Der Gallinger tät mich meucheln, wenn ich ihm ein Windrad vor die Nase pflanzen tät', oder?"

„Und ... so Kollektor ... Dinger?", erkundigte Hinterwinkler sich bewusst vage.

„Die sind ja auch nicht so hübsch wie eine Wiese."

„Wie kam Sindy Kaltzenow auf dich?"

„Weiß ich nicht."

„Die schneit hier rein bei dir, mitten im österreichischen Bergland, und spricht mit dir über dein Grundstück in deiner

Heimatstadt. Da hast du doch sicher gefragt, wie sie darauf kam?"

„Ich ... erinnere mich nicht mehr recht." Er schüttelte den Kopf, wirkte ebenso konzentriert wie nachdenklich. Spielte der das?

„Jörg – jetzt mal im Ernst. Des kauf ich dir ned ab.

Wie kam die auf dich? Hat die sich angekündigt? Dir vorher eine Mail geschrieben? Hatte die Referenzen? In wessen Namen war die..."

Er unterbrach den Polizisten. „Die ... hatte mich über ein Online-Forum kontaktiert. Da ging es um alternative Energien und solche Sachen. Ich bin ja bei *Energiewende Alpenland* sehr engagiert. Die hat länger mit mir gechattet. Wahrscheinlich hab ich da von der Wiese und dem Wald erzählt."

„Okay. Dann habt ihr euch da kennengelernt. Und dann? Sie kam vorbei, ihr habt gesprochen ...? Was war da genau?"

„Sie hat mich ausgefragt. Zum Wald, zu der Wiese. Wir haben durchgespielt, was passieren würde, wenn man das in Bad Grassach machen würde. Wer da alles ein Interesse dran hätte. Die Gaby Hirschegger war ja mal sehr an dem Green Power Thema interessiert. War aber wohl nur für die Touristen Flyer."

„Nein – wir haben jetzt Hybrid-Dienstwagen."

„Whow. Im Ernst? Wusste ich gar nicht."

„Und die werden mit Wind und Wasser betankt."

Jörg Bertram nickte anerkennend. Dann fand er zum Thema zurück. „Wir haben jedenfalls mehr Gegner ausgemacht als Promotoren. Dann haben wir über alternative Projekte hier oben auf dem Berg gesprochen. Hier würde es ja eigentlich niemanden stören."

„Und dann?"

„Haben wir uns lose verabredet, das Gespräch fortzusetzen. Du kriegst die Energiewende ja nicht von gestern auf heut' hin. Das dauert, das kostet Zeit."

„Könnt' die dich missverstanden haben? Könnte die gemeint haben, du willst die Wiese verkaufen?"

„Nein – wieso?"

„So, wie es aussieht, ist die durch Grassach gelaufen und hat so etwas erzählt."

„Nein – keinesfalls. Das war nicht das Thema unseres Gespräches. Und wir haben auch keinerlei Vereinbarungen dieser Art getroffen."

Sie brachten die folgende Viertelstunde damit zu, zusammenzubringen, welche Namen Jörg Bertram der Frau genannt hatte. Sie hatten durchgespielt, wer ein Interesse haben konnte. Wer betroffen wäre, wer zustimmen müsste. Wer in so einem Falle ein wichtiger Lobbyist sein konnte. Wer dagegen sein würde und wer lieber die Wiese für etwas anderes nutzen würde.

Sie kamen auf eine Liste, die Oberhuber und Hinterwinkler aus dem Kopf heraus vermutlich nicht wesentlich anders aufgestellt hätten.

Die Frau mit dem großen Hovawart kehrte zurück, grüßte aus der Ferne und verschwand im größeren der beiden Häuser, die die beiden hier scheinbar nur zu zweit bewohnten.

Hinterwinkler hakte diesen Punkt ab. „Sag mal: Ingo Wenzlick – den kanntest du doch ganz gut, oder?"

„Wir haben beide bei den 56ern gekickt. Das war es aber eigentlich auch."

„Und seine Frau?"

Er sah Hinterwinkler verwirrt an und schüttelte den Kopf. „...die hat da nicht gekickt. Die hatten damals noch gar keine Damenfußba..."

„Naaa! Ich meine: Die kanntest du schon auch, gell?"

„Ach so! Na, wer kannt' die ned? Von jedem Plakat runter hat sie einen angelächelt. Und ‚Ich muss dich sehen heut' Nacht' spielen sogar hier die Radiosender manchmal."

„Sie ist in etwa der gleiche Typ wie deine Freundin ... Frau ... was auch immer da drüben mit dem dekorativen Hovawart."

„Ja, stimmt."

„Du hattest doch auch mal was mit der Franziska, oder?"

„Ach!" Er machte eine abwinkende Bewegung. „Das ist ja lächerlich! Das war in der 9. Klasse! Das ist doch schon gar nicht mehr wahr."

„Und Agata Kowalczyk?"

„So eine war nicht bei uns in der Klasse."

„Jörg, das habe ich doch nicht gesagt. Kennst du die Frau?"

„Nie gehört – was ist mit der?"

„Hat einen Nebenjob auf deiner Wiese als Vogelscheuche."

„Oh ... nein ... den Namen höre ich zum ersten Mal."

„Und da bist du dir ganz sicher?"

„Mei, Veit, ich merk mir auch nicht jeden Namen. Aber so einen ... polnischen? Den hätte ich mir wohl schon gemerkt."

Brotlose Kunst

Sie hatten einiges erledigt an diesem Nachmittag. Oberhuber war beim Gallinger gewesen und hatte mit ihm ein ernstes Wort über die Cannabis-Spuren in Arnos Fell gesprochen.

Gallinger leistete keinen großen Widerstand und führte Oberhuber hinters Haus. Friedlich an eine uralte kleine Ziegelmauer gelehnt, wuchsen dort klassische Hanfpflanzen vom Typ Super Silver Haze. Eingebettet in Rauke, Schnittlauch, Petersilie und etwas, das für Oberhubers Auge wie Majoran aussah.

Normalerweise wäre das durchaus ein Fund gewesen, der die Polizei von Bad Grassach tagelang beschäftigt hätte. So hingegen verzog Oberhuber die Lippen, blickte auf die sechs oder sieben heimlich öffentlich gedeihenden Pflanzen und sagte mahnend: „Treib's ned zu doll, Gallinger. Verkaufst' des Zeug?"

„Seh ich wie ein Dealer aus?"

„Eher wie ein Junkie, ehrlich gesagt."

„Ich brauch des Zeug für mein' Schädel, weißt, Kili? Mir geht's echt besser mit dem Kraut."

Kilian hatte den Mund verzogen und genickt. Er musste zugestehen, dass Rupert Gallinger keinerlei Aggressionen oder unberechenbares Verhalten gezeigt hatte in den vergangenen Wochen. Was machte man mit so jemandem? Wohl kaum festnehmen und bestrafen.

Anschließend hatten Anna und Kilian alle Namen abtelefoniert, die ihnen Hinterwinkler nach seinem Gespräch mit Jörg Bertram durchgegeben hatte. Die üblichen Verdächtigen. Die geballte Elite des Dorfes. Macht.

Fast alle hatten mit Sindy Kontakt gehabt. Die meisten hatten es nur widerwillig zugegeben. Aber sie hatten es auf gezielte Nachfrage nicht geleugnet.

Sindy war strategisch klug vorgegangen. Sie hatte allen Leuten genau das versprochen, was ihnen wichtig war.

Das Neubaugebiet für Wurzinger, die Energiewende bei denen, für die das zählte, touristische Highlights bei den anderen. Die

Frau war clever. Am Ende dann aber doch nicht so clever, dass es sie nicht den Kopf gekostet hatte.

Anna hatte mittlerweile ermittelt, dass Sindy und Agata sich im Studium kennengelernt hatten. Kunstgeschichte. Das Fach, das Annas Vater immer gerne als „Heiratsfach" verunglimpft hatte. Wer das studierte, plante seiner Ansicht nach nicht, später von der eigenen Arbeit zu leben, sondern einen reichen Kerl aufzugabeln. Das zu den Frauen.

Die Männer studierten es nur, wenn sie Reich waren und eine hübsche Frau abstauben wollten – in einem Fach, das zu 90% von heiratswilligen jungen Frauen studiert wurde. Da schloss sich der Kreis.

Tatsächlich sah es so aus, dass Agata von dem brotlosen Fach nur leidlich leben konnte. Ihre Stelle im Museum war eine Teilzeitstelle. Und da sie hervorragendes Deutsch sprach, arbeitete sie in den Ferien gerne in Bayern oder Sachsen. Und dort fiel sie mit den Jahren immer wieder durch kleinere Betrügereien auf. Ihre letzte hatte sie in Bad Grassach begangen und Berny hatte sie dabei erwischt. Das war das vorläufige Ende ihrer kriminellen Biographie gewesen.

Sie hatte ihre Zeit in Aichach abgesessen, hatte dort sogar Sprachkurse gegeben und einen eigenen Werkraum für handwerklich begabte Gefangene aufgezogen. Ihr Engagement wurde honoriert und sie war früher entlassen worden. Ein Vorzeigefall, wenn man so wollte. Auf dem Papier zumindest.

Jetzt hingegen hatte sie magischerweise knapp 70.000 Złoty auf dem Konto, die in drei gleichen Tranchen in den vergangenen beiden Monaten eingezahlt worden waren. Das entsprach in Summe etwa 15.000 Euro.

Anna stellte klar, dass sie von ihrem Einkommen keine solche Summe in wenigen Monaten zur Seite legen konnte.

„Wird wohl Trinkgeld gewesen sein", scherzte Oberhuber halbherzig. Dann blickte er auf die Uhr. „Wir müssen morgen herausbekommen, ob das Bareinzahlungen waren."

„Und dann?", wollte Anna wissen.

„Hat sie wieder irgendeine Betrügerei durchgezogen. Oder

jemanden erpresst. Wenn es hier im Ort war, haben wir eine gute Chance, dass jemand anders das Geld bei derselben Bank kurz vorher abgehoben hat."

Oberhuber stutzte kurz und sah erneut auf die Uhr. Das Wort „Trinkgeld" hatte ihn an etwas erinnert.

Er tippte eine rasche SMS, verabschiedete ich dann und fuhr zum 129er Parkplatz. Der vermutlich abgelegenste Wanderparkplatz, von dem aus man auf den Irschlingkogel kraxeln konnte. Dazu allerdings war es um die Zeit längst zu spät. Es war noch ausreichend hell – jedoch nicht mehr, wenn man oben ankam.

Als er eintraf, befanden sich exakt zwei Wagen auf dem Parkplatz: Ein alter sandfarbener Geländewagen, dessen Besitzer Oberhuber seit der Schulzeit bekannt war und der auffallend orange VW Bus von Burga Gallinger. Sich mit ihr ungesehen zu treffen, war in diesem Ort eigentlich kaum möglich.

Sie stiegen aus und gingen beide ein paar Schritte den Berg hinauf. Kein Mensch schien sich in Hör- oder Sehweite zu befinden.

„Wie ist der neue Job?", erkundigte Kilian sich vorsichtig grinsend.

„Hätte nicht gedacht, dass die da so gut zahlen, wenn ich ehrlich sein soll."

„Auch das noch..."

„Das werd' ich dem Schachtinger schon noch verklickern", grinste sie mit Bezug auf ihren Hauptarbeitgeber oben auf der Alm. Sie mochte die Alm und liebte das Arbeiten dort oben, das wusste Kilian.

Er wusste auch, dass Burga Gallinger beileibe nicht alles artig versteuerte, was sie einnahm. Seit Jahren schon arbeitete sie nur in den Sommermonaten und leistete sich im Winter lange Aufenthalte in wärmeren Gefilden. Man musste nicht zu lange rechnen, um herauszubekommen, dass das nicht ganz hinkam.

Sollte er solche Dinge verfolgen? Vielleicht.

Würde er dann noch jemanden finden, der so bereitwillig für ihn an der Front spionierte? Kaum.

Die Rothaarige zauberte ein Telefon aus ihrem Dirndl hervor und tippte kurz darauf herum, bevor sie Kilian ein Bild vor die Augen hielt.

Er konzentrierte sich. Das schlecht belichtete und nicht ganz scharfe Foto zeigte ein Stück Pappe mit verschiedenen Hinweisen zu Gewicht und ähnlichen Dingen. Allesamt in einer Sprache, die Oberhuber als osteuropäisch einstufte. An einigen ansonsten bekannten Buchstaben, befanden sich eigenartige Anhänge, einzelne Buchstaben waren durchgestrichen.

„Polnisch?"

„Davon kannst du ausgehen. Hab ich im Kühlkeller von der Bea gefunden. Und das Wort da – Pieczeń mięsna – das ist wichtig. Hab es im Internet gesucht. Und selbst, wenn du es nur halb richtig eingibst, kommen ganz viele Bilder von Leberkäs'."

„Und das liegt da so offen rum?"

„Nein. Ich ... hab etwas im Müll geschnüffelt. Die haben da eine große Tonne für Verpackungsmüll. Und wenn du die obersten zwei Schichten Verpackungszeug hochnimmst, dann kommt des hervor. Leberkäs' aus Polen."

„Hm... man ahnt irgendwie..."

„Genau. Die kaufen schon immer noch beim Großhandel. Die haben dieselben Würstl wie wir oben auf der Alm, dieselbe Weißwurst. Aber im Müll habe ich auch Rostbratwurst-Etiketten mit polnischen Aufschriften gefunden. Und noch besser: Ein paar haben gar keine Beschriftungen. Kein Etikett, keinen Scan-Code, nix. Das gibt es in Gastro-Betrieben nicht. Ganz gleich, aus welchem Land du dir das liefern lässt. Da gibt es Vorschriften – das ist nicht wie auf dem Wochenmarkt."

Kilian verzog den Mund und biss sich von innen auf die Lippe. Eine idiotische Angewohnheit aus Kindheitstagen, die ihm subjektiv das Denken erleichterte. Das klang, als würde hier mit Steuern oder Zoll getrickst. Von Deklarationsvorschriften mal ganz zu schweigen.

„Und sonst?", erkundigte er sich. „Wie schätzt' des ein? Ist Bea eine Korrekte oder geht da auch mal was an der Registrierkasse vorbei?"

„Kili ... I bin koa Denunziantin, gell? In jedem Laden geht hier und da was an der Kass‘ vorbei. Sonst kannst du nicht überleben. Und ich sag mal: Der Suttlinger Metzger wird auch nicht billiger. Wenn die da irgendwie die Chance haben, was am Suttlinger vorbei zu beschaffen... ich könnte mir ja vorstellen, dass die Preise in Polen ganz andere sind. Und illegal ist das ja nicht.“

„Ja ... wenn du aber sagst, dass da auch Sachen ohne Beschriftung herum stehen... Da werde ich schon stutzig.“ Er überlegte kurz. „Drogen?“

„Kili ... jetzt aber Vorsicht, ja? Ist das jetzt dein neues Steckenpferd?“

„Wie meinst des?“

„Na – beim Vatter warst‘ doch auch.“

„Hm ... und? Habe ich den verhaftet?“

„Naa...“, gab sie zurück und schaute kurz ausweichend zu Boden. „Aber wenn es darum geht, gibt es hier doch bessere Adressen als die Bea oder meinen Vater.“

„Davon hörte ich auch“, erklärte Kilian und ließ den Moment verstreichen. Jeder, der halbwegs mit offenen Augen durch Bad Grassach schritt, wusste, dass Bernys Jungs da nie ganz sauber geblieben waren. Aber Berny war alleinerziehend, Polizist im Schichtdienst und einer, auf den man zählen konnte.

Justitia hatte nicht nur verbundene Augen – sie hatte auch eine Waage in der Hand.

„Was haben die so über den Tod der Polin erzählt?“

„Nicht so viel, wie man meinen würd‘“, gab Burga zurück. „Das muss einen doch aus den Strümpfen hauen, oder? Also mich jedenfalls tät‘ das mehr beschäftigen.“

„Also die sagen da gar nix drüber?“

„Nur so das Übliche. *Wie schlimm*! *Wer hätte das gedacht*! *So eine Nette*! Aber ich hab den Eindruck, die anderen Mädels sind fast ein bisserl froh. Mein Verdacht ist: Die Agata konnte ziemlich gut mit der Bea. Schätze, da waren die anderen bisserl neidisch?“

„Hm ... okay.“ Kilian überlegte, was das bedeutete. Wenn Agata eine Quelle für billiges Fleisch in ungemein guter Qualität war, dann konnte das die beiden schon zusammengeschweißt haben.

Burga sah ihn geradeheraus an. „Wie machen wir weiter?"

„Das überlege ich auch gerade. Schaffst du es noch, dort ein oder zwei Tage zu arbeiten oder bekommst du dann Stress mit deinem anderen Arbeitgeber?"

„Das schaff' ich. Hab mir frei genommen. Wie gesagt: Ich verdien' da unten ein ganzes Stück mehr und muss nicht auf die Alm raufkraxeln."

„Okay – dann tät ich dich bitten, dass du da noch zwei Tage vor Ort ein Auge und ein Ohr für mich bist."

Sie nickte stumm. Sie hatten bereits gewendet und gingen wieder zum Parkplatz herunter.

„Hast was gut bei mir", erklärte Kilian und meinte das aus tiefsten Herzen. Er konnte nicht damit rechnen, dass jemand etwas Derartiges einfach so für die Polizei machte.

Burga war ein wenig still geworden und Kilian nicht sicher, ob er sie darauf ansprechen sollte. Kurz, bevor sie an den Autos ankamen, schien sie sich zu überwinden.

„Sag, Kili ... der Schalking und du... ihr seid ned die besten Freunde, gell?"

„Das würde ich unter Eid bestätigen", erklärte er. Dann wurde er stutzig. „Und du fragst das, weil...?"

„Hm ... musst mir versprechen, dass du es nicht von mir hast und dass du ihm nicht direkt einen Strick draus drehst."

„Oh Gott. Ist dir klar, dass ich dir das nicht versprechen kann?"

„Wieso ned?"

„Weil ich als Beamter Staatsbediensteter bin und mich in Dienst setzen muss, wenn ich von einer Straftat..."

„So wie bei dem Berny seine Jungs?", fragte sie offensiv. Es fiel ihm schwer, dem etwas entgegenzusetzen.

„Also – machen wir es so: Ich sage STOPP, wie wäre das?"

„Okay ... also: Eine Freundin von mir kellnert bei dem. Schon länger. Des is' a arme Sau. Der Mann ist weggerannt, hat das Konto geplündert und sie hockt da mit zwei Kindern und hat nix gescheites gelernt, ja?"

„Ja ... warum erzählst du mir das?"

„Um dir klar zu machen, warum du da nicht gleich dem

Schalking die Schlinge um den Hals ziehen sollst. Mei Freundin ist sonst ... ich will gar nicht drüber nachdenken. Und deshalb erzähl ich es dir sonst nicht, verstehst'?"

„Okay ... mach mal weiter."

„Sie sagt auf der einen Seite, dass die Polin ... die soll bei ihm gewohnt haben."

„Das wissen wir."

„Oh ... das ... okay. Auch das mit seinem neuen Wagen?"

„Neuer Wagen ...?"

„Angeblich hat er eine G-Klasse angezahlt. Draußen beim Thumbichl an der A8. Ein oder zwei Jahre alt. Weißt du, was so ein Ding kostet? Wahrscheinlich dasselbe wie unser Hof oder so! Ich mein: Der Schalking lebt in einem Holzverschlag über dem Campino an seinem Campingplatz. Ist das einer, der sich so einen Wagen leisten kann?"

„Dem ging es mal besser – aber das? Keinesfalls." Oberhuber überschlug im Kopf, dass er sich einen solchen Wagen auch keinesfalls leisten könnte. Selbst, wenn er sein Konto plünderte und seine A12-Besoldung auf Jahre im Voraus verpfänden würde. Bei so einem Wagen stand eine sechsstellige Summe auf der Rechnung.

„Früher hatte der mal so ein amerikanisches Coupé, das ihm die Haare vom Kopf gefressen hat. Daran erinnere ich mich. Protzige Autos mag er und hat auch immer mal wieder eins gehabt. Er hat auch einen gepflegten kleinen Oldtimer. Kann das sein, dass sich so ein Gerücht da ... wie soll ich sagen ... aufschaukelt? Ist das am Ende nur ein sieben Jahre alter Mitsubishi und nach drei Stufen Stille Post wird eine G-Klasse draus?"

„Nein." Sie schüttelte den Kopf so energisch, dass ihr die Haare in die Augen fielen und sie die rote Mähne zur Seite hieven musste. „Das kann ich in dem Falle ausschließen."

„Okay ... dann würde ich sagen: Danke für die Info. Ich muss mir genau überlegen, was ich damit mache."

„Der Oberhuber! Dacht ich's mir doch aus der Ferne!", donnerte es plötzlich hinter den beiden und Burga Gallinger fuhr erschrocken herum. „Ach – und die Gallinger Burga! Grüß dich. Na – Abendspaziergang?“, zwinkerte der Forstwart den beiden zu und blieb gut gelaunt neben ihnen stehen.

Er war der Besitzer des dritten Wagens auf dem Parkplatz und mit Oberhuber seit den 80er Jahren gut vertraut. Eine jüngere Version von Kilian Oberhuber hatte das frisierte Mofa seines Bruders gekauft, das knappe 60 schaffte. Das verband auf einer anderen Ebene.

Burga war die Situation sichtbar unangenehm und sie verabschiedete sich rasch nach zwei belanglosen Sätzen. Kilian hätte am liebsten dasselbe getan, aber der Forstwart hielt ihn auf. „Sag – den Hund habt ihr eingefangen?“

„Sicher. Kannst‘ beruhigt sein.“

„Der hat sich ja fein was rausgenommen, der Gallinger!“

Der Mann war offensichtlich erregter, als Kilian bei Huber erwartet hätte. Richtiggehend aufgebracht war er. Dabei sollte sich ein Forstwart doch mit Tieren jeder Art einigermaßen arrangieren können.

„Ich sag dir: Hier war nachgerade die Hölle los! Hab dreimal bei der Anna angerufen!“

Spontan hätte Kilian am liebsten geantwortet *‚Damit blockierst Du auch nur die Amtsleitung‘*. Er sparte sich die Bemerkung jedoch und fragte vielmehr „Aber der Hund war doch nicht hier draußen?“

„Freilich war er das! Schreibt die Anna das etwa nicht auf? Der werd‘ ich was...!“

„Jetzt komm mal runter, Huber! Die Anna ist eine gute Polizistin und die hat das alles sauber aufgeschrieben. Ich hab die ganzen Aufzeichnungen gesehen. Deine Anrufe waren drauf. Aber Anna hat die zum 127er Parkplatz geschrieben. Vom 129er war da nicht die Rede. Dein Revier ist doch der 127er?“

„Nicht nur. Das hier ist doch auch schon seit Januar meins.“

„Ja sakra! Huber – hoast ihr des denn g’sagt?“

„Ihr habt S‘ doch a Rundschreiben bekommen, wo drinstehen tat, dass...“

Kilian hob die Hände. „Mei, Huber! A Rundschreiben! Die

lernen wir doch auch nicht auswendig. Also – jetzt nochmal langsam und zum sauber Mitschreiben: Wann war der Hund hier? Bei deinem ersten Anruf?“

„Sicher. Die Leute hier – da könntest meinen, die hätten sich nachgerad zu Tode erschrocken! Da war ein junges Paar hier. Die Frau war ohnmächtig geworden vor Schreck. Das Vieh ist doch so groß wie ein Gaul!“

„Im Ernst? Die hat sich so erschrocken, dass sie…“

Er zeigte mit straff gespanntem Arm zu Boden. „Und ob! Auf'm Boden hat's gelegen. Der Mann hat ihr geholfen. Ich hab nur kurz geschaut, hab die Büchse geschnappt und bin hinterher. Verrückt, sag ich dir. Verrückt! Was passiert jetzt mit dem Tier?“

„Das ist noch ned entschieden.“ Kilian wollte eigentlich sagen: „Es ist ja nichts passiert“, was jedoch nach dieser Information komisch geklungen hätte. „Da kümmern wir uns noch drum. Erst mal müssen wir uns ja um wichtigere Sachen kümmern“, erläuterte er. „Wir können uns ja auch ned klonen und vierteilen.“

„Ja… versteh' ich“, erklärte Huber und schien nun wieder ein wenig ruhiger zu sein. Verkniffen setzte er hinterher: „Das mit der Anna hab ich ned so gemeint. Die ist a Nette, okay?“

„Okay, schon vergessen“, erklärte Kilian. Huber war ein verlässlicher Kerl. Wenn es im Dorf jemanden brauchte, der mit anpackte, war er stets zur Stelle. Nur hin und wieder ließ er sich zu einer gewissen Jähzornigkeit hinreißen. Daran hatte sich über all die Jahre nichts geändert. Und jetzt, mit gut 50, würde Huber sich nicht mehr grundlegend ändern, falls ihn nicht in einem Wutanfall ein Herzinfarkt ereilen sollte.

Die beiden verabschiedeten sich schließlich und Kilian beeilte sich, heimzukommen. Es war später geworden als geplant, wie ihm seine Uhr sagte.

Blöder Idiot

Oberhuber fuhr auf die Einfahrt seines Hauses, stieg aus und begrüßet seine Gattin, die im Vorgarten Petersilie und Schnittlauch geschnitten hatte. „Oh, was gibt's denn?", erkundigte er sich neugierig, als es ihn fast schmerzhaft traf.

„Gottverflucht, bin ich ein dämlicher Trottel!"

„Kili...?"

„Wart g'schwind!"

Er stürzte zurück in seinen Wagen, wählte die Nummer von Forstwart Huber und seine Stimme donnerte Sekunden später viel zu laut über die Freisprecheinrichtung durch die offene Tür in die Nachbarschaft hinein.

„Huber – du musst mir des mit dem Hund noch einmal genau sagen."

„Wollt ihr da jetzt doch was machen?"

„Das ist grad' ned der Punkt. Du sagst, da war ein junges Paar. Eine Frau, ohnmächtig."

„Genau. Die lag auf dem Boden. Der Mann über sie gebeugt."

„Kanntest du die?"

„Die beiden Wanderer?"

„Ja sicher!" Oberhuber schüttelte den Kopf. Wen denn sonst?

„Nein, die Wanderer kannte ich nicht." Nun stutzte er und selbst seine Frau, die das Gespräch aus vier Schritten Entfernung mit den Kräutern in der Hand gut mitverfolgen konnte, hatte ihre Stirn in Falten gelegt.

„Wieso sagst du das so – war da noch wer, Huber?"

„Joa, freilich. Der junge Hirschegger und noch a Bursch'."

„Der Hirschegger Junge? Der Sohn der Gemeinderätin?"

„Genau, der Gaby Hirschegger ihr Sohn. Der stand dort mit noch einem. Auch so ein junger Bursche. Die gehörten zusammen. Aber die anderen ... mei, woißt: Ich war in Hektik, klar? Da war der Hund. Der hatte an der Ohnmächtigen geschnüffelt. Da war Geschrei und ich musste mein Gewehr..."

„Sag mir eins, Huber – kann es sein, dass die Frau..."

Er beendete den Satz nicht. Diese Frage hatte Huber schon

beantwortet. „Ich meld‘ mich nochmal.“ Er legte auf und blickte seine Frau an. „Ist die Simone auch da?“

„Sicher, wir wollen doch jetzt essen...“

„Moment.“

Er rauschte in den Hauseingang und rief nach seiner Tochter, die ihm nach wenigen Augenblicken entgegenkam. „Was schreist denn so rum? Is‘ wieder wer gestorben?“

„Scho, ja! Sag: Der Alexander Hirschegger – wohnt der noch bei seiner Mutter?“

„Der Alex....?“ Sie überlegte kurz. „Nein ... der hat a Buden in Unterbichl. Warum?“

„Bist du dir da sicher?“

„Ganz sicher. Ich war mal dort. Ist vielleicht zwei oder drei Monate her. Was ist mit Alex?“

„Simone ... das kann ich dir noch nicht sagen.“

„Och, Vatter!“

„Und du sagst auch noch keinem was, verstanden?“

„Wie immer.“ Sie zog die Mundwinkel schief. „Essen wir ohne dich?“

„Ich ... könnte das delegieren...“

„S‘ Esse‘?“

Oberhuber ließ die Schultern hängen.

Verhört

Eine halbe Stunde später klingelten Berny Wolfinger und Anna Heigl an einer Klingel mit einem handgeschriebenen Aufkleber, der sie als die von „A. Hirschegger“ auswies. Für seinen vollen Namen war kein Platz gewesen.

Beide waren in Uniform erschienen. Anna erneut in dem nicht vorschriftsgemäßen Polohemd. Als der Sohn der Gemeinderätin öffnete, zuckte er angesichts der massiven Polizeipräsenz in seinem Hausflur sichtbar zusammen. Berny erkannte den Ansatz einer Bewegung. Ganz so, als wollte der junge Mann die Tür zuwerfen.

Also trat er mit seiner massigen Erscheinung rasch vor, stellte sich vor den jungen Mann und erklärte mit tiefer Stimme: „Freundchen – mach jetzt bloß kaan Scheiß.“

Berny war einen ganzen Kopf größer als Alexander Hirschegger und vermutlich rund doppelt so schwer. Alexander begriff die Situation, in der er sich befand, auch ohne weitere Erklärungen.

Anna, die ihn aus drei Schritten Entfernung beobachtete, hatte für einen kurzen Moment den Eindruck, als würde er anfangen zu weinen. Dann jedoch erklärte er unerwartet: „Ich war's nicht!“

„Weißt, Bürscherl“, erläuterte Berny väterlich, „mein erster Chef hat immer gesagt ‚Ein besseres Schuldeingeständnis wie *ich war's nicht* kann dir keiner geben‘. Und meine Erfahrung ist: Da hatte er recht.“

„Ich würd‘ gern mei‘ Mutter anrufen.“

„Ich würd gern den Gehaltsscheck von Eminem bekommen! Du kannst so viele Mütter anrufen, wie du willst, aber erst reden wir ein paar Sätze, tät ich sagen.“

Berny drängte den jungen Mann durch seine schiere physische Präsenz in seine kleine Wohnung hinein, blickte sich kurz um und deutete auf die offenstehende Tür zum Wohnzimmer. „Bist du allein?“

„Ja.“

„Dann dort hinein. Anna: einen Blick ins Schlafzimmer."

„Dürft ihr das ohne Durchsuchungs…?"

„Die Anna durchsucht nix. Die wirft einen Blick ins Schlafzimmer. Um zu überprüfen, ob da nicht noch dein entschlossener russischer Freund mit den beiden entsicherten Kalaschnikows lauert."

„Mein russischer…?"

Wolfinger zeigte mit seiner riesigen Hand in den angrenzenden Raum und schnauzte: „Bürscherl: ab ins Wohnzimmer! Anna: Schlafzimmer – einen Blick."

Alexander wich zurück und schien in ernsthafter Angst zu sein. Er begriff, dass er angesichts der Uniformen praktisch alles falsch gemacht hatte, was er in den wenigen Augenblicken verbocken konnte. Er musste mit seiner Mutter sprechen, so viel war klar. Wenn alles dumm lief, dann würde sie ihm einen Juristen beschaffen müssen, der…

„Was haben wir denn da im Aschenbecher?", erkundigte der große Bulle sich interessiert. Spätestens jetzt begriff Alexander, dass ein Anruf bei seiner Mutter alleine nicht ausreichen würde.

Ausgeheult

Als Anna den ausgefüllten Vernehmungsbogen vor Alexander auf den Tisch legte, zeigte die Wanduhr des Reviers knapp 0:45. Sie reichte ihm einen Kugelschreiber mit der Aufschrift „Retten – Löschen – Bergen – Schützen", den scheinbar jemand bei der nahegelegenen Feuerwache mitgehen lassen hatte. Womöglich sie selbst.

Sie atmete aus und ließ die vergangenen Stunden Revue passieren.

Sie hatten Alexander Hirschegger mit aufs Revier genommen. Seine Hände vorschriftsmäßig zusammengebunden. Unterwegs hatte sie im Rückspiegel gesehen, dass er einen Moment lang geweint hatte. Er hatte eine intuitive Bewegung gemacht, aber mit den zusammengebundenen Händen konnte er die Tränen nicht wegwischen.

Sie hatten ihm vorschriftsmäßig die Rechte erklärt, die er jetzt hatte. Er hatte den Anruf bei seiner Mutter nicht mehr erwähnt, nachdem Berny eine vage Andeutung gemacht hatte, dass er über die „Drogen" in seiner Wohnung vielleicht hinwegsehen könnte, wenn sie das hier rasch zu einem sinnvollen Ende bringen könnten.

„Du warst vorgestern Abend am 129er Parkplatz?", begann Anna die Vernehmung.

Er überlegte kurz, dann nickte er.

„Und du warst dort nicht allein."

„Nein, war ich ned." Sie erkannte, dass er schlucken musste und entschied, dass sie die Detailfrage dazu, wer ihn begleitet hatte, verschieben würde.

„Erzähl uns, was passiert ist. Und geh dabei davon aus, dass wir schon eine ganze Menge wissen und es für uns alle besser wäre, wenn wir heute Nacht noch ins Bett kommen."

„Ja", murmelte der Junge. „Darf ich rauchen?"

„Wir sind hier nicht im Kino. Auf dem ganzen Revier herrscht Rauchverbot und wir haben eine Sprinkleranlage."

„Ah ... ach so..."

„So, du wolltest gerad über vorgestern Abend sprechen."

„Richtig. Also ja – ich war da. Mit ein paar Kumpels."

„Was wolltet ihr da?"

„Wir waren sozusagen ... angeheuert worden."

„Um was zu tun?"

„Diese Polackin verschrecken."

„Diese ... Frau mit dem polnischen Namen, die zu Tode gekommen ist? Verstehe ich das richtig?"

„Wahrscheinlich...", gab er etwas kleinlauter von sich. „Kraftschick oder so."

„Kowalczyk", berichtigte Berny ihn, verschränkte dann wieder die Arme und ließ Anna das Gespräch führen. Er wollte eher den Joker machen. Sollte der junge Kerl dumm kommen, war er es, der fest auf den Tisch hauen würde.

„Wer hat euch damit beauftragt?"

„Das ... weiß ich am langen End' ned."

„Am langen End'? Was soll das denn bedeuten?"

„Ich hab das nur mitgeteilt bekommen."

„Von wem?"

„Des möcht I ned soaga..."

Jetzt war der Moment gekommen. Mit unglaublicher Geschwindigkeit richtete Berny sich auf, fühlte sich für Alexander jetzt wie ein Gigant an und blickte stechend auf ihn herab, bevor er erklärte: „Das ist mir vollkommen wurscht! Hier geht er um Mord, Bürscherl – und im Moment bist du der beste Verdächtige!"

„Mord? Naa – die Frau is' einfach so gestorben!"

„Wie das?"

„Die hat sich so vor dem Wolf g'fürchtet! Plötzlich kam da dieses riesige Viech! Der stand vor ihr im Wald!"

Die beiden Polizisten starrten ihn erstaunt an. „Was?"

„Ja – und da hat sie ... ich denke, die hat der Schlag getroffen! Vielleicht hat sie aan Herzinfarkt gehabt?"

Die Polizisten blieben einen Moment lang stumm. Kilian Oberhuber hatte ihnen genau das prophezeit, als er sie losgeschickt hatte. Beide hatten es für gleichermaßen absurd gehalten.

Ebenso hatte Oberhuber ihnen garantiert, dass es schwer werden würde, die Namen aus dem jungen Burschen herauszubekommen. Und auch, dass sie ihn sicherlich am folgenden Tag mitsamt seines Anwalts weiter verhören müssten.

Anna überlegte kurz und schaute den Jungen an. Der war zwar fast in ihrem Alter, wirkte aber bedeutend kindlicher, fand sie. „Alexander. Die Schuld dafür willst du doch nicht tragen, oder?"

„Nein! Der Hund war's!"

„Ihr wolltet sie erschrecken, hast du gesagt. Wäre der Hund nicht gekommen, wäre sie durch deine Hand gestorben", erklärte sie ihm ruhig.

„Nicht durch meine! Durch Simons!"

„Simon? Der Leitwanger Simon?"

Alexander senkte den Kopf. Dann nickte er stumm.

Berny war geistesgegenwärtig genug. „Fürs Protokoll: Alexander Hirschegger bestätigt den Namen durch Kopfnicken." Er sah Anna kurz an. Dann richtete er sich wieder an den Befragten. „Und der andere? Ihr wart zu dritt."

„Den kannte ich nicht. Ein Typ. Simon hatte ihn angeschleppt."

„Der dritte Mann", murmelte Bernhard Wolfinger dramatisch. „Jetzt spuck's halt aus. Der wird doch einen Namen gehabt haben."

„Nein. Den hat der Simon mitgebracht. Eigentlich war die Idee, dass der Kerl und ich die Frau ein bisserl bedrohen, weil sie uns nicht kennt. Nicht kannte. Simon hatte sich versteckt. Aber als dann der Hund kam... und als die Frau dann umgekippt ist... und als dann der Förster kam... Irgendwie hat er sich erschrocken, ist herüber gekommen und hat nach ihr gesehen. Die wollte doch keiner umbringen! Die sollte sich erschrecken und verschwinden. Weiter nix."

„Warum?"

„Das weiß doch ich ned. Ich hab die 300 Euro gewollt. Da frag ich doch ned."

Anna schüttelte den Kopf bei der Erinnerung. Sie hatte zu dem Zeitpunkt schon viel zu lange aufs Klo gemusst, war dann plötzlich ohne Erklärung aufgesprungen und hatte sich fast in die Hose gemacht. Aber das Verhör war so spannend gewesen.

So einen Moment hatte sie noch nicht erlebt.

Rochade

Die Nummer von Vinzenz Steingassinger erschien auf Oberhubers Display, als er gerade „Zwo Schnittlauchbrezn" sagte. Marita Kronsiedler, die Bäckerin, sah ihn verständig an, er wandte sich leicht ab und trat aus der Schlange.

„Steingassinger..."

„Oberhuber – wann wollten S' mir von dem Jungen erzählen?"

„Dem Jungen?"

„Den sie festgenommen haben!"

„Den wir festgenommen haben?"

„Plappern S' doch ned alles nach, was ich sag! Der Gaby Hirschegger ihren Sohn."

„Ach der..."

Die Bäckerin war um die Theke herumgekommen und signalisierte Kilian, dass er sich jetzt nicht ums Bezahlen kümmern musste. Er nickte ihr dankend zu und nahm das Gespräch mit nach draußen.

Er wusste nichts von einer Festnahme. Natürlich – er hatte ein Verhör veranlasst. Blitzschnell entschied er sich. Er legte auf, rief seine Mails auf und stellte fest, dass Anna ihm um 0:49 noch eine Mail geschickt hatte. Vernehmungsprotokoll im Anhang. Das hatte er nicht gesehen. Aus der Mail ging hervor, dass der junge Mann in Gewahrsam genommen worden war. Er hatte berichtet, dass die junge Polin sich so vor dem Gallinger-Hund erschreckt hatte, dass sie einen Herzinfarkt bekommen hatte. Das glaubte einem kein Mensch...

Steingassingers Anruf unterbrach seinen Lesefluss. „Wir wurden getrennt", meldete Kilian sich. „Sieht aus, als hätten Sie keinen Empfang, Herr Steingassinger. Wo sind sie? Auf dem Weg hierher?"

Er konnte sich ein Grinsen nur schwer verkneifen. Steingassinger würde einen Teufel tun, nach Bad Grassach zu kommen. Bloß, weil sie einen jungen Mann festgenommen hatten.

„Na sicher bin ich auf dem Weg! Die Gaby tobt!"

„Sie ... sind auf dem Weg zu Gaby?"

„Nein – treffen wollen wir uns. Auf dem Revier. Bevor die Presse da rumscharwenzelt."

„Die Presse, sicher." Wieder einmal fragte er sich, wie ein solcher Angsthase ... so ein Jura-Studium war eben doch unbezahlbar. Ebenso wie ein paar Kontakte väterlicherseits. Aber das war eine andere Geschichte.

Schließlich erinnerte Kilian Oberhuber sich an die ursprüngliche Fragestellung. „Ich hatte bisher nicht angerufen, weil es noch so früh war. Ich bin jetzt gerade auf dem Weg zur Station, um dem Team etwas zu Essen zu bringen. Die haben ja die halbe Nacht gearbeitet. Dann sehen wir uns gleich dort, gell?"

„Na sicher. Das Navi sagt: In 19 Minuten."

„Ausgezeichnet – bis gleich." Kilian betrat die Bäckerei erneut und erklärte: „Die vier Schnittlauchbrezn da – die bräucht' ich auch noch... Und ich zahl sie auch gleich." Er wollte seinen Ruf als verbeamteter Zechpreller nicht zementieren.

Als Oberhuber eintraf, ging er gezielt durch die Hintertür. Er hörte als Erstes das Schnarchen von Berny Wolfinger. Er weckte ihn vorsichtig, drückte dem schlaftrunkenen Giganten zwei Brezeln in die Hand und kündigte an: „Ich koch uns aan Kaffee."

Dann begab er sich zu dem abschließbaren Raum. Der umgebaute Tresorraum der ehemaligen Bank, den man beim Umbau notdürftig mit einem kleinen Fenster und einer Toilette ausgestattet hatte. Den brauchten sie sonst ganz selten mal für einen, der drei Bier zu viel hatte.

Alexander Hirschegger schlief tief und fest. Er weckte ihn, drückte ihm eine Schnittlauchbrezel in die Hand und fragte: „Kaffee?"

„Gern. Is' mei Mutter scho' doa?"

„Das schauen wir gleich."

Er riss ein Stück Brezel ab, stopfte es sich im Gehen in den Mund und warf in der Küche einen Blick auf den Außenmonitor. Oh ja – Alexanders Mutter war da. Angespannt lief sie vor dem

Haupteingang der Station auf und ab und kontrollierte alle 10 Schritte ihre Uhr. Offiziell hatte Kilian noch einen ganzen Moment Zeit.

Er suchte die Kaffee-Utensilien zusammen und fand sogar Kondensmilch mit einem hinnehmbaren Ablaufdatum. Er schlug mit dem Dosenöffner zwei Löcher in den Deckel und begann, den Tisch im Besprechungsraum zu decken, während er in unregelmäßigen Abständen in die Tüte griff und Teile der Brezel abriss.

Er hörte die Klospülung, das Waschbecken, ein unartikuliertes Geräusch hingebungsvollen morgendlichen Streckens. Dann trat Bernhard Wolfinger wuchtig auf den Flur.

Sie hatten noch wenige Minuten und Oberhuber bat ihn um ein straffes Update. Das beherrschte Wolfinger. Im Biergarten konnte er der schlimmste Schwätzer sein. Niemand erzählte so gerne ausschweifend alte Polizeigeschichten wie er. Aus den Zeiten, als man hier noch Ford Taunus und Kadett D bei der Verkehrskontrolle anhalten konnte. Aber wenn es drauf ankam, war er ein Soldat.

Er stattete Oberhuber mit den wichtigsten Informationen der kurzen Nacht aus und Kilian hörte konzentriert zu, stellte nur drei knappe Rückfragen. Dann nickte er und gönnte sich ein kurzes Lächeln. Er schlug Berny auf die Schulter und betonte: „Gute Arbeit, wirklich."

„Hm ... bisserl krumm bin I. Wird Zeit für ein gescheites Feldbett hier draußen."

„Ja ... noch einen Mord und wir bekommen ein Wasserbett", grinste Oberhuber. Erneut blickte er kurz auf die Uhr. „Wann kommt die Anna?"

„Kurz vor Tor-Öffnung."

„Okay. Ich hab aan Spezialauftrag für dich. Hier bricht gleich die Hölle los und der Steingassinger hat wahrscheinlich 300 Fragen für dich notiert. Dafür hammer koa Zeit. Deshalb verschwindest du durch den Hintereingang."

Sie hörten ein Geräusch und Oberhuber streckte seinen Hals so, dass er Anna an der Hintertür erblickte. Das wurde knapp, konnte aber klappen.

Er winkte sie heran und sprach währenddessen weiter zu Berny. „Du fährst runter zur A8. Raus zum Thumbichl. Angeblich hat der Schalking dort eine G-Klasse anbezahlt. Eine ziemlich neue."

„Die kann der sich nie leisten!"

„Eben. Bekomm raus, ob das stimmt, was das Ding kosten soll und ob da schon Geld geflossen ist, falls an der Sache was dran ist. Aber Berny: DIS-KRET, okay?"

„Klar."

Anna hatte zu den beiden aufgeschlossen und konzentriert zugehört. Mit der rechten Hand drückte Kilian ihr die Brezeltüte in die Hand. „Zu dir komm ich gleich."

„Berny: Eins ist wichtig. Super super wichtig. Wenn du was rausfindest, dann schreib mir eine Nachricht. Auf dem Handy. Keine Mail, nur eine SMS. Und du fährst nicht raus zum Schalking oder sprichst mit jemandem drüber, okay? Niemand erfährt davon, verstanden?"

„Verstanden."

„Ich erklär es dir später. Jetzt müsst ihr dem Steingassinger aus dem Weg gehen."

„Wir?", gab Anna spontan erstaunt von sich. „Ich auch?"

„Auf jeden Fall. Hier wird jetzt gleich eine kleine Hexenverbrennung stattfinden. Die könnt ihr euch sparen." Die hintere Tür ging auf und Hinterwinkler trat ein. Er hielt sein Telefon in der Hand, wollte etwas sagen, aber Oberhuber schnitt auch ihm rasch das Wort ab.

„Anna! Der Vitus und du – ihr schnappt euch den Simon Leitwanger. Den verhört ihr mit aller erforderlichen Härte. Aber nicht hier, sondern in der Pension, klar?"

„Und wenn wir ihn festnehmen müssen?"

„Dann macht ihr's. Aber macht es schön kompliziert und fahrt vielleicht einen Umweg über Rosenheim oder so. Wenn ihr ihn nicht festnehmen könnt, gehst du, Vitus, zur Bank und checkst die Gelder, die auf das Konto von der Agata geflossen sind. Ich will wissen, ob es da vorher prominente Abhebungen gab."

„Das sagen die uns doch nicht“, protestierte Anna hektisch.

„Mir scho‘“, nickte Veit ruhig. „Sonst noch was?“

„Anna – du triffst dich mit Berny und dann wartet ihr unauffällig auf weitere Anweisungen.“

„Und du? Wieso willst du unbedingt hierbleiben?“

„Ich bin der verdammte Leiter dieser Station. Politik-Scheiß liegt auf meinem Haufen. Und jetzt ab mit euch, in drei Minuten ist der Steingassinger hier!“

Countdown: Drei Tage bis zum Chaos

Es sollte fast weitere 13 Minuten dauern, bis Vinzenz Steingassinger eintraf. Er wirkte mürrisch und sein linker Schuh zeigte statt des üblichen Glanzes eine schmierige Schicht.

Oberhuber war stark gefordert, ihn nicht darauf anzusprechen und Steingassinger selbst verspürte keinerlei Bedürfnis, zu erzählen, was geschehen war. Denn tatsächlich hatte das mit einem Bedürfnis angefangen. Er war nach Gabys Anruf hektisch aufgebrochen. Kurz vor Bad Grassach merkte er, dass er nicht zur Toilette gegangen war, und seine Blase drückte bedenklich.

Für einen Beamten des gehobenen Dienstes erschien es ihm unwürdig, in eine Polizeistation zu hetzen und erst einmal wie ein Pennäler auf Toilette zu stürzen. Also entschied er sich, seine Blase an einem kleinen Parkplatz zu leeren.

Dort erschreckte ihn ein aufgescheuchtes junges Reh derartig, dass er das Gleichgewicht verlor und mit offener Hose den kleinen Abhang herunterrutschte, an dem er gestanden hatte. Bemüht, nicht der Länge nach aufzuschlagen, fand er erst ganz unten am Boden Halt. Dort stapfte er sogleich in eine tiefe schlammige Pfütze, die ihm bis in die Lederschuhe lief.

Er musste die Schuhe mit einer alten Straßenkarte und zwei Tempotaschentüchern reinigen. Einen Glanz gab das nicht.

Aber diese Geschichte behielt er für sich, als er die Station betrat. Gaby Hirschegger war bereits anwesend, Alexander saß am Tisch und kaute an einer Brezel. Oberhuber trank Kaffee aus einer Tasse mit österreichischem Polizeilogo und hatte zwei DIN A4 Seiten vor sich liegen, die er konzentriert studierte.

„So ... jetzt beruhigen wir uns alle erst einmal“, erklärte Steingassinger.

Oberhuber blickte auf, schaute auf den Schuh des leicht derangiert wirkenden Staatsanwaltes mit dem blauweiß gestreiften Hemd und schielte unauffällig auf die Wanduhr. Hier stimmte etwas nicht. Aber er würde ihn nicht fragen.

„Mögen S‘ einen Kaffee?“, fragte er stattdessen.

„Lieber einen Tee“, erklärte der großgewachsene schlanke

Mann mit dem schmierigen Schuh. Oberhuber suchte neugierig die Küche auf und konnte kurze Zeit später das gesamte Spektrum der Grassacher Teekultur verkünden: „Schwarz oder Früchte?"

„Schwarz dann..."

„Geht klar." Während das Wasser kochte, schüttelte Oberhuber innerlich den Kopf. Er konnte Gesprächsfetzen hören, die zwischen der Gemeinderätin und dem Staatsanwalt in gepresster Lautstärke getauscht wurden.

Oberhuber servierte den Tee und setzte sich mitten in die Meute. Zwischen den Staatsanwalt und die angespannte dralle blonde Frau, deren Sohn eine Nacht in der Polizeistation hinter sich hatte. Wortlos reichte er den beiden Erwachsenen jeweils eine beidseitig bedruckte Kopie des Protokolls der Nacht. Auf diese Weise gelang es ihm, beide spontan ruhig zu stellen.

In die plötzliche Stille hinein verkündete er „Alexander – A Brezn hätt' ich noch."

„Danke, Herr Oberhuber. Die eine is grad genug."

„Is' recht." Kilian nickte und griff dann nach kurzer Pause selbst zur Tüte und drapierte die Brezel kunstvoll auf dem letzten sauberen Teller, den er gedeckt hatte.

Er bemerkte sehr wohl, dass der Staatsanwalt auf die Brezeln schielte, während er bemüht seinen Schuh verbarg. Geschah ihm recht.

Die folgenden Minuten nach der Lektüre der zwei Seiten feuerte der Staatsanwalt diverse Fragen auf Oberhuber ab. Er erkundigte sich nach Details der Vernehmung, wollte wissen, wo die beiden Beamten waren und allem voran, warum diese nicht zugegen waren, wie er mehrfach betonte.

Oberhuber wurde nicht müde, all das zu erklären, was er aus dem Protokoll und Annas Mail gelesen hatte. Ebenso stoisch erläuterte er, dass die beiden Beamten im Rahmen der Ermittlungen weitere „Aktionen" durchzuführen hatten, die er nicht willens war, vor einem Verdächtigen und seiner Mutter näher zu erläutern.

Auch Steingassinger begriff irgendwann, dass die Diskussion

mit Oberhuber in dieser Konstellation keine Früchte tragen konnte. Er selbst hatte sich ins Aus manövriert, als er sich von Gaby Hirschegger instrumentalisieren lassen hatte. Er musste sich eingestehen, dass das hier kein Auftritt als starker Mann mehr werden konnte.

Ebenso konnte er nun schlecht Gaby bitten, den Raum zu verlassen. Nur Oberhuber konnte ihn jetzt retten.

„Herr Staatsanwalt. Ich würde vorschlagen, dass ich Ihnen am Ermittlungscomputer ein paar Details erläutere, zu denen ich ihnen die Bilder am Rechner zeigen muss."

„Das ... klingt vernünftig, Herr Hauptkommissar." Beide erhoben sich. Ohne weitere Erläuterung bog Steingassinger unterwegs ab und wählte versehentlich die Damentoilette aus. Kilian grinste und begab sich in sein Büro. Kurze Zeit später trat Steingassinger in das großzügige Büro ein und der geschulte Blick des Polizisten fiel auf zwei saubere Schuhe, von denen einer schwächer glänzte als der andere.

„Oberhuber. Wie haben S' sich das hier vorgestellt? Der Sohn von der Gemeinderätin? Ohne mich zu informieren?"

„Ich denke, Sie werden verstehen, dass uns da gestern ein wichtiger Durchbruch gelungen ist. Nach Mitternacht."

„Aber der ist doch ned der Mörder! Und in drei Tagen kommen die Touristen hierher. In Scharen! Wissen S', wer mir alles im Genick sitzt wegen der Sache hier? Die Vogelscheuche hat es bis ins Fernsehen geschafft. Überregional", ergänzte er mit einem bedrohlichen Unterton.

„Ist mir sehr bewusst. Ebenso wie die Tatsache, dass sie der Herr des Verfahrens sind. Und ebenso, wie ihnen bewusst ist, dass meine Leute und ich exakt im Rahmen unserer Kompetenzen gehandelt haben."

Steingassinger blieb stumm. Kilian setzte fort.

„Brief und Siegel auf die Tatsache, dass Sie in den kommenden Tagen noch viele prominentere Anrufe erhalten werden."

„Wieso?"

„Das ist erst der Anfang. Den Buben von der Gaby hatten wir nicht auf dem Schirm. Meine Leute sind jetzt beim Leitwanger.

Den hat er belastet."

„Der Pensions-Leitwanger?"

„Eben der. Und wenn ich raten sollte: Wir werden hier noch die Namen Wenzlick und Wurzinger hören, vielleicht noch Schalking, möglicherweise Schafthauer und am End' gar noch Taufing."

Beim letzten Namen zuckte der Staatsanwalt kaum erkennbar zusammen. „Oberhuber! Sein S' bloß vorsichtig. Ohne den Taufing gäbe es Bad Grassach gar nicht."

„Ich werde Sie vorher informieren, wenn ich wieder auf ihn zugehen muss."

„Wieder?"

„Wir haben uns die Tage unterhalten."

„Haben Sie da einen Verdacht geäußert?"

„Keineswegs. Dann hätte ich sie ja in Kenntnis gesetzt, gell?"

Erneut schüttelte er den Kopf. Dann schloss der Staatsanwalt sogar für einen Moment die Augen. Ihm war sehr wohl bewusst, dass Oberhuber keinen Mann vom Range eines Taufing zum Spaß vors Knie treten würde. Steingassinger fuhr nach so einem Tag zurück in sein Haus am See. Leute wie Oberhuber und Hinterwinkler mussten in einem solchen Ort mit den Konsequenzen ihres Berufes leben.

Schließlich nickte er und sagte einen Satz, den Oberhuber von ihm bislang nie gehört hatte. „Da müssen wir zusammen durch, wenn es so weit ist."

Oberhuber nickte. Es war ihm scheinbar gelungen, den Ernst der Lage zu vermitteln. Noch wohler wäre ihm gewesen, wenn er schon einen konkreten Verdacht hätte äußern können. Die Lösung des Falles lag klar vor seinem geistigen Auge, seit er am Morgen geduscht hatte.

Durchsichtig

Sie standen schon auf den reich blumengeschmückten Stufen der Pension, als Hinterwinkler seine Kollegin Anna stoppte und herumzog.

„Wart‘ grad mal. Eins fällt mir noch ein.“

Hinterwinkler zückte sein Handy und rief den Forstwart Huber an. Eine der letzten Nummern, die er so lange kannte, dass er sie im Zweifel noch auswendig gewusst hätte. „Huber, grüß dich, Hinterwinkler. Du – ich hätte eine wichtige Frage.“

„Was gibt’s?“

„Du hast doch die Frau im Wald gesehen.“

„Ja.“

„Da waren drei Kerle dabei. Kannst du dir vorstellen, dass einer von denen der Simon Leitwanger war?“

„Der Simon?“ Er schien nachzudenken. „Also ... groß und schlank war der, Locken hatte er auch. Ja – könnte er gewesen sein. Wieso?“

„Wir müssen das gerade klären. Wenn er dabei war, welcher der drei Männer war er dann?“

„Welcher der ...? Ach so – er war der, der bei der Frau kniete. Er hat sich scheinbar um sie gekümmert. Wenn ich jetzt gerade noch einmal drüber nachdenke. Klar! Der Simon. Die Stimme – ja, das war er auf jeden Fall. Er hat mir gesagt, dass sie ohnmächtig ist, dann hat er sich rasch wieder weggedreht. Und ich musste ja ... also meine Waffe und der Hund und so. Weiß gar nicht, warum ich auf den nicht selbst gekommen bin.“

Hinterwinkler nickte. „Alles gut, das hilft mir sehr. Danke, Huber!“

„Vitus?“

„Sag mir ... die Frau hat das überlebt, oder?“

„Das ... ich melde mich dazu noch einmal. Vielen Dank schon mal.“

Er beendete das Gespräch. Ihm war klar, dass ein Risiko in diesem Anruf gelegen hatte. Huber traf über den Tag verteilt im Schnitt vermutlich 25 Bewohner aus Bad Grassach. Und er war das, was man in der Kommunikationswissenschaft elegant als „Sender" bezeichnet. Ein gschaftlhubriger Schwätzer, wie man hier sagte. Wenn was „hot" war, wie sei Tochter gesagt hätte und Huber es wusste, dann wussten es sehr bald auch alle anderen.

Dennoch fühlte Hinterwinkler sich besser. Bislang hatten sie nur die Aussage von Alexander Hirschegger gehabt. Jetzt konnten zwei Leute bestätigen, dass Leitwanger vor Ort gewesen war.

Gestärkt betraten sie die Pension. Niemand befand sich am Empfang und Hinterwinkler rief in den dahinter liegenden Raum hinein. Sekunden später tauchten Simon Leitwanger und sein Vater beide gleichzeitig in der Tür auf.

Der ältere Leitwanger war eine um fünf Zentimeter verkleinerte Version seines Sohnes, gleichzeitig vielleicht fünf Kilo schwerer. Beide schlank und groß, beide dieselben Locken, die des Vaters leicht angegraut.

„Vitus? Heute mal nicht der Kollege Oberhuber?" Simon blickte auf die Uhr. „Ihr kommt immer früher", lächelte er und wirkte dabei relativ entspannt. Entspannter jedenfalls, als Hinterwinkler vermutet hätte.

„Ja ... wir sind früh, weil es eilig ist. Simon – wir müssten mit dir noch einmal sprechen. Und vielleicht sollten wir das nicht hier vorne tun, wo alle fünf Minuten ein Gast kommen kann."

Der Vater kam langsam nach vorn und erklärte: „Dann geht doch gerade hier hinten 'nei. Ich kümmer mich hier um den Empfang."

Hinterwinkler und Anna pressten sich an dem ehemaligen Chef der Pension vorbei. Vitus stutzte ein wenig. Keiner der beiden hatte gefragt, worum es ging. Niemand hatte erschrocken gewirkt. Keiner der beiden hatte überhaupt etwas Erwartbares gesagt. Ungewöhnlich.

Die drei pressten sich in den kleinen Raum, der hinter dem Empfang lag. Im Gegensatz zu der sauberen, reichhaltig geschmückten Pension, wirkte der Raum wie eine lange nicht aufgeräumte Garage. Papiere stapelten sich übereinander. Leere, halb zerknüllte Schachteln lagen auf der Fensterbank. Alles hier wirkte ungepflegt und passte nicht zum Rest.

Anna blickte sich ebenso überrascht um wie Vitus. Manchmal war man erstaunt, wie es bei den Menschen hinter der Fassade aussah.

„Simon ... wir müssen noch einmal mit dir sprechen. Sag uns doch bitte mal, was du am Sonntagabend gemacht hast."

„Da war ich unterwegs, war ich hier und da mit ein paar Freunden."

„Welchen Freunden?"

„Keine aus Grassach."

„Sicher?"

„Warum fragt ihr?"

„Mal langsam, Simon. Wir stellen gerade die Fragen. Sonntagabend. Konkret mal: zwischen 19 und 23 Uhr. Wo – mit wem?"

„Was werft ihr mir denn vor?"

„Ich habe dir gerade doch nichts vorgeworfen."

„Unterwegs. Mit Freunden."

„Mit wem? Wann? Wo?"

„Freunde aus Zedersfelden."

Vitus stemmte die Hände in die Hüften. „Und in Zedersfelden haben die Leute keine Namen? Simon, sag mal – willst du mich hier bewusst missverstehen? Ich hatte doch klare Fragen gestellt. Vorschlag: Wenn du es mir hier nicht erzählen willst, machen auf dem Revier weiter. Der Herr Staatsanwalt ist eh gerade da, dann kannst du es vielleicht dem nicht erzählen, wenn du willst. Dann werden wir sehen."

„Mal ... sachte ... Vitus."

Der große schlanke Mann mit den Locken war auffallend nervös geworden. „Revier" und „Staatsanwalt" waren Signalworte, die im Dorf, das Bad Grassach moralisch war, niemand gern hörte. Und eine prominente Figur wie Leitwanger schon gar nicht. Würden sie ihn im Polizeiwagen durch den Ort transportieren, wusste der gesamte Ort das wenige Minuten später.

„Dann nenn doch mal Ross und Reiter – das kann doch so

schwer ned sein! Oder?“

Simon stammelte nervös zwei Namen zusammen, die keinem der Polizisten etwas sagten. Vitus nickte ungerührt und erkundigte sich, wo die drei gewesen waren.

„Beim Wiener in Zedersfelden.“

„Da wart ihr von 19-23 Uhr?“

„Ungefähr.“

Vitus nickte und log dann frech: „Der Wiener hat doch zu. Wegen Umbau?“

„Der Wiener ... ach ja – richtig! Die hatten zu. Wir sind dann weiter in die ... wie heißt der andere Laden noch...?“

„Simon. Das mit dem Wiener hab ich gerade erfunden. Lass ’mer den Schmarrn doch mal und kommen zu Agata Kowalczyk. Wir drei hier wissen doch, dass du des grad frei erfunden hast, gell?“

Simon starrte Hinterwinkler an. Seine Stirn war blitzschnell feucht geworden. Sie kannten sich seit Jahrzehnten, hatten gemeinsam auf Feuerwehrfesten gesoffen und Maifeuer angezündet. Dass dieser Mann ihn einmal so in die Ecke drängen würde, hatte er sich offensichtlich nicht vorgestellt. Und darüber hinaus: Damit hatte er nicht gerechnet. Er war diesem Angriff unvorbereitet und dadurch schutzlos ausgeliefert.

Er sah, dass Vitus weitersprach, konnte seine Worte aber nicht hören oder begreifen.

Simon setzte sich, weil ihm schwindlig geworden war. Hinterwinkler stoppte seinen Redefluss, Anna näherte sich Simon und sprach beruhigend und gleichmäßig auf ihn ein.

Nach einer schier unfassbar langen Zeit kam er langsam wieder zu sich. Gleichzeitig begriff er, dass er gerade eigentlich ein Schuldgeständnis abgeliefert hatte.

Er legte den Kopf in die Hände. Einen Augenblick später flossen die Tränen. Simon hatte sich für deutlich robuster gehalten. Aber er wusste, dass er einer echten Befragung nicht gewachsen sein würde. Er schaffte es nicht. Er hatte sein Blatt überreizt.

Schon als Kind war er ein schlechter Lügner gewesen. Und

jetzt, als er von zwei Zeugen hörte, traute er sich nicht nur, nicht zu lügen. Er traute sich nicht einmal mehr, zu sprechen. Er weinte.

Sein Vater öffnete die Tür, wirkte erschrocken. Er murmelte den Namen seines Sohnes. Anna schob ihn mit höflicher Härte hinaus.

Hinterwinkler kniete sich zu ihm herunter. „Simon. Ich werte das jetzt einfach mal als Eingeständnis, richtig? Du warst auf dem Parkplatz mit der jungen Polin, korrekt?"

Er weinte und nickte.

„Okay. Ihr wolltet die junge Frau erschrecken. Du, der Alexander und …?"

„Aan Russe."

„Ein Russe? Was für ein Russe denn?"

„Einer, der Leute … erschrecken kann."

„Wo kam der her?"

„Hatte … wer besorgt."

„Wer?"

„Einer vom Suttlinger."

„Der Suttlinger? Der Metzger?"

„Nein – sein Schwager."

„Also der aus Zedersfelden?"

„Genau."

„Äh… okay … warum wolltet ihr die Frau denn überhaupt erschrecken?"

„Weil auf die alle sauer waren."

„Weswegen?"

„Billiges Fleisch! Was sonst?"

Die beiden Polizisten schauten einander an, tauschten verwirrte Blicke. Dann schüttelte Vitus den Kopf. „Der Oberhuber hat Recht gehabt."

Er wandte sich wieder an den Pensionswirt. „Was ist dann passiert?"

„Die beiden Jungs haben sie sich geschnappt."

„Wie habt ihr das organisiert? Wie habt ihr sie zu dem Parkplatz gelotst?"

„Das ... weiß ich nicht. Ich war nur dabei. Das hat der Russe organisiert."

„Wieso warst du überhaupt dabei?"

„Na – ich kauf' mein Fleisch beim Suttlinger. Wie alle hier. Und dann so illegales Zeug aus Polen! Jeder wär' da mitgekommen, wenn du ihn gefragt hättest. Und wir wollten die ja nur erschrecken, gell?"

„Und dann kam der Hund und hat sie erschreckt."

„Ja! Ein riesen Viech! Der..."

„Überspring den Teil vielleicht."

„Ja ... er hat sie erschreckt, sie ist umgefallen und der Hund ist zu ihr gekommen. Und plötzlich hat sie ned mehr geatmet. Das konnt' ja keiner ahnen!"

„Hm ... nehmen wir das mal für den Moment so hin. Wir haben da auch andere Schilderungen gehört. Wieso hattest du dich versteckt?"

„Ich mich ...?"

„Simon! Komm! Zeugen – sagt dir das was?"

„Ich ... ich wollte das nur beobachten."

„Und du hast nicht den angeblichen Russen beauftragt? Wieso war der Suttlinger ned dabei? Der hätte doch sauer sein müssen! Was zieht der denn euch da mit rein?" Dann stockte Hinterwinkler. „Von wem hast du den Auftrag bekommen, da mitzumachen? Vom Suttlinger?"

„Das ... kann ich euch wirklich nicht sagen." Er verschränkte die Arme.

„Simon! Was willst' denn damit erreichen?"

„Ich sag' jetzt nichts mehr. Ich hab' schon viel zu viel gesagt."

Wie regeln wir das hier?

Berny war seitlich auf den Hof des Autohändlers gefahren, hatte am Rand geparkt, um nicht gleich auf dem Präsentierteller zu stehen. Ein Polizeiauto zu verheimlichen, war dennoch schwer.

Ludger, der pfiffigste Verkäufer, den dieses Autohaus hatte, war Augenblicke später auf dem Hof erschienen, bevor Berny richtig ausgestiegen war. Dass der Mann nur rasch eine Zigarette rauchen wollte, erkannte Berny nach all seinen Jahren im Dienst glasklar als Vorwand, den er aber gerne hinnahm.

Ludgers Bauch wölbte sich mittlerweile mutig über seine Jeans und seinen Janker trug er besorgniserregend weit offen. Für eine Sekunde hatte Bernhard einen flapsigen Spruch auf den Lippen. Er sparte ihn sich jedoch im Sinne der Gesamtsituation.

„Berny, magst dir endlich mal einen Wagen von bleibendem Wert zulegen?"

„Sobald S' ihr die Preis' halbiert, komm' I drauf zurück", konterte er und grinste. Dann zeigte er auf seinen blausilbernen Dienstwagen. „Du weißt doch – ich bin meiner Marke treu."

„Oder besser: ausgeliefert."

„Auch. Aber deshalb bin ich ned hier. Ludger ... wir haben ein echtes Problem."

„Eins mit zwei toten Mädels, hab ich gehört."

„Du weißt gut Bescheid, hm?"

„Und ob's glaubst oder ned: Ich hab die Vogelscheuche sogar gesehen. 300 Meter lang hab ich mich gefragt, wer so bescheuert ist und die auf die Wiese stellt, wo kein Korn wächst und nix."

„Ja ... mehr aufmerksame Bürger wie dich und wir würden solche Fälle schneller lösen. 250 Autos sind an dem Morgen dran vorbeigefahren. Keiner hat reagiert."

„Au weia."

„Allerdings. Und in ein paar Grenzregionen genau dieser Ermittlungen ... komm' ich zu dir."

„Oh nein." Er sog heftig an der Zigarette und deutete auf eine Gruppe von ein paar abgelegen präsentierten großen Geländewagen. „Lass mal bisserl aus der Schusslinie gehen", murmelte er und sie schritten gemeinsam die wenigen Meter zu den größtenteils dunklen Autos, von denen einige schon aufgrund ihrer Abmessungen nie in Bernys Garage gepasst hätten.

Im Schutz des Schattens, den die panzerartigen Fahrzeuge warfen, nickte Ludger ihm zu. „Also – was gibt's? Ich will da in nix Blödes reingeraten. Geldwäsche und so ein Schmarrn – damit haben wir echt genug zu tun."

Berny runzelte die Stirn. Wie kam Ludger von den toten Frauen auf Geldwäsche? Bestand da ein offensichtlicher Zusammenhang?

„Wie meinst' denn des?"

„Na – die Angst musst du hier doch ständig haben. Wir hantieren mit immer größeren Summen. Als ich hier angefangen hab, hatten wir teilweise noch altes Blech für 5.000 Mark auf dem Hof stehen. Find hier heute mal was unter 20.000 Euro! Und da kommt immer mal wer, wo wir uns fragen..."

„Kam da in letzter Zeit mal einer...?"

„Da kommen immer wieder welche, wie gesagt." Er schaute sich rasch um. „Hast wen bestimmten im Kopf?"

„Einen, wo a Anzahlung gemacht haben soll. In den letzten Tagen."

„Hm ..."

Er zog noch einmal fest an der Zigarette, trat sie aus und schob sie konzentriert unter den dunkelblauen Geländewagen, dessen seriöses Preisschild bemerkenswerte 82.995€ als Wert des Wagens auswies.

Berny zeigte auf den nächstgelegenen, dessen Preisschild gar eine sechsstellige Summe auswies.

„Wenn jetzt so einen in den letzten Tagen jemand angezahlt hätte. Mit einer hohen Summe. Dann wär' das bei euch scho' aufgefallen, gell?"

„Des ... ist aufgefallen."

„Hm ... Habt ihr es gemeldet?"

„Nein ... du weißt doch. Es gibt auch heute noch Bereiche, in denen die Leute viel Bargeld haben. Gastronomie, Friseure,

Tankstellen, Campinganlagen..."

„Ja, davon hört man. Wie viel würde denn da so einer anzahlen, wenn das auffalle' tät?"

„Berny ..."

„Ludger ... wie regeln wir sowas hier?"

Ludger sah zu Boden und murmelte „19.000."

Bernhard Wolfinger nickte ruhig. „Stattlich. Und zum Glück unter 20.000."

„Gell ... manchmal ist der Zufall so..."

„Hm. Hättest du in so einem Fall die Kohle noch hier?"

„Wenn des so passiert wäre, dann wäre die Kohle noch hier, ja."

Er nickte. Dann schlug er auf die Dachreling des Wagens und erklärte lautstark: „Ich denke über dein Angebot nach!"

Er drehte sich um und war drei Minuten später wieder auf dem Weg nach Bad Grassach.

Dem Schalking im Nacken

Es hatte sinnlos viel Kraft gekostet. Aber mit einem Anwalt zusammen hatten sich alle Beteiligten darauf geeinigt, dass die Fluchtgefahr bei Alexander Hirschegger gegeben sein mochte, jedoch nur eingeschränkt. Gabrielas Sohn würde sich einmal am Tag auf der Station blicken lassen müssen – das war der Deal. Und seine Mutter würde dafür sorgen. Auch das gehörte zum Konzept „Dorf“: Vertrauen.

Kaum, dass Oberhuber den Staatsanwalt herauskomplimentiert hatte, blickte er auf sein Telefon.

„Sakra noch eins, wer hätt‘ das gedacht?“, murmelte er zu sich selbst. Dann schnappte er sich den wirklich letzten Zipfel der Brezeln und schickte kauend eine Nachricht. Eine Minute später ging die hintere Tür auf und Anna schob den Pensionschef Simon Leitwanger in die Station.

Auf Oberhuber wirkte Simon, als sei er spontan gealtert.

Er erkundigte sich kurz, ob Simon eine Aussage machen wollte. Der verweigerte die für den Moment. Sein Anwalt kam aus München und würde noch einen ganzen Moment benötigen. So kam er in den ehemaligen Tresorraum, den eben noch der Sohn der Gemeinderätin bewohnt hatte.

Die Prominenz-Dichte an diesem Tag war hoch. Kaum, dass Anna wieder da war, berichtete Oberhuber ihr von Bernys Ermittlungen beim Autohändler.

„Woher hat der die Kohle?“

„Na – kannst‘ dir keinen Reim drauf machen?“

Sie schüttelte den Kopf und eine dunkle Strähne löste sich aus ihrem Zopf und fiel seitlich auf ihren erneut illegalen Polo-Kragen. Oberhuber zögerte.

„Okay: Meine Sicht auf die Dinge. Die sind nicht umsonst bei der Polin ins Zimmer eingebrochen, nachdem du es versiegelt hast. Wahrscheinlich hat die dort Geld gehortet und die wussten es.“

„Aber … so viel Kohle von ein bisserl Leberkäse und ein paar Würschtel?“

„Ich denke nicht, dass das alles war. Ich bin mir einigermaßen sicher, dass ich ein klares Bild habe – aber uns fehlen noch die Beweise. Pass auf. Nächster Schritt: Du triffst dich mit Berny beim Schalking."

„Wieso kommst du nicht mit?"

„Wenn ich beim Schalking aufschlage ... dann gibt das ein Unglück. Aber ich steh' hier im Wort. Wir haben die Information mit der Kohle vertraulich bekommen."

„Von wem?."

„*Total* vertraulich."

Sie rümpfte die Nase ein wenig und strich die Strähne zurück. Für sie hatte das geklungen wie „Total vertraulich, *meine Kleine*."

„Okay ... verstanden", gab sie mit erkennbarem Widerwillen zurück. Oberhuber war der Chef.

„Wenn ihr bei Schalking seid – und das klingt jetzt komisch – dann legt ihr ihm nahe, das Geld zu nehmen und es hier bei uns abzugeben. Gerne anonym. Dieses Gebäude ist eine Bank. Wir haben hinten noch einen Einwurfschacht für Bargeldkassetten."

„Wie früher..."

„Genau."

„Du sagst mir also, ich soll ihn nicht mitnehmen oder so? Ihn nicht verhören?"

„Verhören dürft ihr ihn. So viel ihr wollt. Auch foltern. Meinen Segen habt ihr. Und anschließend zeigt ihr ihm diesen Weg auf. Selbst, falls er alles leugnen sollte."

„Deswegen kannst du nicht hingehen."

„Mir glaubt er das keine Sekunde, denke ich."

„Ist das eine dienstliche Anweisung, ihm diesen Weg aufzuzeigen? Ich meine: Ich denke hier mal an Strafvereitlung und so...?"

„Paragraph 258 greift hier nicht", schloss Oberhuber bemerkenswert kategorisch aus. „Ich hab dir eine Idee aufgezeigt, wie man das sozialverträglich in einem kleinen Ort lösen kann, wenn man das aus strategischen Gründen wollen ... würde."

„Verstanden. Ich melde mich." Sie salutierte mit einem

zynischen Touch, den Oberhuber sehr wohl erkannte und hinnahm. Die Frau würde es in dieser Organisation zu etwas bringen. Er hätte verstanden und akzeptiert, wenn sie weit bockiger auf diese „Idee“ reagiert hätte.

Mäuse melken

Gegen Mittag rief Staatsanwalt Steingassinger bei Oberhuber an und erkundigte sich nach Neuigkeiten. Die korrekte Antwort wäre in Kilians Augen gewesen *„Lass uns halt arbeiten, dann kriegst du auch Ergebnisse!"*

Oberhuber fand eine elegantere Ausdrucksform und begab sich wieder ins Verhör von Simon Leitwanger, dessen Münchner Anwalt ein Profi war.

Im besten Sinne des Wortes. Keiner von der Sorte, der Paragraphen herunterhobelte und den Prozess verlangsamen wollte. Einer, der für seinen Mandanten das Beste rausholte. In einer für alle Parteien akzeptablen Zeit und ohne das Gesicht zu verlieren.

Inhaltlich hatte das nicht übermäßig geholfen: Simon stritt nichts im Nachhinein ab, was er schon zugegeben hatte. Im Punkt der Beauftragung blieb er stur. Die Vogelscheuche wies er von sich. Das musste der Russe gewesen sein. Sie hatten Leitwangers Fingerabdrücke erfasst und eine Speichelprobe per Express an Loibl und seine Leute geschickt.

Sie hatten alle Zeitpunkte, die relevant waren, abgeklärt. Aber ohne ihn über diese letzte Schwelle zu heben, wurde es hier schwierig. Sie beantragten Untersuchungshaft und würden ihn bis zur Klärung in Gewahrsam behalten. Das war juristisch grenzwertig und diente am Ende eher der Erziehung.

Als sie ihn im ehemaligen Tresorraum untergebracht hatten, unterschrieb der Anwalt noch einige Papiere. Hinterwinkler platzierte sich ihm gegenüber und fixierte ihn. „Was meinen Sie? Was braucht es, um ihn über die Schwelle zu heben?"

„Soll ich euch jetzt Tipps geben, wie ihr meinen Mandanten nach Stadelheim kriegt?"

„Im Gegenteil. Ich möchte ihm unnötige Aufmerksamkeit ersparen. Ich meine: Was werden wir jetzt machen? Wir verhören erst einmal den Suttlinger. Wir werden alle, die in Frage kommen, sprechen. Ich glaube, dass er das eigentlich nicht will."

„Das will niemand."

„Warum ist er dann so stur? Er könnte es verhindern."

„Sie können es mir glauben oder nicht: Ich kann es ihnen nicht sagen. Er hat es mir nicht gesagt. Ich hatte ihn exakt dahin bringen wollen, das hier nicht zur Tortur werden zu lassen."

„Das deutet doch darauf hin, dass es jemand Wichtiges ist, oder?"

Der Anwalt zuckte die Schultern. „Das wisst ihr hier auf dem Dorf doch allemal besser als ich. Ich könnte mir auch vorstellen, dass da eine Beziehung eine Rolle spielt oder so. Aber nochmal: Ich weiß nix. Bizarr genug, dass wir dieses Gespräch führen, oder?"

Er drehte den Papierstapel um 180 Grad und reichte ihn Hinterwinkler. „Ich hab noch einen Termin in Rottach."

„Dann ned so rasen bis zur Autobahn", grinste Hinterwinkler. „Wir blitzen heute an acht Stellen bis zur A8."

„Na toll."

Vitus lächelte, als er dem aufgemotzten BMW des Anwalts hinterherschaute, der mit auffallend ziviler Geschwindigkeit davonfuhr. Fast zögerlich. Wie eine einfache Lüge den Verkehr um so vieles sicherer machte.

„Was machen wir als nächstes?"

„Was essen?"

„Ich frage mich, wo es hier in der Gegend den besten Leberkäs' geben mag?"

Der dümmste Blödmann

Schalking war die Treppe zum Biergarten des Campino schon halb hinauf gelaufen, als er innehielt, seinen Oberkörper zurückbog und die kleine Straße entlang schaute.

War das schon wieder der Oberhuber?

„Zefix, spinnen die jetzt vollkommen?“, zischte er.

Nachdem er seine Einkaufstaschen abgestellt hatte, ging er wieder auf den breiten Vorplatz, wo ein Typ mit einem langen Wohnanhänger rangierte, der kaum in der Lage gewesen wäre, einen Smart in einem Fußballtor zu parken.

„Soll ich helfen?“, erkundigte Schalking sich mit nervösem Blick auf den Holzzaun, dem der Mann schon bedrohlich nahegekommen war.

„Passt scho‘!“, gab der Mann zurück und schaffte es schließlich, den langen Zweiachser in die richtige Spur zurückzubringen. Schalking nickte erleichtert und lehnte sich dann auf den Handlauf der breiten Treppe, die zu seinem Campingbiergarten hinaufführte.

Die Besatzung des Streifenwagens stellte sich als Berny Wolfinger heraus. Begleitet von der neuen kleinen Maus, die Schalking erstaunlich hübsch fand.

Wieso wurde so eine Polizistin? In dem Polohemd konnte man ihre bemerkenswert schmale Taille erkennen. Mit der hätte sie bei ihm ausgezeichnete Trinkgelder einnehmen können. Die gab es in ihrem jetzigen Beruf sicher nicht, grinste er innerlich.

„Na... sucht ihr beiden aan Zeltplatz?“, begrüßte er die Polizisten bemüht jovial.

Berny korrigierte den Sitz seiner Diensthose. „Da käme mir grad zu dir, Schalking.“

„Ich hatt‘ schon überlegt, ob ich einen Beamten-Tarif anbiete – so oft, wie ihr hier seid.“

Berny holte zum verbalen Gegenschlag aus, als Anna den Camping-Mogul sachlich ansprach. „Herr Schalking. Wir haben mit ihnen zu reden.“

Er deutet um sich. „Mach ’mer doch scho‘.“

„Vielleicht lieber an einem Ort, wo es nicht jeder mitbekommt.“ Sie blickte ihn durchdringend an. „In Ihrem Interesse.“

Er wägte das einen Moment ab und erklärte dann mit einer knappen Geste „Nach hinten raus ist’s um die Zeit recht still.“

Sie nahmen an einem groben runden Holztisch Platz, um den eine runde Bank herumgebaut war. Ab einem gewissen Alkoholpegel konnte man hier praktisch unbegrenzt viele Gäste aneinander pferchen. Die stützten sich gegenseitig. Es durfte nur niemand aufstehen.

Die beiden Polizisten setzten sich leicht versetzt, wodurch Schalking zwischen ihnen hin und her schauen musste. Anna war leicht angefressen. Sie wollte Schalking die goldene Brücke nicht bauen, die Kilian vorgeschlagen hatte. Das war nicht ihre Vorstellung von „Die Ordnung hüten“.

Auf der anderen Seite hatte sie in den vergangenen Monaten begriffen, dass das auch nicht Kilian Oberhubers Art war. Da musste eine große Vertrauensbasis gegenüber seinem Informanten dahinterstecken. Er wollte jemanden schützen. Sonst hätte er sie sicher nicht darum gebeten. Im Dorf war man darauf angewiesen, Informanten später in die Augen sehen zu können.

Sie holte aus und fixierte den Kerl, mit dem sie schon am Vortag keine saubere Gesprächsbasis hatte aufbauen können. Jede zweite Frage beantwortete er mit einem dummen Spruch, frauenfeindliche Witze gingen ihm unbeschwert über die Lippen.

„Herr Schalking. Wir sind hier, um ihnen ein einmaliges Angebot zu unterbreiten.“

Er grinste satt und breit. „Hey, das ist ja wie in derra Mafia-Filme, gell?“ Schalking senkte die Stimme und murmelte in einer schwachen Marlon Brando Imitation: „Ich werde dir ein Angebot machen, dass du nicht ablehnen...“

Bernys Hand landete flach auf dem Tisch und Schalking zuckte zusammen. „GWG – sagt dir des was, Schalking?“

„Was ist das?“, erkundigte er sich und war ein wenig in sich zusammengesunken. Er hatte soeben sichtbar begriffen, dass das hier keine leichte Nummer werden würde.

„Gesetz über das Aufspüren von Gewinnen aus schweren Straftaten. Das ist die juristische Langform. Kurzform GWG – Geldwäschegesetz."

Schalking konzentrierte sich und schüttelte dann kaum vernehmbar den Kopf. „Ihr könnt bei mir reinschauen, wo ihr wollt. Da läuft nix neben Bon und Journalrolle. Wir haben doch mittlerweile diese digitalen Kassen, da bist du ja froh, wenn du das dreckerte Untermenü fürs Trinkgeld findest! Also kommt mir nicht so." Dann stutzte er und kniff die Augen zusammen. „Moment. Das ist doch gar nicht euer Job."

„Wenn es sachdienlich in einem potentiellen Kapitalverbrechen ist, dann schon", erklärte Anna in bewusst hochgestochenem Verwaltungsdeutsch. „Ich konstruiere mal einen Fall, um klar zu machen, worum es geht, okay?"

Schalking nickte und schien zu lauern. Was wollte die von ihm?

„Sagen wir mal, hier bei Ihnen wohnt jemand, der viel Geld aus so einer Straftat hat. Und dieser jemand vergisst das beispielsweise hier. Nur so als Beispiel, ja?"

„Hm...", murmelte er vorsichtig.

„Dann könnte das ja jemand finden und könnte das verwenden. Also – eine große Summe Bargeld. Was macht man mit der? Der eine verbuddelt sie, der Nächste wird sie los, indem er sich eine teure Stereoanlage kauft. Ein schickes teures Notebook. Oder einen Wagen."

„Hm..."

„Also – derjenige, der das machen würde. Der käme in den Knast. Bis zu fünf Jahren übrigens."

Berny nickte bedächtig. „Da ist der Hehler wie der Stehler. Das ist so in etwa das Konzept."

„Warum ... erzählt ihr mir das?"

„Theoretisch. Sagen wir mal, das wäre passiert. Und sagen wir mal weiter, wir wüssten davon. Dann träfe denjenigen das Gesetz mit seiner vollen Härte."

„Aha."

„Du kennst den Kilian. Wenn der wüsste, dass du - nur beispielsweise – in so etwas verwickelt sein tätest. Au Weia. Der hängt dich an deinen Augenlidern am Maibaum auf. Oder ... wen auch immer. Ist ja nur ein Beispiel. Da kennt er jedenfalls keinen Spaß. Ich meinte: bei dir im Speziellen. Nur, um das zu verdeutlichen. Bei eurem angespannten Verhältnis. Da würde er natürlich gar keinen Spaß verstehen."

„Und so eine Menge Geld ist ... wie soll ich sagen? Nicht anonym. Die hat eine breite Spur", erklärte Anna und unterstützte die Ausführungen bildlich mit ihren Händen, bis sie das Gefühl hatte, dass Schalking ihr gebannt auf den Busen starrte.

„Geldwäsche ist dann auch noch so ein Vergehen, bei dem kein Anwalt einen raushauen kann. Das ist so eindeutig wie nur was. Am schlimmsten ist es, wenn das Geld schon jemand in Händen hält, der damit was kaufen soll. Am End' gerät der da noch...."

„Jetzt hört's halt auf mit dem Quatsch." Er zündete sich eine Zigarette an. „Was ist das Angebot?"

„Unser Angebot gilt bis morgen um 6:59", erklärte Anna ruhig und sah ihn nun wieder durchdringend an. „Kennst du am Revier den alten Einwurfschacht für die Geldbomben?"

„Na sicher..."

„Ist das Geld bis morgen um 6:59 da, dann werden wir es als anonymen Tipp behandeln. Keine Fingerabdrücke. Keine Verfolgung, keine Untersuchungen auf Cannabis-Rückstände."

„Auf Cannabis-Rückstände?"

„Nur so als Beispiel."

„Hm ... und wenn nicht?"

Berny erhob sich spontan und schüttelte den Kopf. „Glaub mir, Schalking. Des willst ned wissen."

Der unterschätzte Trottel

Remigius Taufing donnerte über die schnurgerade Landstraße. Er hatte knapp 150 auf dem Tacho, als sein Radarwarner ein unüberhörbares Geräusch von sich gab. Für einen kurzen Moment war er überrascht. Dann latschte er mit der Macht eines 300 Euro Lederschuhs Größe 45 auf die Bremse seiner schweren Limousine.

Eine Sekunde später traf ihn ein greller Blitz und er starrte mitten hinein.

Als die beiden Polizisten ihn 200 Meter weiter auf den Parkplatz herauswinkten, sah er immer noch Lichtreflexe vor seinen Augen und musste blinzeln.

Er schälte sich unaufgefordert aus dem Wagen, als ein weiterer Beamter auf ihn zukam. Der junge Kerl hatte sich einen Bart wachsen lassen, um respektabler zu wirken. In Taufings Wahrnehmung sah er eher lächerlich aus.

Er erinnerte sich an den jungen Mann. Alle neuen Beamten waren früher bei ihm zur Amtseinführung vorbeigeschleust worden. Und der junge Kerl hatte ihm damals eine ganz kluge Frage gestellt.

Er nahm seine volle Würde in einer Bewegung zusammen, streckte dem jungen Polizisten offensiv die Hand entgegen und schüttelte sie beidhändig. „Geh, Schafthauer! Sie haben es ja zu was gebracht!"

„Herr Taufing..."

„Hier, mal nicht so formell! Kannst Remigius sagen."

„Herr Taufing, danke, aber..."

„Ist schon klar... ich war zu schnell", erklärte er verschwörerisch. „Aber ..."

Er blickte sich theatralisch um. „Ich muss dich da um eine Ausnahme bitten." Erneut sah er sich verschwörerisch um. „Du darfst es aber keinem erzählen, gelle?"

Der Polizist bedachte ihn mit einem angestrengten Gesichtsausdruck und verzog den Mund. „Herr Taufing..."

„Psst, Remigius. Weißt, warum ich so fix unterwegs bin?"

„Fix …? Immerhin mal 128 Sachen nach Abzug der Toleranz! Da ist der Lappen schon in Gefahr…"

„Der Ingo."

„Hm?"

„Der IN-GO."

„Der Ingo?", erkundigte sich der junge Schafthauer leicht begriffsstutzig. Dann schaltete er. „*DER* Ingo?"

„Genau. Er ist aufgewacht. Ist aber unklar, wie es weitergehen wird. Die Klinik hat mich angerufen, dass ich schnell vorbeikommen soll. Solange, wie er sprechen kann." Erneut blickte er sich um, als wäre er der Staatsfeind Nummer 1 und müsste mit Verfolgung rechnen.

„Gell, weißt, was das bedeutet? Schafthauer, weißt des?", erkundigte sich der massive Mann eindringlich. „Wenn wir hier Pech haben, dann geht's dem Ingo am End' wie dem Schumacher Michael. Weißt? Der liegt noch immer im Koma! Nix ist geregelt. Kein Nachlass, gar nix. Und wir alle wollen doch das Beste für die 56er! Oder?"

„Der Ingo Wenzlick ist also wieder aufgewacht? Und jetzt fahren … fährst du ins Krankenhaus, Remigius und … und was dann?"

„Wir müssen drüber reden, was mit dem Verein wird. Wer weiß, wie stabil der Ingo ist! Jetzt ist dringendes Handeln gefordert!" Er blickte den jungen bärtigen Beamten an und erklärte: „Pass acht! Du lässt mich rasch weiterfahren und … mir lasset des auf sich beruhen, gell? Stell dir vor, ich komm zu spät wegen so einem … Verkehrsdings! Erklär' das mal der Gala! Und der Bunten!"

Schafthauer starrte den Mann an wie eingefroren. Er wusste, was die Leute hier sagten. „Ohne den Remigius gäbe es Bad Grassach gar nicht! Der ist der Architekt der Kurstadt!"

In Polizeikreisen hatte er schon davon gehört, dass einer wie Taufing sich eine „Sonderbehandlung" versprach. Aber das hatte er sich so nicht vorgestellt. Erst recht nicht, dass der große Kerl seine Denkpause nutze, ihm auf die Schulter schlug und feierlich „Danke" sagte. „Des wirst' ned bereue!"

Dreist drehte er sich um, winkte im Weggehen und setzte sich in seine dunkelblaue Limousine. Er fuhr davon, lächelte strahlend und gab auf der Landstraße sofort wieder Gas.

Kurz blickte Taufing sich noch einmal um. So ein Trottel, der kleine Bulle mit dem Bart. Lachend schlug er aufs Lenkrad. Und die Geschichte mit dem Ingo hatte er ihm auch geglaubt. Fußballer zogen immer bei den jungen Kerlen. Der Bulle hatte nicht eine Sekunde hinterfragt, warum jemand ausgerechnet den alten Taufing anrufen würde. Falls Ingo je wieder aufwachen würde. Er schüttete sich fast aus vor Lachen, als er die 120 überschritt. Kleinstädte hatten ihre Vorteile. Hier zählte Status noch was.

Schafthauer stand regungslos auf dem kleinen Parkplatz. Wie gelähmt schüttelte er den Kopf. So sah das also aus, wenn Menschen den Kontakt zur Realität vollkommen verloren hatten.

Er schüttelte den Kopf, zog sein privates Handy aus seiner Uniform und wählte.

„Hi Anna…", murmelte er etwas verlegen.

Anna blickte auf die Nummer im Display, die sie nicht gespeichert hatte, und konnte die Stimme nicht gleich zuordnen. Dann dämmerte es ihr. „Schafthauer? Bist du des?"

„Freilich."

Berny grinste neben ihr in den Wagen hinein. Es war leicht zu hören, dass der junge Mann nervös war.

„Du, Anna. Sag mal – ihr seid doch noch an dem Wenzlick-Fall dran?"

„Sicher."

„Frag nicht, woher ich das weiß – aber der Ingo Wenzlick – der ist eben aufgewacht."

„Im Ernst? Und das weißt du sicher?"

„Aus erster Hand."

„Hammer. Du hast was gut bei mir!"

Anna legte auf, blickte sich um, bremste heftig ab und wendete mitten auf der Landstraße. „Den schnappen wir uns vor Presse und Gattin", erklärte sie ihrem Kollegen mit entschiedenem Gesichtsausdruck.

Obazda

Die Wirtin kam höchstpersönlich auf die beiden Beamten zu, als diese sich erneut in ihrem Biergarten einfanden. Oberhuber lächelte sein gewinnendstes Lächeln, während Hinterwinkler sein hinterwinkeligstes aufgelegt hatte und leicht durchtrieben wirkte.

„A Alkoholfrei's?", erkundigte sie sich nebenbei und orderte auf Oberhubers Nicken hin zwei Weißbier für die Ermittler, bevor sie ihnen einen breiten Tisch offerierte.

„Nimmst' dir grad eine Minute für deine Freunde und Helfer?", erkundigte Hinterwinkler sich jovial. Oberhuber musste immer wieder feststellen, dass Hinterwinkler ein Talent für dieses freundlich Verbindliche im Dorf hatte, wie sonst kaum ein anderer.

„Freilich…", erklärte sie, aber dieses Angebot schien ihr ein wenig den Schwung zu nehmen. Am Nebentisch beobachtete Hinterwinkler eine Kellnerin mit auffallend roten Haaren, die hier seiner Erinnerung nach nichts verloren hatte. Er hielt einen Moment inne und eine Verbindung nahm in seinem Kopf auf dem dörflichen Schaltplan Form an, bis er süffisant lächelte.

„Wie läuft der Fall?", erkundigte Bea sich bewusst neutral.

„Mei … gut, tät ich sagen. Zwei Festnahmen, viele Verdachtsmomente, denen wir nachgehen werden. Da kommt was zusammen", erklärte Hinterwinkler und rieb sich die Hände. „Und du hast neue Bedienungen, seh ich?"

„Gut, gell? Die machen was her. Ich zahl ihnen ein wenig mehr – ich konnte mir nicht leisten, hier eine Lücke zu haben. Sind ja praktisch nur noch ein paar Stunden, bis die ersten *Gäste* kommen, gell?"

Oberhuber nahm beeindruckt zur Kenntnis, wie sehr sich der Begriff *Gäste* in Bad Grassach durchgesetzt hatte. Da hatte Taufing ganze Arbeit geleistet. Ihm war auch die Formulierung zu verdanken „Die Flüsse Klett und Wurlach vereinen sich", die einen uralten Streit beigelegt hatte. Zuvor hieß es „Die Wurlach fließt in die Klett". So hatten sie es in der Schule in Heimatkunde gelernt. In Oberhubers Sicht war das korrekt, zumal die Wurlach nun mal der kleinere der beiden Flüsse war. Falls man die als Flüsse bezeichnen mochte.

Aber er akzeptierte: Semantik kann Leben retten.

„Die Gäste, ja ... Dann wird es hier wieder richtig voll. Wobei bei euch ja auch jetzt schon stattlich was los ist."

„Die Einheimischen kommen ja auch her."

„Wir sind ja auch schon wieder hier", bestätigte Hinterwinkler strahlend. „Schon wegen eurem leckeren Leberkäs', gell?"

Sie lächelte mit leichter Verzögerung. Und die beiden Polizisten wussten, dass sie es wusste. Es war dieses leichte Zucken unter dem Auge gewesen. Das hatte sie verraten.

„Weißt", erklärte Oberhuber nun in ungewohnt väterlichem Ton. „Der Veit und ich – wir haben ziemlich gute Geschmacksnerven oder wie das heißt. Und da dachten wir, dass dein Fleischkäs' irgendwie *anders* schmeckt. Ned falsch verstehen: Der ist lecker. Und super zubereitet. Kompliment an die Küche, gell? Aber er schmeckt nicht wie der vom Suttlinger, oder?"

„Wir ... bekommen den jetzt ..."

„Unversteuert und ohne diese sinnlosen Zwischenhändler aus einem Nachbarland, ist schon klar."

„Du sagst ja selbst, dass er dir schmeckt..."

Die Beamten nickten und Hinterwinkler wies darauf hin, dass die Etiketten *„Traditionell Bayrisch"* und *„Aus der Region – der Natur wegen!"* dabei möglicherweise einen komischen Beigeschmack bekämen. Mal von Fragen der Lebensmittelkontrolle abgesehen.

„Sind halt nach bayrischen Rezepten hergestellt...", gab die Wirtin kleinlaut zurück.

„Lass mal Nägel mit Köpfen machen", erklärte Oberhuber, als Burga zwei Bier servierte und dabei die Chefin fragte, ob sie auch etwas trinken wollte. Die Chefin wollte gerade nicht und Oberhuber nickte der rothaarigen neuen Bedienung freundlich zu und sie verabschiedete sich wieder.

„Bea ... als die Agata verschwunden ist, bist du zu uns

gekommen. Reichlich früh. Da hast du doch schon gewusst, dass da was am Köcheln war, richtig?“

„Ehrlich gesagt nicht. Ich war einfach so nervös. Die war wirklich eine akribische Frau. Ihr wisst ja, was man so über die Polen erzählt. Das traf für sie alles ned zu. Die war deutscher als die meisten von hier! Deswegen habe ich mir Sorgen gemacht.“

„Und der Suttlinger ... hat der sich nicht gewundert, als du deine Bestellungen reduziert hast?“

„Ich hab das Stück für Stück gemacht.“

„Aber irgendwann dann ...“ Hinterwinkler ließ den Satz sehr offen stehen. „...irgendwann dann kam der Vertriebskerl von ihm natürlich vorbei. Der hat viel gefragt, meine Zahlen angezweifelt. Und schließlich habe ich ihm erklärt, dass er kein Monopol hat.“

„Von wie viel Geld reden wir da?“

„Fleischgeld ist mittlerweile fast die Nummer eins in meiner Rechnung.“

„Aber hier in der Gegend bekommst du den Käs‘ nicht billiger, nehm‘ ich an?“

„Wenn's gut sein soll, ned. Und einige andere Metzger haben auch einfach Angst vorm Suttlinger.“

„Angst? Wieso? Hat der irgendwelche Schlägertruppen?“

„Ach ... das braucht der nicht. Wenn hier ein anderer Metzger in den letzten Jahren einen großen Vertrag mit einer Wirtschaft abgeschlossen hat, dann kamen da plötzlich die Hygiene-Typen vorbei. Dann hörte man schlimme Gerüchte und solche Sachen. Dem Suttlinger nachweisen kannst‘ des fei ned...“

„Aber du hast dich das getraut?“

„Ich hab da eher auf die Masse gesetzt. Ein paar andere stehen auch unter Druck und wollen auch Wettbewerb und Alternativen...“

„Wer denn?“

„Der Schalking hat's wollen. Der Schachtinger oben von der Alm auch. Die Leute am Freibad haben den Suttlinger satt. Ja ... da wäre schon was zusammengekommen.“

„Wie wolltet ihr das organisieren? Du kannst doch den Leuten hier nicht im großen Stil polnisches Fleisch anbieten!“

„Nein – das war nur so eine … Übergangssache. Ich wollte einen zuverlässigen Lieferanten haben, mich einen Moment lang unabhängig machen. Die anderen sollten mitmachen. Ein lokaler Metzger wäre da nicht mitgegangen. Und dann hätten wir entweder mit dem Suttlinger neu verhandelt oder mit einem anderen. Wenn nur ein oder zwei abweichen, dann passiert das, was ich vorhergesagt hab.“

„Wer wusste davon? Wusste der Taufing das?“

„Der Taufing war doch mit seinen Spekulationen um den Vergnügungspark beschäftigt.“

Beide Beamte zuckten förmlich zurück. „Seine Spekulationen? Was war denn da…“

„Jetzt kommt … des wisst ihr nicht? Das kauf ich euch ned ab.“ Sie lehnte sich leicht zurück und schaute beide ungläubig an.

Oberhuber stellte sein Bier ab. „Der wollt einen Vergnügungspark auf der Bertramswiese bauen?“, kombinierte er mutig.

„Na – freilich!“

Oberhuber atmete aus. Er hatte Taufing in seiner Rechnung mit drin gehabt. Wenn auch anders. Jetzt würde er neu überlegen müssen.

„Meint ihr jetzt … dass die Agata wegen der Fleischgeschäfte gestorben ist?“

„Nein. Zumindest nicht ursächlich. Erschrocken wird sie sich haben.“

„Sag – wie gut kennst‘ den Suttlinger, Bea?“

„Gar nicht gut, wenn ich ehrlich sein soll. Ich kenne nur viele von seinen Leuten.“

„Sein Vertriebsmann hier für die Region – ist das zufällig ein Russe?“

„Was?“ Sie schüttelte energisch den Kopf. „Naa… der Kruzlinger Gerd ist aus Traunstein, wenn ich mich recht erinner‘.“

„Ich hatte es mir beinahe gedacht. Sonst irgendeinen Russen in dem Umfeld? Lieferfahrer oder so?“

„Ja … da gibt es wohl einen. Vielleicht ist der aber auch eher Tscheche oder so. Vollkommen unaussprechlicher Name. Den vergisst du schon, während du ihn noch liest."

„Okay – eins noch: War Simon Leitwanger bei eurer Verschwörung auch dabei?"

„Nein. Der ist mit dem Suttlinger hier aus dem Ort zur Schule gegangen. Die waren doch beide auf diesem Internat."

„Au wei…", murmelte Hinterwinkler. „Solche Bande zerschneidest ned so leicht."

Hirn & Herz

Anna hatte das Einsatzfahrzeug grenzlegal an der Lieferrampe der Krankenhausküche abgestellt und einen kritischen Blick eines Angestellten weggelächelt.
Rasch hatten sie sich beiden Beamten auf die Station begeben, um nach Ingo Wenzlick zu sehen.

Dort hatte sie die anwesende Stationsschwester entsetzt angestarrt. „Wie können sie das denn wissen? Habt ihr hier Kameras oder was? Der ist vielleicht vor fünf Minuten aufgewacht. Das war so ned geplant. Die Ärzte sind jetzt bei ihm."

Die beiden Polizisten tauschten Blicke. Das schien ihnen in der Tat unerklärlich. Aber solange es lief, stellten sie keine Fragen.

Anna rief Oberhuber an und erzählte ihm von den Neuigkeiten. Er bat sie, Berny im Krankenhaus zu lassen und sich selbst auf das Revier zu begeben.

„Wir werden heut' noch ein paar Leut' verhören müssen, da bin ich mir sicher."

„Sollen wir ... Herrn Steingassinger verständigen?", erkundigte Anna sich formal korrekt.

Oberhuber machte eine lange Pause. Im Hintergrund hörte man Biergarten-Geräusche. „Noch ned."

Die Gästewelle

Auf der Rückfahrt ins Revier waren die beiden Kommissare angespannt. Vieles zeigte jetzt wieder auf eine andere Geschichte. Und in der mussten sie ebenso weiterkommen, bevor das Chaos der „Gäste“ über sie hereinbrach. Dass es in ihrem Heimatort einen Brotzeit-Krieg gab, hatten sie nicht geahnt.

„Den Russen – glauben wir den?“

„Nein“, erklärte Hinterwinkler nachdrücklich. „Den halte ich für Blödsinn. Der Simon hat Angst vor was anderem.“

„Und wir wissen nicht, wie wir ihn von dieser Angst befreien können.“

„Ich zumindest ned.“

„Ganz ehrlich: Ich glaub‘, ich hab‘ ein recht klares Bild davon im Kopf, was hier vorgegangen ist. Und da spielt diese Sindy sicher auch eine Rolle.“

„Ganz sicher. Aber was hat des mit dem Simon zu tun?“

„Mein Verdacht – aber das ist noch ein Verdacht – die ist hier rumgelaufen und hat irgendeine Trickserei abgezogen, bei der sie die Leute glauben lassen hat, dass sie darüber bestimmen kann, was aus der Bertramswiese wird.“

„Und was für eine Trickserei wäre das?“

„Das weiß ich auch nicht. Das ist mir aber im Moment auch egal. Die Frage ist doch: Wem hat sie das alles erzählt? Hat sie das auch dem Simon erzählt?“

„Was sollte der da wollen?“

„Investieren, wie man so schön sagt.“

„Kilian, jetzt verlierst‘ mich aber grad. Wie soll denn das jetzt mit der Ermordung der Polin zusammenhängen? Die ja nicht mal ermordet wurde, wie es aussieht. Sondern geherzinfarktet...“

„Das weiß ich auch noch nicht. Aber die beiden Frauen wohnen scheinbar zusammen. Die kennen sich. Da muss doch eine Verbindung bestehen. Und tot sind sie auch beide.“

„Als ich den Simon befragt hab. Zu der ersten Toten. Da hat er mir erzählt, dass er an dem Tag einkaufen war. Das geht mir jetzt erst so richtig durch den Kopf. Ich hab das nicht aufgeschrieben. Aber ich bin mir sicher, dass er beim Gallinger Bauern war und dass er auch Fleisch gekauft hat."

„Na und?"

„Na – einer wie der geht doch nicht zum Metzger und kauft Fleisch, oder? Das bekommt der von den Mengen gar nicht hin. Der wird beliefert. Und auch die Zeiten, die er genannt hat. Die stimmen einfach nicht. Das hat alles ned so richtig gepasst. Die ganze Aussage war totaler Schwachsinn und ich hab dem kein Wort ned geglaubt. Ich versteh auch eins nicht: Wieso erzählt der so viel über den gigantischen Hund, wenn er beim Gallinger einkauft? Dann kennt er den Hund doch. Der Gallinger sperrt doch nicht den Hund weg, nur weil einer a paar Karotten und zwei Sack Zwiebeln im Hofladen kaufen will."

„Das stimmt. Das ist eigenartig. Aber vielleicht hat er sich auch nur so vor dem Hund erschrocken, weil die Umgebung nicht stimmte, oder?"

„Wie meinst' das?"

Hinterwinkler konzentrierte sich. „Der Huber hat gesagt, dass es schon dunkel geworden war. Er ist ja wieder runter zum Auto, hat sein Gewehr geholt und ist dem Hund hinterher. Aber er hat ihn im dunklen Wald nicht mehr gefunden."

„Ja – und?"

„Jetzt fährst' am hellichten Tag zum Gallinger raus. Du weißt, dass du den riesigen Arno triffst. Du bist darauf vorbereitet. Hast vielleicht ein Würstel für ihn dabei oder so. Das ist was anderes, wie den Hund unerwartet im Wald zu sehen, wenn es schon halb dunkel ist und du zu allem Überfluss was Verbotenes machst, oder?"

Kilian nickte. „Da hast du recht. Da würde ich mich auch erschrecken."

„Wie waren wir darauf gekommen?"

„Ich hatte überlegt, ob ich ihn irgendwie mit der ersten Toten in Verbindung bringen könnte. Ist mir ned gelungen."

„Aber das weiß er ja nicht."

„Wie meinst du das?"

„Wir könnten es mal versuchen. Vielleicht erzählt er uns ja doch was ohne seinen Anwalt. Schließlich haben wir eine völlig neue Situation: Der Ingo ist aufgewacht, oder?"

„Und das ändert was?"

„Das wissen wir nicht. Aber vielleicht weiß er es?"

Oberhuber nickte. „Sag mir mal eins – und des moin I ned blöd."

„Was?"

„Der Simon – ich hatte immer den Verdacht, dass der schwul ist, oder?"

„Im Ernst? Der Simon? Wieso das jetzt?"

„Na ja … also eigentlich … der hat keine Frau, der hat diese unglaublich gepflegten Fingernägel und die gebügelten Hemden, die…"

„Kili! Jetzt bist' aber gerade in allen Klischees dahoam!"

„Des weiß ich selbst! Deshalb ärgert es mich ja so. Ich habe keinen guten Grund. Ich hab' das nur immer ganz selbstverständlich angenommen."

Hinterwinkler dachte nach. Seinethalben konnte in Bad Grassache jeder ins Bett gehen, mit wem er wollte. Natürlich, solange das nicht seine Frau oder seine Tochter einschloss. Und nach all den Jahren war er sicher, dass Oberhuber das ebenso sah.

„Und wie bekommst' jetzt von dem Thema den Bogen zu unserem Fall?"

„Wenn dir das eben schon zu klischeehaft war – mein Bogen wäre noch viel schlimmer."

„Jetzt machst' mi' aber gewundrig."

Eine halbe Stunde später versuchten sie ihr Glück noch einmal bei Simon. Tatsächlich erzählte er noch ein paar Kleinigkeiten. Spannender wurde es nicht. Seine Überstellung in die Untersuchungshaft wurde in der Zwischenzeit für den Folgetag genehmigt und Oberhuber und Hinterwinkler hatten jede Menge mit Papierkram zu tun.

Die Digitalisierung der Verwaltung, für die sich der bajuwarische Freistaat gerne mit weißblauem Selbstbewusstsein lobte, hatte die Papierflut in den Computer verlagert. Reduziert hatte sie nix.

Kilian führte ein paar Telefonate, während Berny sich nach der kurzen Nacht abmeldete. An Ingo hatten sie ihn im Krankenhaus nicht herangelassen und die Ärztin hatte klar gemacht: Dieses Aufwachen war nicht so gut, wie es klang.

Dennoch hatte sich eine eigenartige Begebenheit ergeben: Die Ärztin hatte Bernhard Wolfinger mit auf den Weg gegeben, dass Ingo Wenzlick scheinbar Erinnerungsfetzen hatte, die er wirr vor sich hingeplappert hatte. Und einer war „Stürzt die da herunter!". Das half nicht viel, ebenso wenig wie der Fetzen „...auf sie drauf!", der alles bedeuten konnte. Aber es schien Berny zumindest zu sagen: Als die Frau in die Schlucht gefallen war, war Ingo dabei gewesen.

Die Ärztin hatte langweilig referiert, dass das theoretisch auch eine alte Erinnerung sein könne. Dann hatten sie ihn wieder schlafen gelegt.

Anna fuhr raus zur Klinik, holte Berny ab und beide fuhren heim. Sie verabredeten sich, am Folgetag um sieben auf dem Revier zu sein, um in den Einwurfschacht für Geldbomben zu schauen. Das würde spannend werden.

Stur & gschaftlhubrig?

Als Hinterwinkler die Station verließ, telefonierte Oberhuber immer noch.

Er beendete das Gespräch Minuten später, als sein Schwager nicht mehr zu sehen war und vermutlich nicht mehr wegen eines vergessenen Schlüssels oder so zurückkehren würde.

Oberhuber ging zum kleinen Kühlschrank, der nicht zur offiziellen Ausstattung des Reviers gehörte, jedoch in der Ermittlungsarbeit schon oft gute Dienste geleistet hatte. Die hier nicht katalogisierten Hilfsmittel hörten auf klangvolle Namen wie „Woiking Bräu" oder „Bad Grassacher Edelweizen".

Er öffnete zwei Flaschen Woiking Bräu vom Typ 330. Die neue, etwas jugendlicher angehauchte Serie, die sich bei der Generation seiner Tochter mit dem schwarzen, hippen Logo, der dunklen kleinen Flasche und der schrill ausgefranste Courier-Aufschrift gehobener Party-Beliebtheit erfreute.

Augenblicke später trat Oberhuber in den ehemaligen Tresorraum. Simon saß nachdenklich auf seiner Pritsche und schien sich über den Besuch und das Bier zu freuen.

Oberhuber setzte sich auf den kleinen Tisch, der im Boden verschraubt war. Mehr Miami Vice bekam man in Grassach nicht. Sie prosteten einander zu und Oberhuber erklärte. „Die anderen sind jetzt alle weg."

Simon blickte ihn erstaunt an und Oberhuber merkte jetzt selbst, dass dieser Satz einen unbeabsichtigt bedrohlichen Klang gehabt hatte. „Ich mein: Was wir jetzt reden, hört keiner und wird auch nirgends aufgezeichnet, okay?"

Simons Körperspannung sank. Er schien regelrecht kleiner zu werden und freute sich nicht auf das, was jetzt kam. Oberhuber hatte den Einstieg versaut. Im Grunde hatte sein Plan anders ausgesehen. Jetzt aber wusste er: Den Knaben mit seinen präzise gepflegten Fingernägeln musste er genau jetzt am Laufen halten, sonst ging es schief.

Also wählte er den Frontalangriff, der ihm keine Zeit zum Denken lassen würde.

„Simon – wir kennen uns … seit … weiß ned. Kurz, nachdem du auf der Welt bist, oder?“

„Sicher. Jeder hier kennt dich.“

„Hattest du bei mir je das Gefühl, dass ich … altertümliche Vorurteile habe oder solche Sachen?“

„Du … wie meinst‘ des?“, erkundigte er sich mit vorsichtigem Misstrauen.

„So … grundlegend.“

Er dachte einen Moment nach und wirkte desorientiert. „Hab da bisher ned drüber nach‘dacht.“

Oberhuber überwand sich, schaute auf den kleinen Zettel in seiner Hand. Er nahm noch einen Schluck Bier. Dann tat er etwas, was ihn reichlich Überwindung kostete. „Okay … ich sag mal folgende Namen. Johannes Hölldobler, Marius Burkhard, Attila Kernbichl.“

Aus dem Augenwinkel hatte Oberhuber beobachtet, dass Simon bei jedem Namen gezuckt hatte. Bei jedem Einzelnen. Wie unter Schmerzen.

„Woher hast‘ die?“

„Ist das wirklich wichtig?“

„Dann sagst‘ als Nächstes sicher Frank …“ Er stockte.

„Ich würde den lieber von dir hören“, erklärte Oberhuber. Schon deshalb, weil er keinen Frank auf seiner Liste hatte und nicht ausgerechnet jetzt blöd aussehen wollte.

„Frank Perlinger. In Gottes Namen, jetzt ist’s raus.“

„Und Frank und du … ihr habt euch am Sonntag…?“, versuchte Oberhuber. Er hatte eine Idee. Die war wirklich frech und gemein. Eigentlich eine Unterstellung böswilligster Art. Er wollte die nicht aussprechen müssen. Aber sie passte perfekt in das hässliche Klischee-Bild, das in seinem Kopf entstanden war.

„Ja, Perlinger und ich … wir waren da in den Büschen, wenn du so willst.“

„Okay – und dann?“

„Dann kamen plötzlich der Junge von der Gemeinderätin und … der andere Kerl.“

Oberhuber registrierte, dass diesmal kein Russe benannt

worden war. Er würde da jetzt nicht drauf herumreiten. „Und dann ... haben die euch gesehen?“

„Nein! Um Himmelswillen. Alles, nur das nicht.“ Sein Gesicht war aufgewühlt, er hielt die 330er Flasche verbissen fest. „Aber ich hab mitbekommen, was passiert ist.“ Erstaunt trafen seine Augen aufgerissen auf Oberhubers Blick. „Ja, sag, Kilian – soll ich die Frau denn etwa da liegen lassen?“

„Du bist also hin?“

„Ja – na sicher. Ich hab mich rasch angezogen. Frank ist im Gebüsch geblieben. Ich bin raus. Die beiden Jungs standen da rum wie die Ölgötzen! Keiner hat sich gerührt. Also bin ich runter zu ihr, hab nach dem Puls gefühlt und so.“

„Und dann?“

„Na – dann kam der verfluchte Huber vorbei. Der hat mich angesprochen. Der kennt mich doch! Da kann ich ja später schlecht behaupten, ich sei ned da gewesen, oder?“

Sein Ton war jetzt anklagend, beinahe fühlte Oberhuber sich von ihm für das Auftauchen von Huber beschuldigt. Er ließ es geschehen. Das war keine einfache Situation für Simon. Hier ging es um seine komplette Lebenslüge.

„Also hast du lieber die ganze Schuld auf dich genommen?“

„Mich hatte er gesehen...“

Oberhuber nickte nachdenklich. „Und dann? Ich bekomme das noch nicht zusammen. Du gibst Alexander Hirschegger 300 Euro, dann...“

„Nein – ich habe ihm kein Geld gegeben!“

„Er hatte die 300 Euro – die haben wir sichergestellt. Die hattest du ihm gegeben.“

„Nein, wo hätt‘ ich die denn hernehmen sollen?“, fauchte er, als sei das eine vollkommen absurde Möglichkeit.

„Ach so – das Geld hatte er vom...“

„Vom Quirin! Der hatte ihm das Geld gege...“

Es brauchte eine Sekunde, bis Simon begriff, dass sein Mund im Eifer des Gefechts den Namen des dritten Mannes preisgegeben hatte. Oberhuber hatte da scheinbar eine gewisse Gabe, die richtige Gesprächsatmosphäre zu erschaffen.

Die beiden Männer starrten einander an. Oberhubers kriminalistisches Dorfverzeichnis klappte auseinander, gab einige Erinnerungen an frühere Verbrechen Preis. Nie geklärte Zusammenhänge, ewige Vermutungen. Hier schienen mehrere Schichten von Unerklärlichkeiten eine neue Ordnung erhalten zu haben.

„Simon - pass acht jetzt! Hör mir genau zu!" Er holte ausgiebig Luft, um sich zu sortieren. „Niemand muss von Frank, Attila oder Johannes erfahren. Ned von mir, wenn es im Prozess ned notwendig werden sollte. Okay?"

„Okay ... wie soll das laufen?"

„Na – wer hat das denn gehört? Du und ich und diese dicken Wände hier. Sonst niemand. Und diese Wände können schweigen. Ich sage nicht, dass ich für dich lüge oder so, verstehe das nicht falsch. Aber wenn ich ein rotes Auto mit einer schwarzen Dachbox gesehen haben, dann ist die Aussage, dass ich ein rotes Auto gesehen habe, ja nicht falsch. Und gelogen schon mal gar nicht. Da wird auch nicht das Recht gebeugt, wenn es nicht sein muss. Aber es braucht ja nicht jeder alles wissen. Ich habe genug Respekt davor, dass du das all die Jahre geheim halten konntest, ehrlich."

Simon nickte und trank die Flasche in einem entschlossenen Zug leer. „Also? Wie soll das laufen?"

„Wenn du dich jetzt gerade nach dieser kleinen Beugehaft besonnen hast und dich entschieden hast, mit zu erzählen, dass du vorbeigekommen bist und die beiden Männer gesehen hast. Und dass du mir dann auch noch ihre Namen genannt hast. Dann wär' das ja eine ganze Menge. Ich könnt' dir jetzt eigentlich nichts mehr so recht vorwerfen, wenn ich dir deine Aussage glaube."

„Okay ... so einfach tät das gehen?"

„Nein – natürlich nicht", erklärte Oberhuber, als sei es das Selbstverständlichste von der Welt. Simons Laune sank sofort wieder. Er hatte irgendwie geahnt, dass er in dem Punkt zu naiv gewesen war.

„Weißt', Simon – a paar Sachen bleiben ja komisch für mich,

gell? Und wenn ich dir jetzt glauben soll, dann brauch ich da schon ein bisserl mehr.“

Der Polizist rutschte nach vorn.

„Okay – wir haben da einmal den Quirin Taufing. Der hat ja immer überall seine Finger mit drin.“

„Is‘ erblich bei denen...“

„Genau. So – den hast du jetzt da mit dieser Polin getroffen. Und plötzlich kommst du in der Vernehmung um die Ecke mit der Geschichte über die Polin und das billige Fleisch, gell?“

„Ja... ich dachte, das wisst ihr eh?“

„Das wissen wir, freilich. Aber woher weißt du es?“

„Na, komm, ... Kilian ... unsere Väter ... die glucken doch allweil im Stüberl rum. Die tauschen sich doch aus. Ich hab das gewusst. Wir alle haben das so ein bisschen gewusst. Die Bea Schafthauer hatte versucht, bei denen zu landen. Aber die stand auf verlorenem Posten. Als einzige Frau in dem Reigen...“

„Also haben die alle davon gewusst?“

„Ich war ned dabei – aber ich nehm‘s an. Wenn ich‘s gewusst habe, dann doch die anderen erst recht.“

„Also ein offenes Geheimnis wie die Bertramswiese?“ Oberhuber hatte geschossen, ohne zu zielen. War nur ein Versuch.

„Die Vogelscheuchensache?“

„Hm ... die – und die Wiese soll ja wohl eine neue Verwendung finden.“

„Ach so. Des.“

„Hattest‘ damit auch zu tun?“

„Da war so a spinnerte junge Sächsin bei uns, ja. Aber für uns war da nix zu holen.“

„Für die anderen aber?“

„Ja ... ich denke, dass doch da jetzt ein neuer Schlachtbetrieb hinkommt oder so?“

„Nicht etwa ein Vergnügungspark?“

„Davon weiß ich nix.“

„Ein Schlachtbetrieb? Vom Suttlinger etwa?“

„Ich wüsst‘ ned, wer da sonst ... bevor wer anders...“

„Bad Grassach ist ein verdammtes Kaff", dachte Oberhuber, sagte aber nichts. Sein Hirn kreiselte schier schwindlig umher.

„Was hat der Quirin in dem Bild verloren? Denen kann das Fleisch doch egal sein, oder? Warum würde der die Polin erschrecken wollen?"

„Das ... hatt' ich nur angenommen. Ich meine: Erschrecken wollten sie die, das haben mir beide sofort gesagt. Also hatte ich angenommen, dass das wegen dieser Fleisch-Geschichte gewesen wär."

„Das gibt eigentlich nicht viel Sinn, wenn du mich fragst. Nicht beim Quirin."

„Mei ... vielleicht hatte der Suttlinger gesagt ‚entweder ihr bekommt das mit der Polin in den Griff oder ihr könnt euch einen neuen Sponsor fürs Adelgundenfest suchen' oder so. Da kommt der eine oder andere vielleicht scho' ins Grübeln. Ob Woiking Bräu da sofort zur Seite springt, ist ungewiss."

„Könnt sein." Oberhuber erhob sich. „Ganz durch sind wir noch nicht."

„Schon klar."

„Aber ich tät sagen, die Untersuchungshaft sag ich ab."

„Hm... ich würde aber ganz gerne die Nacht über hierbleiben."

„Klar ... warum?"

„Damit mir die Leute glauben, dass ich *knallhart* nichts gesagt hab."

Oberhuber lachte. So machte sich jeder seine eigene Wahrheit in Bad Grassach.

„Meinethalben gern. Morgen früh a Brezn?"

„Immer."

„Dann schlaf gut. Und den roten Knopf da ... nur drücken, wenn du es wirklich ernst meinst, gell?"

„Sicher."

Oberhuber griff die zweite Flasche, verabschiedete sich und stand schon an der Tür, als Simon sich noch einmal räusperte. „Kilian?"

„Hm?"

„Wie bist du auf die Jungs gekommen. Johannes ... das ist doch ewig her."

„Ein paar kleine Tricks musst du mir schon lassen", grinste Oberhuber und freute sich, dass Internate die Melderegister bedienen mussten.

Frühe Frühschicht, Hauptgewinn

Die Wanduhr zeigte 06:49, als Anna die hintere Tür zur Wache öffnete. Sie hatte die Erste sein wollen und sie hatte es geschafft. Gleich würde sie den Schacht mit den Geldbomben öffnen und erfahren, ob der Schalking...

Ihr Gesicht fror ein, als sie Hinterwinkler sah, der sich auf den großen Tisch stützte. Vor ihm lagen scheinbar mehrere Kilo Geldscheine auf dem Tisch.

Er war blass, als er sie anschaute. „Ich hatt' so mit 20.000 gerechnet. Vielleicht auch 30.000 oder so....", stammelte der große Polizist.

„Und das sind?"

„Hab es nur grob gezählt. So 130.000 bis 150.000 werden das sein, denke ich."

„Wassssss?"

Erneut verfingen sich die Blicke der beiden in den schier unendlichen Mengen von Scheinen. Für 150.000 Euro hatte man in Woiking vor 10 Jahren noch kleinere Häuser kaufen können.

Annas Herz pochte. „Mit so ein bisserl Fleischkäse kann die doch unmöglich 150.000 .... wie soll denn das gehen?"

„Ich hab gedacht, ob das vielleicht das Geld für eine größere Lieferung ist. Aber selbst dann. Wenn ich hochrechne, was so ein Kilo Fleisch kostet ... hundertfuchzichtausend... das ist mehr Fleisch, als ganz Grassach verdrücken kann, wenn das nicht gerade vergoldeter Fleischkäse ist."

„Und die waren in dieser vermoderten Plastiktüte?"

„Ja."

„Sind wir sicher, dass die Tüte da unten nicht schon seit Jahren liegen? Vielleicht gehört die noch der Bank?"

Hinterwinkler grinste und zeigte ihr einen kleinen handgeschriebenen Zettel mit den Worten „Den Thumbichl müsst ihr nicht mehr fragen."

Sie nickte leicht apathisch. Ganz ernst war ihre Bemerkung ohnehin nicht gemeint. „Okay – schätze, das macht die Scheine zu dem gesuchten Geld."

„Denk ich auch. Hätte nicht gedacht, dass der Trottel so etwas dazulegt. Ein Grafologe und er wäre im Eimer."

„Stimmt. Aber der hat halt noch Vertrauen in Staatsbedienstete", grinste sie.

„Außer in den Kili vielleicht."

Wie auf Kommando trat Oberhuber durch die hintere Tür und zeigte Augenblicke später eine ähnliche Reaktion wie Anna Heigl, wenn auch nicht ganz so ausgeprägt. Er schien innerlich zu grinsen.

„Ich hatt' schon geahnt, dass es da ned um drei Mark fuffzig geht."

Er schüttelte den Kopf und blickte zu Hinterwinkler. „Und die auf der Bank haben dir gesagt, es hätt' keine größeren Barabhebungen gegeben?"

„Entweder vertrauen die mir nicht mehr oder das ist Geld aus einem Überfall oder so. Mit einem Leberkäs' hat sie das sicher ned verdient."

„Das denke ich auch. Ich würde sagen: Heute ist es soweit und wir sprechen noch einmal mit ein paar Leuten. Aber erst einmal bringe ich dem Simon eine Brezel. Ihr könnt euch auch welche nehmen."

Hinterwinkler zögerte nicht lange. Er war weit früher aufgestanden als sonst und hatte das Frühstück übersprungen. Die Entscheidung zwischen Butterbrezn und Schnittlauchbrezn fiel ihm bemerkenswert leicht.

Während er herzhaft kaute, registrierte er zwei leere Bierflaschen in der Küche, die da gestern Abend noch nicht gestanden hatten. Als Kilian wieder oben war, erklärte er: „Hab gestern noch mal mit Simon gesprochen. Die Sache sieht ein wenig anders aus. Wir wissen jetzt, wer der dritte Mann ist. Insofern könnt' 'mer ihm die Haft erst einmal ersparen."

„Oha – und da hat des Bier geholfen?"

„A bisserl", grinste Oberhuber. „Und a paar Anrufe. Ist ja am langen End' auch gleich. Aber jetzt ratet mal, wer der dritte Mann war. Kleiner Tipp: Aus Moskau kam er nicht."

„Einer von hier?"

„Ja. *Allerdings!*“, betonte Oberhuber nachdrücklich.

Die beiden Kollegen dachten angestrengt nach. Kilian lächelte innerlich. Es würde ihnen genauso gehen wie ihm. Zumindest Hinterwinkler, der die Verbindungen im Ort ebenso gut kannte, wie Oberhuber.

„Wenn du so fragst ... dann ist es ein Promi. Ohne, dass ich es begreifen tät: der Wurzinger?“

„Na. Und du, Anna?“

„Ich hätte auch an einen Promi gedacht. Und auch hier – ohne, dass ich es verstehe – der Taufing? Also: der junge.“

„Anna! 100 Punkte. Der ist der dritte Mann. Insofern sag‘ ich mal: Den könnten wir uns eigentlich mal schnappen.“

„Vorwurf?“

„Wir denken, dass er die Polin ganz schlimm zu Tode erschrecken wollte. Und ich hätte gerne seine Fingerabdrücke – denn der Loibl hat ein paar stramme Abdrücke an der Vogelscheuche ihrem Rückgrat gefunden.“

„Dann tät ich sagen: Den schnapp ich mir selbst“, erklärte Hinterwinkler, griff sich seinen Autoschlüssel und ging nach hinten, wo ihm gerade Berny entgegenkam. „Hunderfuchzichtausend“, erklärte er ihm im Vorbeigehen. Dann setzte er hinterher: „Magst mitkommen, den Quirin verhaften?“

„Au ja – weg’n woas?“

Zufallskollision?

Erstaunlicherweise ging über eine Stunde ins Land, bevor Quirin Taufing auf der Wache eintraf. Freundlich aber bestimmt von Berny vor sich her eskortiert. Das wollte niemand erleben. Bernie hatte Schuhgröße 47. Wer vor ihm zu langsam lief, spürte das rasch, schmerzhaft und nachhaltig.

Er bugsierte ihn in das ehemalige Konferenzzimmer des Vorstandes und schnappte sich anschließend eine Brezel. Während er die kaute, erklärte er. „Hinterwinkler ist noch einmal los nach Unterbichl."

„Wieso das?"

„Er meinte, es würde helfen, wenn wir Alexander Hirschegger auch hier hätten."

„Oh – guter Punkt. Und der muss sich ja ohnehin einmal am Tag bei uns melden. Wollen wir nur hoffen, dass er nicht gleich seine Mutter mit anschleppt oder so."

„Alles, nur das ned..."

Die erste Vernehmung des jungen Taufing gestaltete sich schwierig. Kilian schaute eine ganze Zeit durch die Scheibe auf den jungen Mann in seiner gewohnt hochwertigen Trachtenkleidung.

Ihm ging durch den Kopf, dass man in einer royaleren Gesellschaft einen Taufing nicht einmal auf die Station holen dürfte. Im Selbstverständnis der Taufings waren sie keine Gleichen unter Gleichen.

Kilian wollte nicht zu Ende denken, dass es auch hier im normalen bayerischen Recht nicht ganz sauber war, Taufing einfach so abzuholen. Aber da würde er sich im Zweifel schon etwas zurechtlegen.

Für einen kurzen Moment erwog er, Steingassinger zu informieren. Dann beschloss er, die erste Runde des Gespräches abzuwarten. Dann konnte er den Staatsanwalt immer noch informieren.

Er konnte nur beten, dass Simon ihn nicht im ersten Rausch des gestrigen Abends einen falschen Namen genannt hatte.

Kilian machte in der ersten Runde nur den Beisitzer. Obwohl Taufing ihn zweimal gezielt ansprach, blieb sein Mund verschlossen und er nuckelte lange an einer Brezel, nippte dann langwierig und umständlich an einem Kaffee, den Anna an diesem Morgen gekocht hatte.

Er musste zugeben, dass der entschieden besser schmeckte als der, den er selbst zubereitete. Was war da das Geheimnis? Hexenkunst? Wenn er sie jetzt fragen würde, ob sie vielleicht den Kaffee kochen konnte ... er ahnte: Das war sicher auch in Bayern wieder diskriminierend, sexistisch oder etwas in der Art, womit er nicht rechnete. Die Welt war komplexer geworden. Er würde sich dem Thema Kaffee widmen müssen. Diesen blinden Fleck wollte er sich nicht länger leisten.

Er schüttelte den Kopf und beobachtete weiter. Es war Taufing ein Gräuel, nicht vom Chef verhört zu werden. Das war eigentlich das Mindeste! Anna war jünger und hatte den niedrigsten Rang im Raum. Selbst der ranghöhere Bernhard Wolfinger machte nur hin und wieder Anmerkungen.

Genauso hatte Kilian das geplant. So viele subtile Druckmittel hatte der gemeine Beamte nicht.

Zunächst stritt Quirin alles ab und bot seine Familie als Alibi an, die alles Mögliche bezeugen würden. Dass die das täten, glaubte Oberhuber sofort.

Das Blatt wendete sich erst, als Hinterwinkler mit Alexander Hirschegger sichtbar am Raum vorbeilief und Quirin ihn erkannte. Nun begann der, Detailfragen zu stellen. Erkundigte sich, ob er die Zeiten alle richtig verstanden hätte, und wollte zur Vorsicht doch noch seinen Kalender checken. Er müsste eventuell seine Frau anrufen, um sich zu erkundigen.

Als Hinterwinkler dann noch Simon herausführte, entspannt jovial plaudernd, wie es nur Hinterwinkler fertigbrachte, begriff Quirin, dass er geliefert war. Niemand hatte Druck ausgeübt. Aber die Stadt war klein. Sich zu weit zu verbiegen, würde er vielleicht bereuen. Vor dem Schlimmsten würde sein Vater ihn bewahren, darauf konnte er bauen.

Schließlich kippte er leicht vor. Dann erklärte er „Wer konnte denn ahnen, dass die dumme Kuh einfach stirbt?“

Oberhuber stellte seine Tasse ab. „Bitte?“

„Die is‘ umgefallen. Wegen dem blöden Köter!“

„Aber genau des wolltet ihr doch.“

„Dass die stirbt?“

„Dass sie sich erschreckt.“

„Aber doch ned so!“

„Was sollt‘ denn dann der Quatsch?“

„Die hatte halt unser Geld! Das wollten wir wieder haben.“

Anna holte Luft, Kilian stoppte sie. „Das Geld von der Bertramswiese?“

„Sicher! Wir haben der 20.000 Euro gegeben!“

„20 Tausend? Für was denn?“

„Die sollte für uns die Genehmigung für unseren Vergnügungspark beschaffen.“

„Und dann?“

„Stellt sich raus, dass die des gar ned hat können!“

„Die Polin?“, erkundigte Anna sich leicht desorientiert.

„Nein – doch nicht die! Diese ... aus’m Osten.“

„Sindy Kaltzenow?“

„Nein – Mandy hieß die. Mandy Soundso. Wochenlang ist die hier herumscharwenzelt und hat den Vater und mich glauben lassen, dass sie uns da helfen könnt‘!“

„Und das habt ihr ihr geglaubt?“

Oberhuber schüttelte nachsichtig den Kopf. „Taufing ... meine Güte – ist das dein Ernst?“

Er griff in die Ermittlungsakte und entnahm ihr die Visitenkarte, die er dem Gallinger vor ein paar Tagen abgenommen hatte.

„Hast‘ dir die mal g‘scheid durchgelesen? Bundes Land und Entwicklungsbeauftargte steht da. Zwei Fehler im Titel? Da hast du nicht mal kurz nachgedacht und dich gefragt, ob...?“

Er griff nach der Karte, schaute drauf. „Das ist doch die Karte von wem anders.“

„Nein – sie hat wohl mehrere Namen verwendet.“

„Ach du Scheiße...“

„Ich frage jetzt noch einmal: Hast du eben ernsthaft gesagt, ihr habt ihr 20.000 Euro gegeben?“

Er zuckte die Schultern. „Also ... ned so ganz direkt jetzt...“

„Dein Vater hat ihr die 20 gegeben?“

„10 er, 10 ich.“, knurrte er kleinlaut.

„Ich dachte, du machst jetzt einen auf Green Power und den ganzen Kram. Was soll dann so ein Vergnügungspark?“

„Wir hätten den ganzen Hügel mit Solarzellen beklebt und da ein Thema draus gemacht. Das Konzept hab ich mir sichern lassen. Da kommt die Energie für das ganze Vergnügungszeug am Ende direkt aus der Sonne, und es gibt einen Öko-Park, in dem die Kinder alles über Energie lernen. Der Thumbichl hätte uns Elektroautos zur Verfügung gestellt. Außerdem hätt‘ es Förderung vom Land gegeben.

So sind wir ihr am Ende auf die Schliche gekommen...“

„Wie?“

„Wir hatten uns beim Land erkundigt. Wegen ein paar Formularen. Und dann sagen die uns, dass es da gar kein förderungsfähiges Vorhaben gäbe. Und mit dem Namen der Frau wussten die auch nichts anzufangen.“

„Und dann?“

„Und dann! Und dann...! Dann stirbt die, die blöde Kuh! Ich hab gedacht, ich dreh‘ durch! Und der Vater erst. Kennt S‘ den doch!“

„So“, hakte Anna ein, die die Konstellation langsam begriffen hatte. „Und wie kommt da jetzt Agata Kowalczyk ins Spiel?“

„Na... irgendwer hat ... irgendwie rausbekommen, dass die beiden irgendwie...“

„Das ist mir bisserl viel *irgendwie*, Herr Taufing, gell?“, schnauzte Anna unerwartet. „Das geht präziser.“

„Da ... kann ich leider nicht. Ich denke, dass der Vater das wissen wird.“

„Was genau?“

„Na – wer das rausgefunden hat.“

Berny Wolfinger sah ihn gelangweilt an. „Quirin – im Ernst? Sollen wir den Schmarrn glauben? Meinst‘ ned, wir wissen, dass die beim Schalking gewohnt haben? Viel Zutrauen zu unseren

Fähigkeiten hast‘ ned, gell?“

„Kaum.“

„Dann frage ich mich allerdings, wie’s kommt, dass du jetzt grad wie a begoss’ner Pudel vor uns sitzt, oder? So ganz deppert könn‘ wir ja ned sein.“

Bernys Grinsen erreichte ungekannte Ausmaße und keiner seiner Kollegen konnte es ihm verübeln.

Der Satz sollte noch Jahre später regelmäßig in Polizeikreisen zitiert werden. Oftmals von Berny Wolfinger.

Happy?

Die vier Polizisten genossen die Sonne auf der nicht dafür zugelassenen Dachterrasse des ehemaligen Bank-Gebäudes. Berny gönnte sich ein Bier aus dem Kühlschrank. Es gehörte zu denen, bei denen das Wasser einer Wannenkühlung beim letzten Grillen die Etiketten abgelöst hatte. Niemand konnte recht sagen, ob da eine Alkohol-Angabe gestanden hatte.

Einen Grund zum Feiern gab es eigentlich in der jetzigen Situation nur eingeschränkt. Zunächst war gar nichts erledigt. Aber immerhin lagen für den Nicht-Mord an Agata Kowalczyk gute, verwertbare und bestätigte Geständnisse vor. Niemand hatte nach den Details von Simons Verhör gefragt. Auch das war gut.

Kilian hatte Steingassinger angerufen und mit ihm die nächsten Schritte besprochen. Anna hatte im Krankenhaus angerufen und erfahren, dass die Schwellung in Ingo Wenzlicks Kopf abklang. Morgen oder übermorgen würden sie ihn kontrolliert aufwecken können.

Alles in allem waren das gute Nachrichten.

Nach wie vor warnte Steingassinger vor der Meute der Gäste, die das Tal zwischen Wurlach und Klett überschwemmen würde. Seinen Angaben zufolge „packten die schon ihre Kombis voll und rüsteten sich“. Oberhuber beteuerte, diese besonderen Umstände gebührend zu berücksichtigen.

Von den 150.000 Euro hatten sie ihm noch nichts gesagt. Aber weitere Schritte angekündigt. Nach „Auswertung der Vernehmungsergebnisse und sonstiger Vorgänge“ im Zusammenhang mit den Todesfällen. Kilian konnte Steingassinger sprachlich auf Augenhöhe begegnen, wenn er es darauf anlegte.

„150 kann man nicht durch 20 teilen, ist euch das aufgefallen?“, sprach Hinterwinkler etwas Offensichtliches an, das aber auch Anna durch den Kopf ging.

„Wahrscheinlich waren es 160 und der Schalking hat sich zehn...“

„Kili…!“, wies ihn sein Kollege zurecht.

Oberhuber verschränkte die Arme und Hinterwinkler setzte seinen Gedankengang fort. „Sagen wir mal, die Sindy war ein fleißiges Lieserl und hier im Dorf gut unterwegs. Und da mein‘ ich noch ned mal, dass sie schwanger war. Davon will ich grad noch gar nichts wissen. Aber wenn sie gut unterwegs war: Wie viele Leute geben ihr 10.000 oder 20.000 Euro? Findet die 15 Leute hier in Grassach, die blöd genug sind?“

Hinterwinkler schaute in die Runde. „Was meint ihr? Findet sie?“

„Mein Problem dabei“, gab Kilian zurück, „ist, dass die 20.000 wahrscheinlich schon von der besten Quelle stammen. Sagen wir mal, sie hat den Wurzinger noch dazu bewegen können. Dann hat der ihr vielleicht auch so viel gegeben. Aber die anderen?“

„Wie kann der Wurzinger eigentlich mit so ein paar Glaserl Mostrich so steinreich werden?“

„Weißt du, für welche Mahlzeit es im Deutschen die meisten Wörter gibt?“

„Nein, für welche?“

„Für Zwischenmahlzeiten. Brotzeit, Jause, Nachtessen, das Gabelfrühstück, die Marende, Vesper, Zwipf, das Znüni“, führte Oberhuber aus. „Und bei denen ist er mit seinem Senf immer dabei. Zumindest hier im Alpenland. Eine Fantasillionen-Industrie.“

„Da ist was dran. Also hat er sicher 20.000.“

„Yep“, bestätigte Kilian. „Dann noch der Brauer. Wobei ich ned wüsst‘, was sie dem versprochen haben sollte. Aber der Wenzlick war ganz sicher auch dabei. Den Simon würde ich auch nicht ausschließen. Oder im Zweifel seinen Vater.“

„Damit er a zweite Pension baut?“

Oberhuber zuckte die Schultern halbherzig. „Zuzutrauen wäre es ihm. Und wenn das Ganze ein Neubaugebiet wird, dann kommen noch drei Bauunternehmer in Frage. Und der Kerl mit den beiden Supermärkten.“

„Also im Prinzip fallen uns da am Ende so viele ein, dass es auch reicht, wenn die jeweils nur 10.000 Euro hinlegen“, fasste Anna zusammen.

„Und hinzu kommt: Mit unserer Nachforschung bei der Bank werden wir da auch nicht ganz durchkommen, wir reden hier von ein paar Leuten, die einfach auch mal 10.000 als Tageseinnahmen herumliegen haben und solche Sachen.“

„Das ist wahr. Wie machen wir also weiter?“

„Wir müssen da anders herankommen. Sonst müssen wir für die nächsten Verhöre das komplette Kurhaus mieten und jeden befragen, der in Frage kommt.“

„Da bekommt der Steingassinger einen spontanen Infarkt.“

„Ja – aber ich hätte nicht übel Lust, zu behaupten, dass genau das unsere Ermittlungsstrategie ist“, grinste Oberhuber.

„Das kannst du exakt *einmal* machen: In dem Monat, in dem du pensioniert wirst“, erläuterte Hinterwinkler ruhig und es klang erstaunlicherweise so, als hätte er das schon exakt durchdacht.

Eine knappe Stunde später erfuhren sie, dass die Fingerabdrücke auf dem stützenden Pfahl der geschmacklosen Vogelscheuche nicht die von Simon waren. Auch nicht die von Alexander, sehr wohl aber von Quirin Taufing stammen konnten. Ganz eindeutig war das nicht, da die Abdrücke durch die Witterungsbedingungen nicht vollständig waren.

Schließlich erklärte Oberhuber, dass sie Quirin zwar verhören könnten und eben auch alle 30 weiteren möglichen Verdächtigen. Weiter brächte sie das nicht. „Ich sprech‘ mit dem alten Taufing“, erklärte er schließlich.

Hinterwinkler verzog das Gesicht. „Kili, hast‘ dir des gut überlegt? Ich mach ja einen jeden Schmarrn mit. Aber wenn‘s dir mit dem verscherzen tust. Ich meine: Ohne den gäb‘ es Bad Grassach ned. Da spielen andere Kräfte eine Rolle.“

Oberhuber atmete tief durch. Einen Moment mit Angst vor der eigenen Courage.

„Wieso sagen das hier eigentlich immer alle?“, erkundigte Anna sich.

„Dass es Bad Grassach ohne den Taufing nicht gäbe?“

„Ja."

„Weil es stimmt. Er hat sich für die Zusammenlegung der vier Gemeinden eingesetzt. Das war seine Idee. Er hat auch das Neubaugebiet durchgesetzt. Und das war clever. Bis dahin war Woiking größer als Grassach. Nach dem Neubaugebiet hat Grassach sozusagen gewonnen. Sonst wäre es jetzt vielleicht Bad Woiking", erläuterte Hinterwinkler ausgiebig und Kilian rollte die Augen. „Dann hat er sich für den Status als Kurort eingesetzt. Und seitdem läuft es hier.

Taufing kennt jeden, der im bayerischen Regierungsapparat etwas zu melden hat. Der kann dich auf ganz anderer Ebene blockieren, wenn er will. Dem schuldet jeder was. Der Brauer für den Stand auf dem Fest, der Metzger für den Zuschlag beim Catering. Denk dir was aus – und er ist mittendrin."

„Okay … das klingt dann in der Tat schwierig. Und den willst du anschießen, Kilian? Mit welchen Beweisen?"

Warum ned?

Loibls Dienst-Telefon klingelte, als er auf dem Laufband stand. Er würdigte es eines genervten Blickes, lief dann aber weiter. Es war eine lange Woche gewesen – mit zwei toten Frauen.

Er lief weiter, bis er sein privates Handy hörte. Das lag im Nebenraum und er konnte es eigentlich nur schwach hören. Da schien es aber jemand ernst zu meinen. Für eine Sekunde überlegte er, seine Trainingseinheit zu unterbrechen. Aber hatte er sich das Laufband nicht extra gekauft und den kleinen Raum geopfert, um genau das zu haben? Eine Einheit am Tag, bei der ihn niemand nervte? Einen Zeitabschnitt, der ....

„Woas?? Auf'm Festnetz? Zefix, verdammt!"

Er stoppte das Gerät, machte zehn böse Schritte durch die Wohnung und knurrte: „Wehe, wenn das ned wichtig ist, wehe!"

Er kannte die Nummer nicht, hob ab und schnaufte außer Atem „Loibl!"

„Loibl ... ein Glück, dass ich dich erwische!"

„Hinterwinkler, bist du das?"

„Ja, genau. Ich hab es schon auf deinen anderen Nummern versucht."

„Ja – und ist dir etwas aufgefallen? Ich bin nicht ran gegangen."

„Deshalb ruf ich ja auf dem Festnetz an", gab Hinterwinkler ungerührt zurück.

Loibl schnaufte kurz. Er wollte deutlicher werden, als Hinterwinkler plötzlich fragte: „Sag mal – der Embryo von der Toten..."

Loibl stöhnte. „Hm? Was ist mit dem?"

„Kann man bei dem DNA-Tests machen?"

„Sicher, wieso denn nicht?"

„Sag mal, du klingst ja völlig außer Atem. Geht's dir ned gut?"

„Mir geht es ausgezeichnet – deshalb bin ich außer Atem. Was ist mit dem Embryo jetzt?"

„Ich muss wissen, ob der eventuell DNA von einem der Bekannten hat."

„Der *Bekannten*?"

„Die, die wir wegen der Polin überführt haben. Von allen haben wir DNA-Proben. Wie schnell kann man das machen?"

„Hinterwinkler - sag mal, ist dir klar, was du da sagst? Du hast doch da keinerlei Beweise, dass..."

„Ja – noch nicht. Aber wenn die schwanger war, dann doch nicht von irgendeinem Hallodri aus Dresden. Das ist ... wenn junge Frauen tot und schwanger sind, dann hat das immer einen Zusammenhang, oder?"

„Geh, Hinterwinkler. Da sind dann aber scho' ein paar echte Promis dabei, gell?"

„Die haben viel öfter uneheliche Kinder als wir, denk ich."

Ein Haufen Blödmänner

Als Oberhuber am nächsten Morgen erwachte, wusste er ein paar Dinge mit Sicherheit. Steingassinger würde ihn sehr früh anrufen und nochmals eindringlich vor der Bedrohung durch die Touristen-Welle warnen.

Er würde den ersten Anruf wegdrücken. Einfach nur, um Steingassinger zu ärgern. Das war das eine. Er würde ihm von dem Geld erzählen müssen, auch das war sicher. Aber gegebenenfalls hob er sich das bis zu Steingassingers zweiten oder dritten Anruf auf.

Er wusste ebenso sicher, dass er nicht einfach bei Taufing Senior aufkreuzen könnte. So sicher, wie er sein mochte, dass Remigius Taufing in die Sache verwickelt war. Was auch immer genau „Die Sache" war.

Er rief die lokale News-Seite auf seinem Handy auf, blieb einen Moment im Bett liegen und las die ersten Neuigkeiten der Region. Aus der Küche hörte er Geräusche, die auf Kaffee schließen ließen. Dann wechselte er auf Blog-Grassach, die stets unterhaltsame, oft schlecht recherchierte Nachrichten lieferten, aber darüber hinaus auch eine eindeutige Quelle bei der Polizei hatten, die sie immer einmal wieder mit Neuigkeiten versorgte.

Heute wusste die Bloggerin – zumindest nahm er an, dass sie weiblich war – nichts, was er nicht schon selbst wusste. Was sie aber wusste, war, dass Simon für kurze Zeit festgenommen worden war.

Ganz schlecht informiert war sie also auch diesmal wieder nicht. Woher konnte sie das haben?

Dann erreichte ihn eine Mail von Loibl. Sie war an Hinterwinkler gerichtet, Kilian in Kopie. Sie lautete:

Vitus, Du verfluchter Drecksack!
Deinetwegen habe ich nicht schlafen können. Ich hab jetzt hier die ganze Nacht durch gerackert.

Mit einer Sicherheit von über 70% ist der Taufing der Vater.

Das ist nicht toll. Bei 70% könnte es genauso gut sein Bruder (hat der einen?) sein oder sein Vater oder ein Onkel.

Und jetzt leg ich mich schlafen.
Meine Telefone sind (alle) ausgeschaltet!

Sekunden später hörte Oberhuber „Wake me up, before..." aus seinem Telefon schrillen und drückte genervt auf grün.

„Veit, was gibt's?"

„Bist' wach?"

„Tät ich sonst sprechen?"

„Ich meinte: *Richtig* wach."

„Du meinst, ob ich dem Loibl sei' Mail gelesen hab? Hab ich, ja. Muss ich die Hintergründe verstehen?"

„Ich habe ihn gestern Abend angerufen und scheinbar hat ihm das irgendwie ... kei' Ruh' gelassen. Und das Ergebnis siehst' ja."

„Der Taufing. Oder besser einer der Taufings."

„Ein schlimmeres Ergebnis ist wirklich nur schwer vorstellbar, richtig?"

„Und vor allem: Das müssen wir eigentlich gleich dem Steingassinger erzählen. Wenn wir da in irgendeine Richtung ermitteln wollen – dann muss er das wissen. Sonst bricht es uns das Genick."

„Ich hatte gestern gedacht, dass ich es vielleicht sein lassen sollte. Was gegen den Taufing zu ermitteln."

„Ich auch, ehrlich gesagt."

„Warum hast du dann mit Loibl in die Richtung gesprochen?"

„Es hat mir keine Ruhe gelassen. Ich wollte Sicherheit. Vielleicht ned exakt diese. Jetzt müssen wir schauen, was wir damit machen."

Zwei Stunden später saßen sie auf dem Revier und kamen sich noch immer ebenso blöd vor. Der Beweis war diabolisch. Und sie beschlossen, zunächst zu überlegen, wie sie sich dem Thema anders nähern konnten.

Ein außereheliches Kind war von jeher ein ausgezeichneter Grund gewesen, die Mutter zu töten. Ein episches Motiv mit tief sitzenden historischen Wurzeln. Insofern war es umso wichtiger, zu wissen, was Ingo Wenzlick wusste. Solange der noch im Koma lag, war vieles schwierig.

Anna entwickelte die Idee, diesen Strang für den Moment beiseitezulassen. Die Schwangerschaft musste nicht mit dem Tod in Verbindung stehen. Anna schlug vor, all jene Leute abzuklappern, die potentiell 10.000 oder 20.000 Euro Verlust in dem eigenartigen Spiel erlitten hatten.

Kilian haderte damit. Schon wegen des zweifellos anstehenden Anrufs von Steingassinger, der die „Gäste" wie eine Naturgewalt ankündigen würde. Und „Gäste" wollten keine ungelösten Mordfälle. In dem Punkt war sich Oberhuber nicht so sicher. Seiner Erfahrung nach fanden die „Gäste" das eher spannend.

Wenn Kilian dem Staatsanwalt sagte: „Wir sprechen jetzt mit allen Industriellen des Ortes ein wenig über ihre Investments in die Bertramswiese", dann musste er kein großes Vorstellungsvermögen aufbringen. Er konnte den Schrei vor seinem geistigen Ohr in einer detaillierten Modulation hören. Die dann folgenden Sätze Steingassingers konnte Oberhuber fehlerfrei voraussagen.

Dennoch schien es ihm besser, als platt zu einem der beiden Taufings zu latschen. Jeder erdenkliche Ermittlungsfehler konnte da drinstecken: strategische, taktische und operative.

Der Alte könnte den Jungen decken. Der Junge den Alten. Die könnten ausrasten und andere Beteiligte beeinflussen. Den Ingo etwa, sobald der wieder unter den Sprechenden weilte. Es konnte zu unnötigen Aufschreien bei Ehefrauen kommen. Die Liste war schier unendlich.

Schließlich stimmte Oberhuber widerwillig zu. „Wir machen Teams. Anna mit mir und Veit mit Berny. Lass uns einen Schlachtplan machen, wer in welcher Reihenfolge damit loslegt."

Innerlich schüttelte er den Kopf. Es war ein Fehler gewesen, so viele Polizisten in den Urlaub zu schicken.

Am späten Vormittag setzte Regen ein. Sie trafen sich im Al Dente in Unterbichl. Eine kleine und günstige Pizzeria, die Kilian schon deshalb vorgeschlagen hatte, weil sie jeden Tag nur drei Pizza-Sorten und drei Nudelgerichte anbot. Das gestaltete die Auswahl für den Kollegen Hinterwinkler bemerkenswert überschaubar.

Als Anna und er eintrafen, schwankte Vitus gerade bedenklich zwischen der „Speciale“ und der „Quattro Stagioni“, was ungefähr im Erwartungsspielraum lag. Kilian warf einen kurzen Blick auf die Karte und entschied sich innerhalb von Sekunden für Maccheroni al Forno, Anna für eine Krabbenpizza.

Berny hatte sich offenbar schon vor mehreren Minuten entschieden. So unter Druck gesetzt, wählte Hinterwinkler eine Lasagne.

Bernhard Wolfinger beugte sich verschwörerisch vor. „Okay – wir haben 40.000 zusammen. Und ihr?“

Anna lächelte hintergründig. „40.000? Mehr habt ihr nicht?“

„Jetzt sag bloß…?“

„Wir haben 60.000, erklärte sie. Was am Ende auch nicht so viel besser ist. Damit hätten wir 100.000 plus 20.000 von den Taufings – da wäre schon noch was offen.“

„Haben die Leute das einfach so zugegeben?“

„Was heißt schon *einfach so*? Am leichtesten war es beim Wurzinger, denke ich. Der hat keine Sekunde gezuckt. 20.000 hat er ihr gegeben. Und wir hatten den Eindruck, der hätte ihr auch noch ganz andere Sachen gegeben.“

Kilian wollte diesen berechtigten Eindruck nicht vertiefen.

„Schoch und Kaltbrunner haben nach dem ersten Gespräch 20 Scheine rausgelegt“, erläuterte Oberhuber die Situation, die sie beim größten Bauunternehmer der Region erlebt hatten. „Die haben uns begrüßt mit *'Wir haben uns schon gefragt, wann ihr auftaucht'* – die hatten da gar keine Berührungsängste. Kaltbrunner hat ganz klar gesagt, dass er bei den Aussichten auch mehr gezahlt hätte. Er hat das kurz umgerechnet in Industriegebäude, Ausschachtungen und Wohnhäuser. Da wird dir schwindlig.“

„Sollte der Bertram sich tatsächlich mal entscheiden, die Wiese zu verscherbeln“, ergänzte Anna Heigl, „ist hier die Hölle los. Das war mir nicht so klar, wer da alles mitverdienen würde.“

„Kaltbrunner hat uns noch jemanden genannt. Die Familie

von diesem Tapezier & Trocknungs-Laden. Die haben scheinbar 10.000 gezahlt. Die haben wir aber vorher nicht erwischt – die waren unterwegs. Ist also keine gesicherte Erkenntnis."

„Das bedeutet in Summe: Praktisch jeder im Ort, der mehr als dreifuffzig auf dem Konto hat, hatte gute Gründe, auf die Frau stinksauer zu sein."

„Danach sieht es aus."

Die vier schwiegen eine ganze Zeit.

„Ihr kennt euch hier besser aus", knüpfte Anna Heigl nach einiger Zeit an, „aber eins verstehe ich an der Sache nicht. Fehlt bei der Clique nicht eigentlich Gaby Hirschegger?"

„Die ... hatten wir nicht auf der Liste, das stimmt", bestätigte Hinterwinkler. „Auf der anderen Seite glaube ich an die nicht. Die ist bei solchen Sachen bislang immer sauber geblieben. Außerdem ist die am Ende des Tages eine Frau der Verwaltung."

„Wie meinst' des?"

„Er meint", erklärte Kilian, „dass sie über die falsche Visitenkarte so derartig gestolpert wäre. Die ist praktisch die Einzige, die das so richtig im Blut hat. Die ist nicht Gemeinderätin, weil sie sich hochgeschlafen hat, sondern weil sie eine Verwaltungsfachkraft im besten Sinne ist. Klar hängt die mit den ganzen Jungs rum. Aber als damals der alte Taufing den Posten verloren hat, haben sie die Gaby aus gutem Grund auf seinen Posten gesetzt: zum Aufräumen."

„Also nehmen wir die aus der Betrachtung raus?"

Die drei Männer nickten synchron.

„Okay..."

„Aber die Gaby..."

Oberhuber hielt in seinem Gedankengang inne. Gabriela Hirschegger war diejenige gewesen, die den Fall gemeldet hatte. Warum eigentlich? Vermutlich, weil sie eine gute Freundin von Ingos Gattin Franziska Wenzlick war.

Das Essen kam und unterbrach die Polizisten in ihren Gedanken. Dennoch grübelte Oberhuber über das Tischgespräch hinweg weiter. Was störte ihn so sehr? Er tastete sich langsam wieder zum vergangenen Samstag zurück und begriff plötzlich, dass er einen ermittlungstaktischen Fehler begangen hatte, den er sich rückblickend kaum erklären konnte.

„Verdammt. Der Ingo war vom Vereinsheim aus gekommen. Wir Trottel! Wieso waren wir eigentlich nicht bei den 56ern?“

Rundleder

Oberhuber schwieg auf der gesamten Fahrt. Er konnte sich rückblickend nicht erklären, wie ihm dieser Fehler passiert war. Jeder, der einmal in seinem Leben den „Tatort“ gesehen hatte, wusste, dass man den Ort aufsuchte, an dem der Verschwundene zuletzt gesehen worden war.

Sie hatten die Teams gewechselt und Hinterwinkler begleitete ihn.

Im Gegensatz zu Oberhuber war Vitus in Woiking groß geworden. Er hatte sogar beim BSV Woiking 1956 e.V. gekickt. Wenn auch nur bis zur B-Jugend. Dann hatte er zum FC Zedersfelden gewechselt. Oberhuber hatte sich aus Fußball nie etwas gemacht.

Als sie eintrafen, trainierte eine niedrigere Mannschaft. D-Jugend, vermutete Hinterwinkler, bis er den Trainer erblickte und erklärte: „Yep, des ist die D. Das ist der Orkun.“ Er deutete auf den Trainer, den Oberhuber so vage kannte, wie man Bewohner einer Stadt dieser Größe kannte. Er hätte gewettet, dass er ihn mal kontrolliert hatte.

Sie nickten dem Trainer knapp zu und begaben sich ins Mannschaftsheim. Dem traditionellen Stil der Region verpflichtet, war dies alpenländisch geprägt und aus dicken Holzbalken gefertigt. Das Ding war bemerkenswert groß, stellte Oberhuber fest. Daneben gab es einen ansehnlichen Zweckbau, in dem die Umkleiden untergebracht waren und ein kleineres Schwimmbad, das die 56er dem Mäzen Ingo Wenzlick verdankten.

Vitus bewegte sich auf dem Gelände mit der nötigen Sicherheit, die Kilian nicht mitbrachte. Er machte sich generell nicht übermäßig viel aus Fußball. Betrachtete ihn eher als Teil des sozialen Schmierstoffs und schaute sich zumindest die wichtigen Wettkämpfe wie EM, WM an.

Zumindest, solange er dabei beobachtet wurde.

Als sie das Vereinsheim gerade betraten, hörten sie „*Wake me up, before you go-go*“ aus Oberhubers Handy, der den Ton immer noch nicht geändert hatte.

Er schnaufte. „Gottverdammich! Dieser dreckerte Klingelton!“

„Es wird echt Zeit, Kili“, murmelte Hinterwinkler und ging vor, während Kilian das erwartete Gespräch von Steingassinger entgegennahm. Der Anruf bestand aus den üblichen Floskeln, Versatzstücken von Angst vor der Politik, der Frage, was andere Leute dachten und ähnlichem Schmarrn. Oberhuber entschied, dass es Zeit für einen festen Stoß war.

„Einer von den Taufings ist der Vater“, streute er unerwartet ein.

„Woas?“

„Ja, sieht so aus.“

„Wie kommen Sie denn jetzt darauf, Oberhuber?“

„Na, selbst ermittelt hab ich es nicht. Der Loibl sagt das.“

„Jesseundmariagottverdammich deshatunsgradnochgefehlt!“

„Sie sagen S'“, stimmte Oberhuber unbestimmt zu.

„Was machen wir jetzt damit?“

Oberhuber stutzte, wie schon öfter. Die Art, wie Steingassinger das „wir“ einsetzte, zeugte schon von bemerkenswertem politischen Akrobatik-Geschick. „Erst mal abwarten“, erklärte Kilian und konnte sich sein Grinsen nicht verkneifen. Er kannte den nächsten Satz.

„Oberhuber! Abwarten tun nur die Schwachen! Die Starken handeln.“ Oberhuber machte einen Strich auf seiner inneren Bullshit-Bingo-Karte.

„Da gebe ich ihnen recht. Aber wir warten sehr strategisch ab. Wir verhören jetzt noch einmal ein paar Leute bei den 56ern.“

„Wieso das?“

„Es war Ingo Wenzlick, der die junge Frau in Richtung Irschlingkogel gebracht hat. Davor war er hier. Wir müssen *präziser verstehen*, wie das abgelaufen ist und die Leute noch einmal aktivieren...“

Wie war das? Jeder in Grassach machte sich seine eigene Wahrheit. Oberhuber biss sich auf die Lippe und erklärte dann spontan: „Oh – Kommissar Hinterwinkler winkt mir gerade. Das sieht *wichtig* aus. Ich muss los!“

„Gehen S‘ mit Gott!“

Kilian kräuselte die Stirn. Hatte der *Herr über das Verfahren* gerade tatsächlich zu geistigem Beistand und spiritueller Hilfe geraten? War es so weit?

Er folgte Vitus und tauchte ein in die Welt der kleinen Helden, die es nur in lokalen Sportvereinen gab. Die Bilder der A-Jugend bis zurück in die 80er Jahre schmückten das Mannschaftsheim. Tatsächlich erkannte Kilian im Vorbeigehen seinen Schwager auf einzelnen Bildern. Dann hielt er kurz an.

Das Mädchen dort neben dem C-Kadett – war das seine Frau? Ja – und ob die das war. Und wer war der Kerl mit der Don Johnson-Frisur neben ihr, der ihr den Arm so plump um die Schulter legte? War das der…

„Kilian?“

Oberhuber schreckte hoch „Hm?“

„Kommst‘? Ich sprech‘ hier grad mit der Babette über Freitag.“

Oberhuber kam näher und schüttelte Babette die Hand, was die offensichtlich befremdlich fand. Die Frau, die etwa im selben Alter wie die beiden Polizisten war und stark toupierte Haare aufwies, die eher auf die Fotos der A-Jugend von 1984 gepasst hätten, wischte über den Tresen und erklärte „Klar war der Ingo hier. Aber ned arg lang, tät I sage‘.“

„Und dann ist er rüber ins Woikinger Stüberl?“

„So klar gesagt hat er das ned. Aber er war ja ned allein. Da ging es ja um Geld und um so Investitionssachen und so.“

„Und wer war bei ihm?“, erkundigte Oberhuber sich.

„Der Nökel Sepp.“

„Ist das der Kerl von diesem … na, wie heißt’s glei‘?“

„Alp-Invest meinst?“

„Genau“, erklärte Oberhuber, der nur eine schemenhafte Erinnerung an Sepp Nökel hatte, der früher mal bei der Sparkasse gearbeitet hatte. Von Alp-Invest wusste er nichts, speicherte den Namen aber auf der Stelle.

„Und mit dem ist er rüber ins Woikinger Stüberl?“

„Genau!“

„Waren die allein?“

„Da war wer dabei… Jesses, wer war des noch gleich?“

Nach einem langen Moment der Beobachtung kam Oberhuber zu dem Schluss, dass die blond gefärbten Locken der Frau nicht beim Denken halfen.

„Vielleicht können die im Stüberl sich dran erinnern?“, bot Hinterwinkler an.

„Woll mer’s hoffen! Hast du mir eine Visitenkarte für alle Fälle, wenn es mir wieder einfällt?“

„Sicher…“ Oberhuber reichte ihr das kleine Stück Pappe ohne Schreibfehler.

„Eins noch“, hakte der Leiter der Polizeistation ein. „War nur eine Person dabei oder mehrere?“

„Das kann ich von hier aus nicht sicher sagen. Ich seh‘ den Parkplatz ja von hier aus ned.“

„Die *fahren* von hier aus zum Stüberl rüber?“

„Das sind fast 400 Meter“, erläuterte die Frau mit der 80er Jahre Frisur. Im Rahmen einer zynischen göttlichen Fügung spielte Bayern 3 in genau diesem Moment „Total Eclipse of the Heart“ und brachte Oberhuber zum Schmunzeln, der sich an Bonnie Tyler erinnerte, die damals dieselbe Frisur wie Babette getragen hatte. Zumindest 1982.

Dann konzentrierte er sich wieder. „Ich frag anders. Hier bei dir in der Stube waren sie mehr als zwei?“

„Ja – da waren sie zu viert. Michael Koch hatte bei ihnen am Tisch gesessen, aber ich nehme an, dass der anschließend noch hier auf dem Platz zu tun hatte. Die sind dann alle ganz hektisch aufgebrochen. Der Ingo hat alle zwei Minuten auf die Uhr geschaut.“

Da Hinterwinkler wissend nickte, fragte Oberhuber nicht, wer Michael Koch war. „Und dann noch einer, an den Sie sich jetzt grad ned erinnere‘?“

„Korrekt. Himmel, wer war des noch gleich?“

Im Stüberl - Ned in DEM Stüberl...

Die Ermittlungen im nahegelegenen Woiking-Stüberl ergaben nicht viel mehr. Sicher, an Ingo Wenzlick erinnerte der Wirt sich. Der war an dem Tag dagewesen. Mit anderen Leuten? Ja ... irgendwer, der oft hier war und dieser Finanzfuzzi.

„Der Kerl von Alp-Invest?!"

„Wahrscheinlich", vermutete er halb desinteressiert.

„Okay – aber an den anderen erinnerst' dich nicht?"

„Na – halt irgendwer, der immer hier ist. Der Simon oder der Quirin oder so. Einer von denen, die irgendwie immer hier sind. Vielleicht war es auch der Wurzinger oder so."

„Hm ... sonst niemand? Etwa eine hübsche junge Frau, dunkle Haare, mehrere...?"

„Die Ossi-Maus?"

„Die Ossi-Maus?"

„Na ... die hat so a bisserl gesächselt. Eigentlich ganz nett. Ein richtig hübscher Brummer", grinste er und trocknete ein Glas ab.

„Die war hier?"

„Ned direkt."

„Wie ist man denn indirekt hier?"

„Die war auf dem Parkplatz. Die kam dann kurz rein und hat mit den Kerlen geschwätzt und ist wieder abgehauen. Paar Minuten später ist der Ingo dann auch losgefahren. Die war also nicht als Gast hier. Hat nix getrunken oder so."

Oberhuber nickte nachdenklich und Hinterwinkler warf schon seit einiger Zeit einen Blick auf die Speisekarte. „Sag mal – seit wann habt ihr denn Wacholderschinken?"

„Ham' 'mer nimmer. Der is' alle."

Die hohe Kunst der Fragestellung

„Also - das einzig Neue, was wir wissen, ist, dass die *Ossi-Maus* hier war“, resümierte Vitus ernüchtert.

„Wir wissen noch mehr“, erläuterte Oberhuber und Hinterwinkler stoppte seine Schritte.

„Na – jetzt bin ich aber neugierig.“

„Wir wissen jetzt, dass jeder die Ossi-Maus als selbstverständlich angesehen hat.“

„Wie meinst du das?“

„Na – der Wirt kannte sie offensichtlich. Sie ist öfter hier gewesen. Und sie war offensichtlich ein sehr selbstverständlicher Anhang von Ingo Wenzlick. Und das war riskant. Sie ist nur kurz hereingekommen. Sie hatte unter verschiedenen Namen agiert. Das war ausnehmend gefährlich.“

„Das stimmt. Hatte ich so präzise gar ned wahrgenommen.“

„Und der Wenzlick und die Taufings ... die machen schon seit Jahren Geschäfte.“

„Das ist bekannt, ja. Aber was hilft uns das jetzt in der Ermittlung, Kili?“

„Das weiß ich ned. Noch ned.“ Er überlegt einen Moment. „Klar ist aber doch eins: Die anderen Kerle, die kannten Sindy auch allesamt, oder? Aber Ingo hat sie zum Irschlingkogel gefahren. Warum? Warum an dem Tag? Warum Freitagmittag? Warum er und nicht einer der anderen Burschen? Zumal, wenn einer von denen mit ihr ins Bett ging.“

„Das stimmt. So ganz passend ist das ned...“ Hinterwinkler überlegte. „Aber auch das: Das hilft uns noch nicht. Ich seh‘ hier eine andere Fragestellung. Ich frage mich nicht mehr: Warum ist er mit ihr dahin gefahren? Ich frage mich: Zu wem hat er sie gebracht?“

Ein Haufen Kerle

In kurzer Hose auf der Couch liegend wartete Anna auf ihren Freund. Sie streifte ziellos durch ein paar vermeintlich soziale Netze. Durch Zufall stolperte sie noch einmal über das Video der Wandergruppe, deren Führer am ersten Tag dieses Falles seelenruhig den Einsatz am Irschlingkogel gefilmt hatte.

Diverse zynische Kommentare hatten sich angehäuft. Aber auch Menschen, die darüber schimpften, Polizisten bei der Arbeit zu filmen.

Anna hatte erst kürzlich einen Artikel darüber gelesen, dass es mittlerweile aufblasbare Wände gab, die bei schlimmen Unfällen Schaulustige vom Fotografieren abhalten sollten. Da konnte man durchdrehen. Die Gesellschaft hatte echte Probleme.

Sie sah sich andere Videos und Bilder dieses Wanderführers an. Schließlich stutzte sie. Der Mann war fleißig und postete jeden Tag mindestens drei oder vier Bilder. Am Wochenende eher mehr.

Am Freitag hatte er ein Bild des 124er Parkplatzes gepostet, untertitelt mit „Wir leben in einem ätzend reichen Land – und der Reichtum ist falsch verteilt". Das Bild zeigte den Parkplatz, gefüllt mit jeder Menge stadtbekannter SUVs. Sie erkannte den Wagen vom Wurzinger. Da war das große Auto vom Leitwanger, der auffällige Wagen vom alten Taufing. Die Karre vom Suttlinger. Die riesige Kiste vom Kaltbrunner...

Sie setzte sich auf. Die waren alle da gewesen. Allesamt! Jeder Einzelne, der Sindy Geld gegeben hatte, damit sie für ihn etwas bei der Verwendung der Bertramswiese in die Wege leitete.

In Annas Kopf entstand ein hässliches Bild. Hatten die ihr aufgelauert? War das am Ende eine Art Hinrichtung gewesen?

Sie zögerte nicht, Kilians Nummer zu wählen, und erzählte ihm die Geschichte, die sich gerade in ihrem Kopf gebildet hatte.

Er wurde sehr still.

Dann nachdenklich.

„Anna – im ersten Moment wollte ich losschreien. Jetzt frage ich mich ein wenig: Warum würden die sich dann am 124er treffen? Der 126er ist der naheliegende Parkplatz. Selbst der 125er würde noch Sinn geben. Da kannst du hinterm Weiher auf den anderen Weg wechseln und kämst dann auch an die Stelle."

„Das hatte ich mir auch überlegt. Auf der anderen Seite sieht das für mich so aus, als hätten die das ganz bewusst gemacht. Die parken dort etwas abgelegen, dann sieht man sie nicht. Und später kommen sie über den Kamm rüber und überraschen die. Der Ingo bringt die Frau dort hin. Und dann überfallen sie die."

„Und schubsen sie runter und das Geld ist weg?"

„Das ... ähm. Da hast du recht", musste sie verwirrt zugeben.

„Anna – versteh mich nicht falsch. Ich hatte exakt denselben Gedanken. Aber das Geld ist ein Problem. An der Stelle funktioniert die Sache nicht. Da wird letztlich der Taufing zum einzigen Verdächtigen, wegen der Schwangerschaft. Ganz gleich, welcher von beiden das nun ist."

„Es könnte natürlich auch ein Unfall gewesen sein."

„Könnte. Das ganze Szenario passt nicht richtig. Das ist auch reichlich auffällig. Wenn die ganzen Kerle da rumrennen, die hier jeder kennt. Dann ist doch auch die Wahrscheinlichkeit, dass die zehn Leute treffen, die sich daran erinnern, viel zu groß. Nein – das passt nicht. Auffällig ist es trotzdem."

„Eigentlich müssten wir die alle vorladen und jedem von denen auf die Nerven gehen."

„Ich ahne: Das führt zu nix. Wir müssen uns den Taufing ansehen. Und das mach' ich morgen."

Anna atmete durch. „Na – dann drück ich jetzt schon mal die Daumen."

Kilian konnte Geräusche im Hintergrund hören. Einen Kuss. Er grinste. „Dann sehen wir uns morgen."

Sie murmelte noch etwas und legte dann auf. Kathi sah zu ihrem Mann herüber. Sie hatte diesen stechenden Blick, den er nicht ignorieren durfte. „Was?"

„Du willst wirklich morgen beim Taufing rein stürmen und ihn fragen, ob er es war?"

„Nein – ich würde zuerst den Sohn fragen wollen. Auf den

haben wir ja noch Zugriff. Schon das macht die Sache verdächtig: Der Vater war noch nicht auf dem Revier, um durchzudrehen, und kräftig auf den Tisch zu hauen."

„Kili! Der Taufing rammt dich in den Boden. Dann ist's vorbei mit Beförderungen und solchen Sachen."

Er verzog den Mund. Sie hatten diese Diskussion in den vergangenen Tagen einige Male geführt. Sich mit dem alten Taufing anzulegen, konnte dererlei Konsequenzen haben. Beispiele dafür gab es im Ort genug. Wenn Taufing etwas nicht passte, dann haute er eben nicht immer einfach auf den Tisch, sondern handhabte es, wie man es in der bayrischen Provinz tat: mit Kontakten.

Noch während er seinen nächsten Satz formulierte, erreichte ihn eine Nachricht von Steingassinger mit dem knappen Text.

Quirin Taufing gerade freigelassen. Bei der Beweislage sonst nicht haltbar

„Ich hätt' es wissen müssen."

Mit Wut im Bauch ging Kilian eine halbe Stunde später ins Bett.

Das Bild der parkenden Fahrzeuge ließ ihm keine Ruhe. Da war etwas im Gange gewesen. Die trafen sich nicht zu einem Spaziergang am Freitagmittag. Und jeder von denen hatte 10.000 oder 20.000 Euro in den Sand gesetzt. Jedem von denen musste das peinlich sein.

Jedem...

Erst jetzt ging Kilian eine Frage durch den Kopf, die sie mit keinem der Gesprächspartner heute besprochen hatten. Jeder hatte darüber gesprochen, was er Sindy gegeben hatte. Sie hatten mit keinem der Beteiligten darüber gesprochen, ob er mit den anderen Geschröpften darüber gesprochen hatte.

Er führte sich den alten Taufing vor Augen. Würde der seinen Kumpels erzählen wollen, dass er das Geld in den Sand gesetzt hatte? Würde der riskieren, verspottet zu werden? Der wusste vielleicht nichts von den anderen?

Die Tatsache, dass alle bezahlt hatten, sagte nichts darüber aus, ob alle anderen davon gewusst hatten.

Als letzte Amtshandlung des Tages schickte Kilian diesen Gedanken an seine Kollegen. Dann begab er sich ins Land der Träume.

Alpenmobilität

Nach einer unruhigen Nacht hatte Oberhuber das Privileg des Chefs gezogen, den Wecker ausgeschaltet und sich noch einmal umgedreht.

Als er im Revier auftauchte, brannte die Sonne schon angriffslustig vom Himmel. Er hatte sein mutig sommerliches Polohemd angezogen, das schon einen gewagten Hauch von lila im Blauton erkennen ließ und fühlte sich besser als am Vorabend.

Er fühlte sich gerüstet.

Er würde seinem Angstgegner gegenübertreten können. Er war sich sicher, dass das nötig war. Die Taufings waren am Ende die Einzigen, die einen Grund hatten, die junge Frau irgendwo herunter zu stoßen. Alle anderen würden wissen wollen, wo ihr Geld geblieben war.

Je länger er darüber gegrübelt hatte, desto klarer war es: Heute würde er zum Taufing gehen. Und das würde kein kuscheliges Gespräch am Brunnen werden.

Seine Pläne sollten durchkreuzt werden. Als er durch die Vordertür des ehemaligen Bankgebäudes trat, erkannte er zwei junge Kerle von der nahegelegenen Feuerwehr, deren Namen ihm nicht präsent waren.

Jeder von ihnen hatte ein Notebook auf den Knien und tat irgendetwas Hektisches. Begriffe, die Oberhuber nichts sagten, wurden durch den Raum gefeuert und Anna und Vitus waren mittendrin.

Sie bemerkten Oberhuber erst, nachdem der mehrfach gezielt mit seiner Brezeltüte geraschelt hatte.

Hinterwinkler strahlte. „Kili! Du rätst nie, was wir hier gefunden haben!“

Wenige Minuten später hatte sich das Bild des Tages ein wenig verändert. Oberhuber hakte bei einigen der Informationen nach. Er konnte die Zusammenhänge in der Geschwindigkeit, in der ihm die drei jungen Leute und der digitalquirlige Hinterwinkler ihre Recherche demonstrierten, kaum nachvollziehen. Dennoch formte sich ein Bild.

Nach der Mail von Oberhuber hatte Vitus sich das Bild des Parkplatzes ebenfalls angesehen. Mit demselben Hashtag hatte er drei weitere Bilder gefunden. Eines zeigte einen weiteren Parkplatz am selben Tag. Am Freitag um die Mittagszeit, wie die Sonne klar zeigte.

Und da war Hinterwinkler stutzig geworden. Ein graues großes Auto mit einem österreichischen Kennzeichen und Elektroantrieb war auf dem Parkplatz schon deshalb leicht zu erkennen, weil es alle anderen Autos überragte. Vitus meinte, den ungewöhnlichen Wagen in der seltenen Farbe schon einmal gesehen zu haben.

Und er sollte fündig werden.

Jörg Bertram empfand sich selbst als einen Vorreiter, einen Influencer. Seine Social-Kanäle waren voll von der Energiewende. Unter anderem zeigte er die Kollektoren auf dem Dach seiner österreichischen Alm, mit denen er Haus und Auto betrieb.

Auf zwei Bildern erkannte man den Hovawart, den Vitus bei seinem Besuch gesehen hatte. Seine Freundin Sarah war ebenso Bestandteil zahlreicher Motive.

Und dann kam der vergangene Freitag. Da hatte Jörg Bertram dokumentiert, wie er über die Berge nach Deutschland gefahren war und wie weit er mit seiner Batterieladung des großen grauen Wagens mit den Flügeltüren gekommen war.

„Und jetzt zieh dir das rein: Die Bilder hat er alle gelöscht, nachdem ich ihn besucht habe!“, erläuterte Vitus aufgeregt. „Und der Timo hat die wieder sichtbar gemacht. Über eine Echo-Page“, erläuterte Hinterwinkler, „Also sowas wie Wayback, gell?“

Oberhuber nickte, hatte aber den Eindruck, dass sein Schwager auch nicht so genau wusste, was er da gerade erzählt hatte. Dennoch formte sich ein Bild in Oberhubers Kopf, was da stattgefunden haben mochte.

„Jörg Bertram ist also am vergangenen Freitagmorgen früh aufgebrochen und mit seiner vollen Batterie in seine alte Heimat gefahren. Gegen Mittag war er hier. Und sein Wagen war so geparkt, wie ich es auch gemacht hätte: Einen Parkplatz weiter, aber so, dass man den Hauptweg Richtung Weiher und Taufinger See gut erreichen konnte."

„Und eben auch in 15 Minuten am späteren Fundort von Sindy Kaltzenow und Ingo Wenzlick sein konnte."

Oberhuber schüttelte den Kopf. „Verdammt, Vitus! Du hast wirklich ein feines Auge."

Eine Sekunde lang lächelte Hinterwinkler geschmeichelt. Dann aber erklärte er: „Jetzt müssen wir uns wohl wirklich mit dem Steingassinger kurzschließen."

Oberhuber durchdachte das. „Hm ... und dann müssen wir hinnehmen, dass irgendein Ösi, der mit dem Fall ned vertraut ist, mit Bertram spricht? Das geht schief."

„Dein Vorschlag?"

Oberhuber lächelte mehrdeutig: „Fakten schaffen ohne Waffen."

Austria

Sie hatten Golling an der Salzach passiert und Vitus hatte sich erinnert, wie seine Tochter dort das Skifahren innerhalb von kaum einer Stunde begriffen hatte. Tatsächlich hatte sie dafür stets ein auffallendes Talent besessen.

Sie schwelgten ein wenig in Erinnerungen, bis Vitus anmerkte. „Und bald hock‘ ‘mer dann alleine in unseren Häusern und die Kinder san irgendwo anders.“

„Ach ... dann kommen irgendwann Enkel. Oder ein Hund.“

„Du? Einen Hund?“

Kilian stöhnte erkennbar. „Ich ned unbedingt, aber Kathi scho‘.“

„Vielleicht mag sie ein bisserl mit dem Arno trainieren.“

Beide Männer lachten heftig. Kilians Frau Kathi wog vermutlich 20 Kilo weniger als der Hund vom Gallinger, der wohl effektiv die Polin getötet hatte. Auch darum würden sie sich noch kümmern müssen. Vermutlich würde der Hund am Ende eingeschläfert werden.

Und beide hofften, dass der Kelch an ihnen vorüber gehen würde, Gallinger das mitteilen zu müssen.

Als sie sich dem Haus von Jörg Bertram näherten, wurden die Männer stiller. Angespannte Ruhe. Sie wussten, dass Steingassinger im Hintergrund wirkte und dass sie sich darauf mit großer Sicherheit verlassen konnten. Dennoch hatten sie Fakten geschaffen und waren losgefahren. Steingassinger hatten sie erst unterwegs informiert.

Amtshilfe in Österreich zu organisieren war genau sein Ding. Zumal in der Welt der Oberamtsräte und magistraler Würdenträger der österreichischen Verwaltung. An so etwas hatte er Spaß. Das war „wichtig“.

Hier war es in erster Linie notwendig. Beweise im klassischen Sinne hatten sie bisher keine. Selbst wenn sie die bekämen: Sie hatten hier keine hinreichenden polizeiliche Rechte, obwohl die Abkommen der EU ihnen einiges erlaubten.

Hinterwinkler schaltete auf Strombetrieb um. „Ist hier

wohl angemessen", erklärte er grinsend und Oberhuber fragte sich wieder einmal, wo Hinterwinkler diese Art Leichtigkeit herzauberte. Er erinnerte sich noch an einen anderen Hinterwinkler, den er in den späten 90ern gekannt hatte. Den Hinterwinkler, der in Woiking der wichtigste „Cop" gewesen war. Ein harter Hund. Aber einer mit einer Dorfvergangenheit. Da wurde sich zuverlässig an jeden Fehltritt erinnert.

Wie auch beim letzten Mal kam ihnen Jörg Bertrams Freundin mit dem Hund entgegen. Hinterwinkler ließ die Scheibe herunter – wie in einem entfernten Deja Vu.

„Hallo. Na – a Runde mit dem Hund?"

„Der braucht seine zehn Kilometer am Tag", erläuterte sie und blieb leicht misstrauisch stehen. „Und ihr wollt zum Jörg?"

„Ja, haben noch a bisserl was zu klären mit ihm."

„Wegen dieser unseligen Wiese schon wieder?"

„Wieso unselig?"

„Na ... ich hab ihn schon zig Mal gesagt, er soll das Ding endlich verscherbeln. Wir wollen doch nicht mehr in seine Heimat zurück. Da ist die Wiese doch nur Ballast. Ich wünscht', sie wäre längst weg."

„Hm ... aber der Wert dürfte durchaus steigen, wenn man sie erst in ein paar Jahren verkauft, oder?"

„Ach ... das Ding ist doch jetzt schon überzogen teuer. Und es hat ja keiner so recht haben wollen beim letzten Mal."

„Beim letzten Mal?"

„Na – deswegen warst' doch neulich hier, oder? Weil das mit dem Verkauf ned hat klappen wollen, oder?"

„...das war so vor a Wochen, gell? Des meinst?", mischte sich Oberhuber vom Beifahrersitz ein.

„Ja – das letzte Mal davor ist ja schon ewig her. Bestimmt zwei Jahre oder so."

„Ja ... deswegen sind wir dann auch hier", bestätigte Hinterwinkler und wirkte nun ein paar Zentimeter größer.

Die Frau verabschiedete sich, der Hund trabte pflichtbewusst los. Hinterwinkler ließ den deutschen Dienstwagen geräuschlos über den österreichischen Schotter gleiten. Das große graue

Auto vor dem alternativen Öko-Anwesen von Jörg Bertram erblickten beide gleichzeitig.

Oberhuber kontrollierte im Vorbeifahren unbewusst das Kennzeichen des gigantischen grauen Autos. Es stimmte mit dem überein, das sie auf den Bildern gesehen hatten. Aber das wussten sie längst.

Er fragte sich, wie das zusammenpasste: Energiewende und gigantische SUV von drei Tonnen Schlachtgewicht. Oberhuber hatte nie etwas Größeres besessen als einen Mittelklasse-Kombi und hatte damit alle Transportaufgaben der Familie Oberhuber mühelos lösen können. Kühlschränke, Baumärkte, Möbelhäuser, Umzüge und Italien-Urlaube. Bertram hatte nicht einmal Kinder, die ihre Roller und Fahrräder mitnehmen wollten, und fuhr ein doppelt so großes Auto. Warum?

Als sie den Wagen stoppten, konnten sie den großen Mann erkennen, der gebückt über einem groben Stück Holz stand und etwas zu reparieren schien.

Er wandte sich um, legte das Holz beiseite, rieb sich die Hände an der Hose oberflächlich sauber und kam auf die beiden Polizisten zu.

„Jesses – ihr schon wieder. Wie sieht's aus? Chaos in Bad Grassach?"

Er lächelte verbindlich und liebenswert. Oberhuber erinnerte sich wieder daran, dass Jörg Bertram stets diese verwirrende Paarung aus einem gigantischen, fast grob und bedrohlich wirkenden Körper und seiner angenehmen, oft schier kindlichen Art, gehabt hatte. Daran hatte sich nichts geändert, seit er Millionär war.

„Geh, Oberhuber! Gut schaust' aus. Wollt ihr was trinken? Ich hab frisches Gebirgswasser mit Kräutern."

Oberhuber stimmte nur zu, weil er sich davon versprach, eine etwas verbindlichere Atmosphäre zu erzielen. Und er hatte recht.

Minuten später saßen sie auf einer einfachen Holzbank vor dem großen groben Holzhaus und blickten den Hügel hinunter. Weit unten am Berghang schnitt ein Bauer Gras auf die traditionelle Art. Darüber sprachen sie eine Zeit lang. Das Wasser war kühl und frisch und hatte einen angenehmen Beigeschmack, auch wenn Oberhuber zunächst nicht recht begriffen hatte, warum man frisches Gebirgswasser mit Kräutern versetzen sollte.

Aber da musste man wohl offen sein. Oberhuber hätte auch vor zwei Jahren noch nicht mit Strom statt Benzin fahren wollen.

„Sag mal, Jörg, wie oft bist du eigentlich noch in Grassach?"

„BAD Grassach", korrigierte er scherzhaft, „Vergesst das ned. Da haben die Leute für gekämpft."

Die Polizisten lächelten pflichtschuldig. „Und? Wie oft bist' dort?"

„Praktisch nie. Kann mich nicht erinnern, wann ich zuletzt dort war."

„Gell – die Sarah steht ned so drauf, oder?"

„Die Sarah ... ja ... wenn's nach der ginge – dann hätt ich die Wies'n auch schon längst verschachert. Und den Wald glei' mit."

„Dabei ist es ja gar ned mal so weit weg, gell? Schafft man das mit deiner Kisten da vor dem Haus mit einer Akku-Ladung?"

„Ich hab den Wagen schon ein paar Mal deutlich weiter gefahren, absolut!"

„Aber in letzter Zeit warst du ned in der Heimat?"

„Nein", er winkte ab, „Scho' lang ned mehr. Heimat ... an sich ist es das nicht mehr." Er breitete die Arme großzügig aus. „Das hier ist jetzt mein Zuhause."

Alle drei nahmen einen schweigenden Schluck des erfrischenden Wassers. Schließlich versaute Hinterwinkler die Stimmung, indem er in die kleine Tasche griff, die er bei sich trug. „Schau, Jörg. Wir fragen uns, was das hier gewesen ist."

Er legte drei Bilder auf den Tisch und beschwerte sie vorsichtshalber mit einem Werbe-Kugelschreiber des Bad Grassacher Gästemanagements. Jörg nahm die Fotos und schaute konzentriert darauf.

Bild 1: Jörg mit vollgeladenem Akku im Giganto-SUV, der auf die Photovoltaik Anlage auf dem Dach seines Alm-Hauses zeigt, den Daumen fröhlich nach oben gereckt.

Bild 2: Jörg an einem Tunnel auf dem Weg. Akku noch voll.

Bild 3: Jörg neben dem Ortsschild von Bad Grassach. Im Hintergrund der Borkenkäfer-Wald, der ihm gehörte. Für Einheimische leicht zu erkennen. Wenige Tage später hatte eine bizarre Vogelscheuche an dieser Stelle gestanden.

„San' vom vergangenen Freitag, die Bilder", erklärte Hinterwinkler dem großen Jungen am Tisch, der sich dessen unzweifelhaft bewusst war. Auch ein Laie hätte das an seinem Blick ablesen können.

„Woher ... habt S' ihr die denn?"

„Des Internet vergisst nix", erklärte Hinterwinkler unumstößlich, wenn auch mit einem leicht väterlichen Touch, als er neben sich plötzlich „*Wake me up, before you go-go*" erschallen hörte.

„Sakra!", zischte Oberhuber, schaute verdutzt aufs Display und erklärte: „Da muss I ran." Er erhob sich und ging ein paar Schritte außer Hörweite.

„Also?", erkundigte sich Hinterwinkler. „Dämmert's, Jörg?"

Mit seinem Namen angesprochen, schien der junge Mann wieder aufzuwachen, sah erneut auf die Bilder. In der Hoffnung, dort etwas Entschuldigendes zu finden.

„Ja ... das hatte ich wohl ganz vergessen."

„Was hast du denn gemacht in Bad Grassach an dem Tag?"

Er verzog den Mund. „Wieso wollt ihr das denn wissen?"

„Das war der Tag, an dem die Sindy gestorben ist."

„Ja ... richtig." Er überlegte. „Die hab ich ned gesehen. Ich war nur schnell auf dem Amt. Was erledigen. Und dann war ich kurz bei meinem Wald, was bereden."

„Wegen was?"

„Da werden doch die beschädigten Bäume gefällt demnächst. Da hatte ich was zu klären."

„Sonst? Hast dich mit niemandem getroffen? Keinen gesehen? Von den alten Jungs? Schule, Fußball und so?"

„Nein - keinen Menschen. Ich war auf dem Amt und am Wald."

„Sonst nirgends?"

„Nir-gends“

Vitus holte Luft. „Auch nicht irgendwo angehalten, a Brotzeit genommen?“

„Nein – das hab ich erst später gemacht. An der Autobahn. Da war ich schon wieder auf österreichischer Seite der Grenze.“

Mit enttäuschtem Gesichtsausdruck desjenigen, der die Beichte abnimmt, reichte er dem jungen Mann mit den riesigen Händen ein weiteres Foto. Das Foto, das diesen Stein ins Rollen gebracht hatte. Das Bild, auf dem Hinterwinkler den großen grauen Wagen erkannt hatte.

„Das ...“, murmelte der große Kerl. Dann nahm er einen kräftigen Schluck Kräuterwasser. „Also das sagt mir nichts.“

„Na – das ist keins von deinen Bildern. Aber dir ist ja klar, dass manche Leute auch idiotische Bilder machen und die dann irgendwo im Internet posten. Unter dem hier stand ‚*Noch nirgends in Deutschland Ferien – aber durch die fetten SUVs alle Parkplätze schon voll!!!*‘. Ist um die 300 Mal geteilt worden.“

„Ja ... das ist immer dieselbe Leier, oder? Mein Wagen ist ein großes Auto – aber der tankt unsere Sonne. Direkt vom Dach! Kein Kraftwerk, keine fossilen Brennstoffe, die ...“

„Äh ... Jörg. Wir reden jetzt gerade nicht über die Energiewende. Wir reden über dein Auto auf diesem Parkplatz. An diesem Tag.“

Er verkrampfte sich, sah an Hinterwinkler angespannt vorbei. An den Schritten hinter sich erkannte Vitus, dass Oberhuber wieder näher kam, das Telefonat beendet hatte. Vielleicht war das gut so, denn Hinterwinkler war sich nicht sicher, ob Jörg unerwartet wütend werden konnte. Er glaubte es nicht ernsthaft. Aber mit Oberhuber an seiner Seite würde er sich dennoch besser fühlen, als alleine mit dem großen Kerl.

Seine Gedanken gingen eine Zeitlang in die Richtung, dass er hier genaugenommen in der aktuellen Ermittlungssituation nicht einmal seine Waffe tragen durfte. Davon, die Waffe einzusetzen, durfte gar keine Rede sein. Auch nicht in Notwehr.

Oberhuber setzte sich ruhig und erklärte: „Ich wollte euch nicht unterbrechen.“

Die beiden schwiegen einen Moment lang, dann schaute Oberhuber auf das oberste Bild. „Ach – da seid ihr gerade. Da ist es vielleicht gut zu wissen, dass ich eben mit dem Krankenhaus telefoniert habe."

„Mit welchem?"

„Das, in dem Ingo liegt."

„Wie geht es ihm?", erkundigte sich Jörg spontan.

„Hm ... das dürfte eine längere Geschichte werden. Jedenfalls kann er wieder sprechen. Und das hat er auch getan."

„Was hat er gesagt ... über..." Er deutete auf das Bild. „...über das hier?"

„Jörg – unter Männern: Wir wüssten es zu würdigen, wenn du uns die Geschichte erzählst. Dann können wir sie mit der Geschichte von Ingo übereinanderlegen. Und je ähnlicher deine zu seiner ist, desto glaubwürdiger bist du. Ihr habt euch ja seitdem kaum absprechen können, gell?"

Jörg zögerte, dann nickte er.

Er nahm noch einen großen Schluck, goss sich nach und schenkte auch den beiden Polizisten galant aus der Wasserkaraffe nach.

Jörg Bertram räusperte sich und startete dann eloquent: „Hätte nie gedacht, dass ich die Geschichte mal erzählen müsste. Die Sindy ... die war in der Tat einmal hier. Und die Idee, die wir diskutiert haben, war ein bisserl anders, als ich dir beim letzten Mal erzählt hab, Vitus. Tut mir leid. Aber so ganz weit weg war sie auch nicht.

Ich habe mit der Sindy gesprochen. Die sollte für mich etwas machen, was man nicht in einem Vertrag festhält. Sie sollte mal die Zehen ins Wasser halten, wie man hier in der Gegend sagt. Die Temperatur testen. Schauen, was geht."

„Den Preis in die Höhe treiben, meinst du."

„Ned direkt ... also, vielleicht – wenn's am End' passieren sollte, dann hätte ich das natürlich in Kauf genommen. Ich wollte nur nichts offiziell auf den Markt werfen, was eventuell zurzeit gar nichts wert ist, wisst ihr? Ich wollte verkaufen, wenn die Leute wirklich Interesse daran haben. Und deshalb wollte die Sindy mit ihrer Geschichte hausieren gehen, dass sie die Möglichkeit hätte, dieses Land zu entwickeln. Sie wollte den Hunger der Leute testen. Und die hatten eine Menge Hunger."

„Macht man so etwas nicht normalerweise über einen Makler oder so?"

„Sicher. Aber was, wenn das schiefläuft? Wenn das Land keinen Wert hat, verkaufe ich es nicht. Und dann heißt es beim nächsten Mal in ein paar Jahren ‚das hat er damals schon nicht losbekommen, ist wahrscheinlich was faul dran' oder so. Wir reden von Bad Grassach. Jeder kennt jeden – jeder spricht mit allen."

„Und dann?"

„Hat sich das wohl ... ein wenig ... verselbständigt."

Hinterwinkler nickte süffisant. „Verselbständigt ... so so..."

„Die Sindy – die war clever. Die hat sich da niedergelassen, die hat das schön langsam angehen lassen. Hat sich mit den ganzen Leuten angefreundet und dann ist sie mit der Sache herausgeplatzt. Die hatten nicht das Gefühl, dass die denen was verkaufen will. Die dachten, sie findet sie nett und gibt ihnen eine exklusive Chance."

„Na – das hat ja prima geklappt."

„Ja ... aber irgendwann rief mich dann der Gallinger an."

„Auf deinem nicht vorhandenen Telefon?"

Jörg zuckte. Dann ignorierte er diesen Stich. „Als Gallinger mir erzählt hat, dass sie auch bei ihm war, wurde mir klar, was da abgeht. Schließlich hab ich dann auch erfahren, dass der Ingo ihr Geld gegeben hat. Die hat 20.000 Euro kassiert! Also bin ich rauf nach Bad Grassach. Und da hab ich dann unterwegs die dummen Bilder gepostet."

„Weiß man ja vorher ned. Ich deute das mal so: Du bist da ohne Tötungsabsicht hochgefahren, gell?"

Jörg Bertram zuckte zurück. So sehr, dass sein Glas auf dem kernigen Holztisch wackelte. „Na sicher! Ich hab ... also – Tötung! Schon das Wort! Keinesfalls! Ich wollte sie mir schnappen. Sie sollte den Leuten das Geld zurückzahlen.

Die Idee war, dass Ingo mit ihr auf die Alm rauf wandert.

Auf dem hinteren Weg am Weiher entlang. Ich wollte sie dann dort unauffällig treffen, wollte sie so unvorbereitet treffen wie möglich. Sie konfrontieren. Wollte ihr klarmachen, dass solche Sachen am Ende rauskommen und dass ich alles weiß."

„Und dann? Hat ned recht geklappt, hm?"

„Na ja – irgendwie schon, denke ich. Ich bin den Weg da herunter marschiert. Ich hab die beiden auch schon gesehen. Und dann schnappt die sich völlig unerwartet den Ingo, zerrt ihn vom Weg und fängt an, mit ihm zu knutschen."

„Mit Ingo Wenzlick?" Die beiden Polizisten tauschten rasche Blicke.

„Ja – die hat ihm die Zunge in den Rachen gestopft wie ein Teenager! Ich war völlig perplex."

„Und was ist dann passiert?"

„Ich bin den Hügel runtergegangen, war ja nicht mehr weit entfernt von den beiden. Und dann hat die Braut sich so in den Wenzlick Ingo verkeilt." Er schüttelte den Kopf. „...die haben mich nicht gesehen! Das muss man sich mal vorstellen!"

„Okay – was hast du also gemacht?"

„Ich habe mich laut geräuspert. Was anderes fiel mir auch nicht mehr ein!"

Oberhuber senkte den Kopf leicht und hatte das Gefühl, hier gleich ein Nicht-Mord-Geständnis zu hören. Eines, das sagte, dass hier kein Mord stattgefunden hatte. Oder aber eins, das einen Mord versuchte, zu einem Nicht-Mord zu verbiegen. Den Unterschied zu erkennen, war manchmal nicht ganz leicht.

„Und dann hat die regelrecht losgebrüllt, als sie mich gesehen hat! Die hat sich vollkommen erschrocken. Selbst der Ingo hat sich erschrocken – dabei wusst' der ja, dass ich komm'!" Er schüttelte erneut den Kopf, sah die Bilder vor seinem geistigen Auge ablaufen. „Dann hat sie einen ungünstigen Schritt gemacht. Sie schreit plötzlich. Dann rudert sie irgendwie rum und greift nach dem Ingo!"

„Und dann? Sind die beiden in die Schlucht gefallen?"

„Ja! Sie kopfüber und er grad hinterher. Laut geschrien hat er. Sie ... sie auch, glaub ich. Aber den Schrei vom Ingo, den hab ich mir gemerkt."

„Was geschah weiter?"

„Weiter? Spinnt S' ihr jetzt? Nix weiter. Ich sehe von oben eine Wandergruppe kommen. So ein Führer mit einer Gruppe Kinder. Schule vielleicht, denk ich. Also bin ich losgerannt. Ich denke noch: Wenn das ein Lehrer ist – dann kennt der mich im Zweifel! Ganz sicher aber kennt er den toten Fußball-Star da unten. Und da wollte ich nichts mit zu tun haben. Ich meine: Ich hab die beiden nicht mal angerührt, ja? Im Grunde stand ich nur da und dann waren die beide tot."

„So etwas wie ‚unterlassene Hilfeleistung' kennst du aber?"

„Was hätt' ich denn da für Hilfe leisten sollen? Die waren doch beide tot. Das war für mich vollkommen klar. Ich habe mal gesehen, wie ein Reh da runter gerasselt ist. Das war praktisch tot, bevor es unten angekommen ist. Hab kei' Ahnung, wie der Wenzlick Ingo das überlebt haben kann."

Die beiden Polizisten nickten. Der Energiewenden-Influencer hatte sich ein wenig beruhigt. Der Bauer schnitt immer noch am Ende des Hügels das Gras auf die traditionelle Art, während hier ein Todesfall aufgeklärt worden war. Oberhuber und Hinterwinkler tauschten ernüchterte Blicke.

„Augenzeugen?", fragte Hinterwinkler eher der Vollständigkeit halber.

Bertram schüttelte ruhig den Kopf.

„Dacht ich's mir…"

Dann sah Jörg sie an. „Hat der Wenzlick dasselbe ausgesagt?"

„Den Teil mit dem Knutschen hat er wohl irgendwie vergessen. Vielleicht, weil sei' Frau dabei war."

Jörg schüttelte den Kopf. „Der Ingo..."

„Ja – und wisst ihr, warum er den Sturz überlebt hat? Er ist praktisch auf Sindy drauf gefallen. Sie hat seinen Sturz gebremst. Das war der Bluterguss an ihrem Rücken, den sich die Mediziner nicht erklären konnten." Oberhuber schüttelte den Kopf. Er fühlte sich eigenartig leer. Diese ganze Aufklärung fühlte sich so an, als wären zwei Menschen Tod und niemand so recht schuld daran.

„Wenzlick ist dort unten scheinbar noch einen Moment herumgelaufen und erst dann umgefallen“, erklärte Kilian. Dann schaute er eindringlich in Jörg Bertrams Richtung. „Und du hast verfluchtes Glück. Er sagt, er hätte nicht gerufen oder so. Man konnte ihn von oben also für tot halten.“

Kilian ließ einen ganzen Moment verstreichen. Es freute ihn, dass der Fall sich aufgeklärt hatte. Aber Zufriedenheit fühlte sich anders an. Zu viele Stränge hatten hässliche Widerhaken in seinen Augen. Grobes moralisches Fehlverhalten, das nirgends geahndet werden würde. Das war nicht gut.

„Willst du wegen der rechtlichen Komponenten rüber nach Grassach mit uns?“

„Ist es okay, wenn ich morgen nachkomme?“

„Ja – aber aus rechtlichen Gründen wird dich heute noch die hiesige Polizei besuchen. Der Staatsanwalt hat sich darum schon gekümmert.“

Kapitulation

Die beiden Polizisten entschieden sich, über Land heim zu bummeln.

Noch auf der österreichischen Seite riefen sie Steingassinger an. Der zeigte sich erleichtert. „Unter den Bedingungen können die Gäste dann ja kommen", erklärte er.

Oberhuber war verleitet zu fragen, ob der Staatsanwalt die Gäste unter anderen Bedingungen an der A8 aufgegabelt hätte, um sie wieder heimzuschicken. Erschöpft und leicht resigniert sparte er sich die Bemerkung. War vielleicht auch so etwas, was man nur in seinem letzten Dienstmonat laut sagte.

„Eine Sache ist noch völlig offen", setzte Oberhuber den Fahndungserfolg ins rechte Licht. „Wir haben keine Beweise, wer die Vogelscheuche aufgestellt hat. Nur eine Ahnung."

„Der junge Taufing?"

„Sicher. Wer sonst? Alexander ist viel zu schwach. Simon hatte keinen Grund. Aber der Taufing ..."

„Ja ... da sage ich mal: Was würde es bringen, wenn wir es genau wüssten? Für was sollen wir den verurteilen? Da ermitteln sie am End' länger als den ganzen restlichen Fall, nur um einen wichtigen Bürger der Stadt gegen sich aufzubringen und für nichts zu verurteilen. Wenn sie das mal ins rechte Licht setzen – Steuergelder und..."

Hinterwinkler hatte das Gespräch wortlos beendet. Dann schaltete er das Telefon aus. „Bei den Ösis ist der Empfang manchmal furchtbar schlecht", grinste er.

Für einen Moment war Oberhuber verwirrt. Dann ließ er den Sitz ein Stück nach unten fahren und lehnte sich zurück. „Recht hast'. Wir wissen eh, was er gesagt hätt'."

„Dass die Sindy ein Kind von einem der beiden unterm Herzen trug ... das interessiert am End' auch wieder koa Sau ned."

„Eines Tages kriegen wir die Taufings mal dran wegen so einer Geschichte."

„Ja ..." Hinterwinkler nickte nachdenklich. „Du – die Vroni macht heut a Weißwoschtsuppen. Wollen wir alle bei uns essen?“

„Macht sie die mit süßem Senf und angeschwitzten Brez’n?“

Anton

Oberhuber war nicht der Typ, der sich drückte. Der Mann von der Verwaltung, der ihn angerufen hatte, hatte ihm offensiv angeboten, sich um „die Sache“ selbst zu kümmern. Mehrfach.

„Ich mach des scho‘“, hatte Kilian erklärt und sich den Bescheid faxen lassen. Nach eingehender Prüfung rief er einen für seinen Geschmack zu ängstlichen Juristen bei der Staatsanwaltschaft in Zedersfelden an. Der große, korrekte Mann erläuterte ihm einige Ausweichszenarien, bewertete sie aber als: „ned durchführbar, Oberhuber. Da können S‘ sich drehen und wenden.“

„Das hatt‘ ich befürchtet.“

Oberhuber schwieg einen Moment. Schließlich erklärte sein Gesprächspartner. „Tut mir leid, Oberhuber. Das ist korrekt gelaufen.“ Er stutzte einen Moment, als fiele ihm doch noch etwas ein. Dann resignierte er. „Nein – ich sehe da keine Option. Tut mir leid, Oberhuber, wirklich.“

„Danke, Herr Steingassinger. War den Versuch wert.“

Er beendete das Gespräch. Anschließend saß er so lange teilnahmslos in seinem Büro herum, bis es ihm selbst peinlich war.

„Auf geht’s, Buam“, sagte er mehr zu sich selbst. Er erhob sich, legte die Waffe an und verdeckte sie anschließend unter seinem royalblauen Polohemd. Er war fast am Ausgang der ehemaligen Bank, als Hinterwinkler nach ihm rief. „Gehst‘ zum Gallinger jetzt?“

Er wandte sich um und nickte.

„Hast dei‘ Waffen dabei?“

„Allerdings.“

Hinterwinkler schaute auf seine Uhr. Dann nickte er knapp und griff sich seine Highway-Patrol Sonnenbrille. „Wart‘ – I komm besser mit.“

Minuten später passierten die beiden die Abfahrt, die sie an der Bertramswiese vorbeiführte. Sie bogen auf den Feldweg ab, der mit alten Militärplatten gepflastert war. Oberhuber fuhr langsam und blickte auf die Wiese herüber. Schließlich bremste er.

„Sakra – siehst du den Harvester? Groß wie aan Haus, das Ding."

„Kam heute an. Ich war mit Anna hier. Die hatte so eine Maschine noch nie gesehen. Der rupft die Bäume da im Fünfminuten-Takt raus. Morgen geht es los."

„Gruselig…"

Oberhuber biss sich auf die Unterlippe und ließ den Wagen wieder anrollen. Als der Gallinger Hof in Sichtweite kam, erkannten sie den auffälligen Wagen von Burga Gallinger, die ihren Vater zu besuchen schien.

War in dieser Situation vielleicht besser so. Oberhuber musste konzentriert eine stumme Träne zerdrücken. Es war nur schwer vorstellbar, Gallinger den Hund wegnehmen zu müssen. Und faktisch ohnehin blödsinnig. Er würde sich einen Neuen besorgen. Die Entscheidung als solche schien ihm außerdem generell falsch. Das hatte der Hund nicht verdient. Und der Gallinger auch nicht.

Sie stiegen am äußeren Ende des Hofes aus und konnten keinen Hund ausmachen, der auf sie zukam. Oberhuber hatte das Papier mit den beiden Landjägern bereits in der Hand. Er warf Hinterwinkler einen misstrauischen Blick zu. Ein Windstoß wehte einen Haufen Fussel über den Weg, die sich im Wind drehten.

„Das sieht ja aus, als hätt' hier einer aan Schaf geschoren", murrte Vitus. Sie schlossen misstrauisch die Türen und gingen langsam um die Ecke in den Hof hinein.

Burga und Rupert Gallinger wurden sichtbar. Sie saßen draußen auf der großen Holzbank mit dem groben Tisch, an dem auch eine achtköpfige Familie mühelos Platz gefunden hätte. Seitlich von ihnen lag angeleint ein schlanker großer Hund, der die beiden Männer beobachtete, ohne sich zu rühren. Er blickte zu den beiden Gallingers herüber und Burga zischte etwas.

„Grüß Gott", näherte Kilian Oberhuber sich vorsichtig und tauschte einen Blick mit seinem Kollegen.

„Grüßt euch! Kommt, setzt euch, lud Burga sie offenherzig ein. Mögt S' aan Schnapserl?"

„Besser ned", erklärte Hinterwinkler stellvertretend für beide, während er sich setzte, und erneut einen Blick auf den großen Hund warf, der mit sturer Stummheit auf den staubigen Boden lag und die Vier konzentriert beobachtete.

„Wegen dem Arno seid ihr hier, gell?"

Oberhuber nickte und sah mit gekräuselter Stirn zu dem großen schlanken Hund herüber und beobachtete, wie ein Büschel schwarzgrauer Haare vom Hund weg über den Hof gepustet wurde.

„Ja ... da kommt ihr jetzt leider zu spät", erklärte Rupert Gallinger und schaute mit betretener Mine zu Boden.

„Wieso...?"

„Der Arno ist gestorben", erklärte Burga in ihrem besten Hochdeutsch. „Ist von uns gegangen. Unerwartet." Sie machte eine betretene Miene und sah betroffen zu Boden.

„Ach komm, sag bloß?"

„Ja – völlig unerwartet. Hatte wohl was Falsches gefressen, meint der Tierarzt."

„Und da hat es ihn gleich dahingerafft?"

„Auf der Stelle. Wie vom Donner..."

„Sag bloß... mein Beileid. Furchtbar, wenn es einem so ein Tier wegrafft. Der war euch doch sicher ganz arg ans Herz gewachsen."

Hinterwinkler deutete auf den Hund, der unweit von ihnen flach und wie betäubt auf dem Boden lag „Der Hund da drüben..."

„Ja, das ist der Anton. Ein ganz ein Hübscher, gell?" Burga erhob sich, ging die wenigen Schritte, kniete sich neben *Anton* herunter und kraulte dem Hund die Ohren.

„Den hat euch der Züchter ....?", erkundigte sich Oberhuber und gab bei der Antwort erkennbar Spielraum.

„Sicher. Hat er. Auf Zuruf praktisch. Den kennen wir ja schon seit 20 Jahren. Und so ein Hof braucht ja einen Hund. Ein Anruf und wir hatten einen neuen Hund", erklärte Gallinger.

„Und dem Arno wie aus dem Gesicht geschnitten", bemerkte

Hinterwinkler kopfschüttelnd.

„Findest?", erkundigte Rupert Gallinger sich gut gelaunt. Er sah zu dem Hund herüber. „Hat halt aan deutlich kürzeren Pelz und so. Aber hast scho' recht – sonst ist er ihm natürlich ziemlich ähnlich. Ist ja auch dieselbe Zuchtlinie, gell?"

Oberhuber nickte, griff die beiden Landjäger und trat auf Anton, den neuen Hund der Gallingers zu, der dem kürzlich verstorbenen so unfassbar ähnlich sah. Vom Fell einmal abgesehen. Der Hund wedelte vorsichtig und Oberhuber roch die Fahne des Tiers. Wie viel Bier mochten sie „Anton" gegeben haben? Eine Flasche bewirkte bei einem Hund dieser Ausmaße vermutlich nicht viel.

Oberhuber reichte ihm einen Landjäger und Anton inhalierte ihn leicht wedelnd. Er rollte den zweiten wieder ein, kam an den Tisch zurück. „Werd' euch den mal hier lassen. Vielleicht bekommt er den Landjäger besser erst morgen. Gell? Nicht, dass er sich noch den Magen verdirbt und euch am End' unerwartet wegstirbt oder so."

Kilian Oberhuber wischte sich einen Haufen Tierhaare von den Händen und seiner Hose. Er tauschte einen Blick mit Hinterwinkler. Dann nickte er. „Ich tät jetzt doch aan Schnapserl nehmen", erklärte er und griff sich die Flasche. „Vitus, du auch?"

Hinterwinkler nickte gedankenverloren und starrte den Hund an. Dann schüttelte er den Kopf und grinste.

Augenblicke später stießen die vier an.

„Tut mir leid um den Arno", erklärte Hinterwinkler.

„Sieht aus, als wäre dann alles wieder ruhig in Bad Grassach", konstatierte Oberhuber und hob das Glas. „Auf den Anton!"

Printed in France by Amazon
Brétigny-sur-Orge, FR

21822642R00147